Hanne Nehlsen

Tod im Watt

W0383981

atb aufbau taschenbuch

Hanne Nehlsen lebt in Nordfriesland. »Tod im Watt« ist ihr erster Roman.

Frerk Thönnissen hat als Polizist auf Pellworm eigentlich ein ruhiges Leben, auch wenn man von seinen Fähigkeiten nicht überzeugt ist. Die Bewohner der Insel kennen und vertrauen einander, die Haustüren werden nicht abgeschlossen. Doch dann taucht an einem stürmischen Regentag ein Insulaner bei Thönnissen auf und behauptet, den verschrobenen Einsiedler Wessels tot im Watt entdeckt zu haben. Der Polizist informiert seinen Freund Feddersen, der ein Hotel auf Pellworm betreibt und Bürgermeister ist, und gemeinsam bergen sie den Leichnam, um ihn zum Inselarzt zu bringen. Doktor Johannsen muss, wie so häufig, von seiner Frau erst aus dem Rausch geweckt und wieder einsatzfähig gemacht werden. Neben dem alten Wessels wird dessen Gewehr gefunden. Für Thönnissen ist klar: Wessels hat sich erschossen.

Doch die Dienststelle in Husum schickt einen Kommissar auf die Insel – und damit nimmt das Schicksal seinen Lauf. Plötzlich ist auf Pellworm nichts mehr wie zuvor. Es geht um schwarzgebrannten Schnaps, einen Goldschatz – und eine zweite Leiche.

HANNE NEHLSEN

Tod im Watt

Ein Nordsee-Krimi

atb aufbau taschenbuch

Diese Geschichte ist frei erfunden. Jede Ähnlichkeit mit lebenden oder toten Personen wäre zufällig.

FSC
www.fsc.org
MIX
Papier aus verantwortungsvollen Quellen
FSC® C083411

ISBN 978-3-7466-2922-3

Aufbau Taschenbuch ist eine Marke
der Aufbau Verlag GmbH & Co. KG

1. Auflage 2013

Umschlaggestaltung und Illustration Mediabureau Di Stefano, Berlin
unter Verwendung von Motiven von getty images/Simon Belcher und
iStockphoto: © Zoran Kolundzja, © cogal und © malerapaso
Satz LVD GmbH, Berlin
Druck und Binden CPI – Clausen & Bosse, Leck
Printed in Germany

www.aufbau-verlag.de

Eins

Die Herbststürme setzen in diesem Jahr früh ein, dachte Frerk Thönnissen, während er den Mann beobachtete, der sich auf dem Deich seinem Haus näherte. Wilken Nissen schob ein altes Fahrrad und hatte sich tief über den Lenker gebeugt, um dem Wind, der an seiner Kleidung zerrte, wenig Widerstand entgegenzusetzen. In der freien Hand hielt er einen länglichen Gegenstand.
Die tief liegenden Wolken jagten von der See her über die Insel. Obwohl es erst früher Nachmittag war, hatte das Grau des Himmels das Tageslicht so weit gedämpft, dass hinter den Fenstern der niedrigen Häuser Licht brannte. Der Regen trommelte gegen die Scheiben, der Sturm heulte in den Dachüberständen und verfing sich in den Ziegeln. Die kahlen Zweige der Kopfweiden peitschten im Wind, erbarmungslos riss er die letzten Blätter von den Büschen.

Thönnissen stand am Fenster seines Hauses, das unmittelbar am Deich lag, und sah durch die Butzenscheiben nach draußen. Jetzt hatte ihn auch Nissen bemerkt. Der Mann in der dunkelgrünen Öljacke hob die Hand mit dem Gegenstand und winkte heftig, unterbrach seine Aktion aber sehr schnell, als ihm die nächste Böe das Zweirad fortzureißen drohte.

Nissen wohnte zwei Häuser weiter, was in der dünn besiedelten Region allerdings etwa zweihundert Meter Abstand bedeutete. Er war knapp über sechzig und hatte früher seinen Lebensunterhalt wie viele Männer auf der Insel beim Küstenschutz verdient. Nebenher betrieb er eine kleine Landwirtschaft, hatte ein paar Schafe, eine Handvoll Rinder und Hühner zum Eigenbedarf.

Nissen verließ die Deichkrone über die schmale Rampe, die zu Thönnissens Haus führte.

Der atmete tief durch, hakte mit dem Daumen in den Hosenbund und zog die Hose hoch. Dann durchquerte er das behaglich eingerichtete Wohnzimmer, ging durch die geflieste Diele und öffnete die niedrige Tür auf der dem Wetter abgewandten Rückseite des Hauses. Obwohl der Sturm hier nicht so heftig tobte wie im Westen, wehte der kalte Wind herein, und Thönnissen fröstelte.

Nissen erschien an der Hausecke, lehnte sein Fahrrad gegen die Wand und trat ohne Zögern ins Haus. Dem Mann troff die Nässe aus allen Poren. Dann drehte er sich um und sah Thönnissen ins Gesicht. Die grauen Augen im wettergegerbten Gesicht waren zu einem schmalen Spalt geworden.

»Ich hab' Wessels gefunden«, sagte er atemlos.

Thönnissen sah ihn verständnislos an. »Na, und?«

Nissen schüttelte heftig den Kopf. Dabei sprenkelten kleine Wassertropfen aus seiner Wollmütze. »Der ist tot, verstehst du? Tot.«

»Was sagst du?«, fragte Thönnissen erstaunt.

Nissen fuhr sich mit der gestreckten rechten Hand über die Kehle. »Begreifst du das nicht? Der ist hin.« Die beiden Männer schenkten der Wasserlache keine Beachtung, die sich um Nissen gebildet hatte.

»Nee!«

»Doch, Mensch. Damit hat er sich erschossen. Glaube ich jedenfalls«, schob er etwas leiser hinterher. Er streckte Thönnissen ein verdrecktes Gewehr hin. »Nimm mal«, forderte Nissen, »damit ich mich ausziehen kann.«

Thönnissen ergriff die Waffe und schnupperte daran. »Riecht, als wäre daraus geschossen worden.«

»Was meinst du denn?«, empörte sich Nissen. »Glaubst du, irgendwer bringt Wessels um? Warum sollte einer den alten Spinner ermorden. Und das hier, auf unserer Insel? Auf Pellworm?«

Er hatte seine Öljacke ausgezogen und wollte die Waffe wieder zurückhaben, doch Thönnissen entzog sie ihm.

»Die behalte ich!« Er lehnte sie gegen die Wand und sah seinen Besucher an. »Komm erst mal rein. Willste einen Schnaps?«

»Ja, den kann ich jetzt brauchen.« Nissen hatte sich jetzt seiner gesamten Kleidung entledigt und sie achtlos auf die Fliesen der Diele geworfen. Auf Strumpfsocken folgte er in die Wohnstube, die Thönnissen auch als Büro diente. Der holte zwei Gläser aus einem Schrank, eine angebrochene Flasche mit Rum und füllte ein. Nissen hob sein Glas. »Auf den alten Wessels. Prost.«

Sie tranken. Thönnissen füllte nach, und erst als sie auch das zweite Glas geleert hatten, fragte er: »Wo hast du ihn gefunden?«

»Im Westen. Am Parlament. Hinten, hinterm Knick. Zwischen meiner und Feddersens' Wiese. Da lag er im kleinen Sielzug. Ich hab' ihn vom Deich aus gesehen. Bin sofort runter und dachte, dem ist schlecht. Hab' zuerst versucht, ihn aus dem Dreck zu ziehen. Erst da hab' ich kapiert, dass er tot war. Hat sich mit seiner Flinte erschossen.«

»Bist du dir sicher, dass er tot ist?«

Nissen zeigte Empörung. »Hör mal. Ich hab' genug Schafe und Hühner in meinem Leben geschlachtet, dass ich weiß, wann jemand tot ist.« Dabei drehte er die geballten Fäuste gegeneinander, als würde er einem Hahn den Garaus machen.

Thönnissen strich sich mit der Hand über die Mundwinkel. »Ich glaube, Wilken, das ist ein schlechtes Beispiel.«

»Kann sein. Aber der ist bestimmt alle. Und? Was machen wir jetzt? Schließlich bist du die Polizei«, erinnerte Nissen daran, dass Frerk Thönnissen den Polizeiposten auf der Insel bekleidete.

»Wir informieren den Doktor«, entschied der Polizist. »Dann zeigst du mir die Stelle.«

»Was soll ich bei diesem Wetter da draußen?«, protestierte Nissen.

»Du bist ein wichtiger Zeuge.«

»Schön. Wenn du willst. Aber vorher schenkst du noch einen ein.« Nissen drehte sein leeres Glas in der Hand.

Seufzend öffnete Thönnissen die Flasche und befüllte die beiden Gläser erneut. Nachdem auch diese geleert waren, griff er zum Telefon und wählte die Nummer des Arztes. Es dauerte ewig, bis sich eine verschlafen klingende Frauenstimme meldete.

»Ja. Hallo?«

»Moin, Annemieke. Hier ist Thönnissen. Ist Fiete da?«

Die Frau des Arztes gähnte herzhaft am anderen Ende der Leitung. »Der schläft. Was ist denn los?«

»Dann weck ihn. Es ist ein Notfall.«

Sie schien mit einem Schlag munter geworden zu sein. »Ehrlich? Friedrich hat doch erst morgen wieder Sprechstunde.«

»Manchmal warten die Patienten eben nicht. Sag ihm, es wäre wichtig. Es handelt sich um einen Toten.«

Die Neugierde war bei der Arztfrau geweckt. »Wer ist gestorben?«

»Wessels.«

»Mein Gott. Den habe ich doch heute Vormittag noch gesehen. Da war er noch ganz munter.« Sie zögerte einen Moment. »Wenn er schon tot ist, dann eilt das doch nicht.«

Thönnissen räusperte sich. »Annemieke, ich spreche jetzt offiziell als Polizeibeamter. Du weckst jetzt umgehend Fiete. Der soll sofort zum Sielzug am Deich hinauskommen. Am Knick zwischen den Wiesen von Feddersen und Nissen. Ist das klar?«

Einen Moment war es still in der Leitung, bis sich die Arztfrau mit leiser Stimme vernehmen ließ: »Fiete geht es im Moment nicht so gut.«

Thönnissen konnte sich gut vorstellen, was sie damit meinte. Wahrscheinlich lag der Doktor in seiner Kammer und schlief seinen Rausch aus. Jeder auf der Insel wusste um das Alkoholproblem des Arztes. Aber sie waren auf ihn angewiesen. Trotz intensiver Bemühungen hatte sich bis heute kein anderer Mediziner gefunden, der die Praxis auf dem Eiland übernehmen wollte. Und wenn Dr. Johannsen nüchtern war, konnte er dank seiner langjährigen Erfahrung die meisten gesundheitlichen Alltagsprobleme der Inselbewohner lindern. Für ernsthafte Erkrankungen suchte man ohnehin einen Spezialisten auf dem Festland auf.

Thönnissen hörte, wie die Arztfrau leise zu weinen begann. »Er kann wirklich nicht. Mein Gott«, jammerte sie.

»Annemieke, koch einen starken Kaffee und flöß Fiete das Zeug ein. Wir bringen Wessels zu euch in die Praxis«, fasste der Polizist einen Entschluss und legte auf, ohne die Antwort abzuwarten.

»Wie willst du Wessels zum Doktor bringen?«, wollte Nissen wissen und zeigte nach draußen, wo der Sturm unvermindert tobte. »Wir können ihn doch nicht bis hierher schleifen. Und die Deichkrone ist so aufgeweicht, da kommst du mit keinem Wagen durch.«

»Aber mit einem Trecker.«

Thönnissen griff erneut zum Telefon. Als sich jemand am anderen Ende meldete, sagte er: »Hallo, Kathrin. Ist Boy da?« Thönnissen lauschte in den Hörer, um anschließend zu erwidern: »Das interessiert mich nicht, ob der gerade im Getränkelager Flaschen zählt. Hol ihn an den Apparat. Das ist dringend. Und wichtig!« Er sah Nissen an und verdrehte kunstvoll die Augen, während er wartete.

»Moin, hier ist Thönnissen«, fuhr er fort, als sich der Gesprächspartner meldete. »Wir brauchen deine Hilfe. Wessels ist tot. Nissen hat ihn vorhin gefunden. Wir müssen ihn zum Doktor bringen. Das geht nur mit einem Trecker.«

»Du spinnst doch«, entgegnete Boy Feddersen, der neben seiner Landwirtschaft ein Hotel auf der Insel betrieb und zudem Bürgermeister der Gemeinde war, nachdem sein Vorgänger in den Landtag gewählt worden war.

»Ganz und gar nicht. Du holst deinen Trecker. Mit dem können wir auf dem aufgeweichten Weg fahren. Außerdem hast du doch diesen hölzernen Kasten, den du auf die Kupplung montieren kannst. Ich meine das Ding, mit dem du deine Milchkannen von der Weide transportierst.«

Feddersen stöhnte auf. »Mensch, hast du mal aus dem Fenster geguckt?«

»Glaubst du, Wessels hat auf dieses Wetter gewartet, um zu sterben?«

»Wie ist er denn umgekommen?«, wich der Hotelbesitzer aus.

»Erschossen.«

»Er sich selbst?«

»Das steht noch nicht fest. Aber wer sollte es sonst gewesen sein? Wer hätte einen Grund, den alten Wessels umzubringen?«, erwiderte Thönnissen. »Nun quatsch nicht so viel dumm Tüch. Damit kriegen wir Wessels auch nicht aus dem Dreck gezogen.«

»Gut«, seufzte Feddersen. »Ich bin in einer Viertelstunde bei dir.«

Es dauerte etwa zwanzig Minuten, bis der Hotelbesitzer mit seinem Trecker auf dem Deich hinter Thönnissens Haus hielt. Der Polizist und Wilken Nissen gingen zu ihm hinauf und kletterten auf das Gefährt. Der Sturm blies immer noch heftig und zerrte an der Wetterkleidung der Männer. Der Regen peitschte fast waagerecht und durchdrang das Ölzeug. Thönnissen hatte seine Uniform angelegt und hielt krampfhaft seine Dienstmütze fest. Wortlos legte Feddersen den Gang ein und fuhr auf der Deichkrone entlang. Von hier oben sah man die Brecher, die mit Urgewalt gegen die Tetrapoden klatschten, die als Wellenbrecher vor dem Deich gestapelt waren. Die Gischt spritzte hoch, und das salzige Wasser wurde durch den Wind bis zum Deich hochgeweht und setzte sich im Gesicht und auf den Lippen ab. Die See schien zu kochen und war eine einzige brodelnde Masse.

Schon von der Deichkrone aus sah man das Bündel, das an der Böschung des Grabens lag. Wessels trug die dunkelgrüne Jacke, die jeder Einheimische auf der Insel kannte. Jetzt hatte sie sich mit dem schmutzig grauen Brackwasser des Sielzugs vollgesogen. Die drei Männer stiegen vom Trecker und stapften schweigend die Böschung hinab.

»Armes Schwein«, sagte Nissen, während sich Thönnissen über den Toten beugte.

»Hast du ihn angefasst?«

Nissen nickte heftig. »Klar, ich habe ihn doch ein Stück aus dem Schiet gezogen. Der wäre doch glatt abgesoffen. Wir haben auflaufendes Wasser. Da sind die Schotten dicht, und der Regen sammelt sich hier.« Er zeigte auf den schmalen Wasserlauf zwischen den Wiesen.

Der Polizist musste ihm recht geben. Das ganze Areal war ohnehin eine einzige Matschwüste. Spuren waren hier nicht mehr zu sichern. Trotzdem stoppte er seine beiden Helfer, als die beherzt anpacken wollten.

»Moment. Ich will noch ein paar Fotos schießen.« Er kramte eine Digitalkamera aus seiner Wetterjacke, drehte sich mit dem Rücken gegen den Wind und machte eine Serie von Aufnahmen aus unterschiedlichen Blickwinkeln.

Nachdem er die Kamera wieder verstaut hatte, bemerkte er aufmunternd: »So, nun können wir.«

Die drei Männer zerrten zunächst an der Kleidung des Toten, zogen ihn ein Stück weiter aus dem Graben, bis er komplett im Morast lag. Vorsichtig drehte Thönnissen den Leichnam auf den Rücken.

Jeder auf der Insel hatte Hinrich Wessels gekannt. Er galt manchen als Sonderling, weil er in einer alten Kate, abseits der anderen Häuser wohnte. Er war über siebzig Jahre alt und hatte früher mit jeder Art von bezahlter Arbeit seinen Lebensunterhalt mehr schlecht als recht bestritten. Seine Zeit verbrachte er am liebsten allein. Selten hatte er sich in ein belangloses Gespräch eingelassen. Es wurde erzählt, dass er mit den wenigen Tieren, die er hielt, besser kommunizieren konnte als mit den Menschen seiner Umgebung. Jetzt lag er vor den drei Männern. Die Augen blickten starr zum Himmel. Im faltigen Gesicht zeichneten sich in der Blässe des Todes die dunklen Bartstoppeln umso deutlicher ab. Der Mund war leicht geöffnet und gab den Blick auf die schadhaften Zahnreihen frei. Ein Rinnsal getrockneten Blutes war aus dem Mundwinkel herausgelaufen und hatte sich mit dem großen dunklen Fleck vereinigt, der von der Kinnpartie beginnend im Kragen der dunkelgrünen Drillichjacke verschwand.

Die Kugel hatte Wessels direkt im Unterkiefer getroffen.

»Wo hast du das Gewehr gefunden?«, wollte Thönnissen von Nissen wissen, musste diesen aber erst sanft anstoßen, weil der wie gebannt auf den Toten starrte und die Frage des Polizisten nicht mitbekommen hatte. Erst nachdem Thönnissen sie wiederholt hatte, deutete Nissen auf eine Stelle im feuchten Gras.

Thönnissen sah sich um, konnte aber keinen geeigneten Gegenstand entdecken, den er als Markierung in die Erde hätte rammen können.

»Stell deinen linken Fuß dorthin«, befahl er Nissen, der widerstrebend dieser Aufforderung nachkam. Dann fotografierte er auch diesen Fleck mehrfach.

»Was ist los?«, meckerte Feddersen und schlug sich zum Aufwärmen beide Arme um den Oberkörper. »Können wir jetzt endlich? Ich friere mir den Hintern ab.«

»Das muss alles seine Ordnung haben«, brüllte Thönnissen gegen den Wind an, aber Feddersen winkte nur ab.

»*Du* bist von der Polizei. Ich hole mir hier noch den Tod.«

Jetzt grinste ihn Nissen an. »Dann kannst du dich mit dem alten Wessels in ein Sammelgrab legen. Das kommt dann billiger.«

»Idiot«, erwiderte Feddersen und packte mit an, als sich Thönnissen über den Leichnam beugte und den Toten unter den Achseln anhob. Gemeinsam schleppten sie Wessels den Deich hoch.

»So ein Mist«, fluchte Nissen laut, als er auf halber Höhe an einer lehmigen Stelle des Deiches ausrutschte, auf dem nassen Gras keinen Halt fand und dabei das linke Bein des Toten losließ. Das Ganze geschah so plötzlich, dass die beiden anderen

Wessels nicht halten konnten und der Leichnam halb über den gestürzten Nissen fiel.

»Nimm den Kerl da weg«, kreischte der unter der Leiche. »Zieh ihn weg.«

Mühsam kroch er unter dem Toten hervor und kam in die Höhe. Er klopfte sich den Dreck ab und fluchte: »Macht euren Scheiß alleine. Ich bin doch nicht der Totengräber.« Er wollte sich entfernen, aber Thönnissen hielt ihn am Ärmel fest.

»Du bleibst hier. Fass mit an, sonst bekommen wir Wessels nie zum Doktor.«

Widerstrebend packte Nissen wieder zu. Diesmal schafften sie es ohne Unterbrechung, den Toten bis zum Trecker zu schleppen. Über die niedrige Kante ließen sie ihn auf die Ladefläche fallen.

»So ein Schweinkram«, schimpfte Feddersen und versuchte, sich vom gröbsten Dreck zu befreien. Thönnissen sah auf seine von Schmutz übersäte und völlig durchnässte Uniformhose, zog es aber vor zu schweigen.

Der Trecker sprang trotz der Feuchtigkeit problemlos an. Langsam rumpelte er mit den drei Männern und der merkwürdigen Fracht die Deichkrone entlang, verließ an der Rampe den Schutzwall und tuckerte durch die menschenleeren Straßen einmal quer über die Insel zum Haus des Arztes im Herzen von Tammensiel. Dem zentralen Ort.

Bevor sie läuten konnten, öffnete Annemieke Johannsen bereits und sah mit weit aufgerissenen Augen auf das seltsame Gefährt und die vor Dreck strotzenden Männer.

»Was ist denn mit euch los?«

»Wir bringen Wessels«, antwortete Nissen vorlaut.

»Das ist nicht euer Ernst?«

»Leider doch«, mischte sich Thönnissen ein, der mit Unterstützung der beiden anderen den Leichnam gegriffen hatte und in Richtung Tür trug.

»So kommt ihr mir nicht hier herein«, verteidigte die Frau den Eingang.

»Wenn du uns noch lange hier stehen lässt, spült uns der Regen vielleicht ab. Aber dann muss dein Mann uns drei auch behandeln«, sagte Feddersen nüchtern und pustete Wassertropfen von der Unterlippe, die von seiner Nasenspitze herabgefallen waren.

Widerwillig gab Annemieke Johannsen den Weg frei. »Nach links, ins Behandlungszimmer.«

Dr. Johannsen hatte die Praxis vor mehr als dreißig Jahren übernommen. Es hatte den Anschein, als hätte er seitdem keine Renovierungsarbeiten mehr vornehmen lassen. Die Wände waren dunkel, und an vielen Stellen platzte die Farbe ab. Ebenso antiquiert war das Ordinationszimmer. Elfenbeinfarbige Stahlmöbel beherrschten den Raum. Der alte Medikamentenschrank mit der Tüllgardine hinter der Scheibe, die Liege mit dem verstellbaren Kopfteil, der runde Drehschemel und der abgestoßene Holzschreibtisch, hinter dem Fiete Johannsen seine Sprechstunde abhielt – das waren allen Inselbewohnern vertraute Requisiten.

Mit einem Stoßseufzer ließen die drei Hinrich Wessels' sterbliche Überreste auf die Liege fallen, die mit einer dünnen Papierdecke belegt war.

»Wo ist dein Mann?«, fragte Thönnissen mit strenger Miene.

»Der kommt gleich«, antwortete Annemieke schnell und besah sich neugierig den Toten. »Der sieht aber komisch aus«, meinte sie dann, nachdem sie ihn eine Weile betrachtet hatte. »Wessels ist weder an Altersschwäche noch im Suff gestorben.« Sie war seit fast zwanzig Jahren mit dem Doktor verheiratet und diente ihm als Sprechstundenhilfe. Die Begegnung mit dem Tod barg für sie keine Überraschung mehr.

Die drei Männer standen im Halbkreis. Um sie herum bildeten sich auf dem abgetretenen Fischgrätenparkett Wasserlachen.

»Wer soll den Schiet wieder wegmachen?« Die Frau des Arztes wies auf den Schmutz, den die drei Männer ins Haus getragen hatten.

»Na, du«, griente Nissen sie an.

Bevor Annemieke antworten konnte, wurden sie durch ein polterndes Geräusch aus dem hinteren Teil des Hauses abgelenkt. Es folgte ein leiser Fluch. Kurz darauf erschien Dr. Johannsen. Untersetzte Figur, das aufgedunsene rote Gesicht von geplatzten blauen Äderchen durchzogen. Der graue Haarkranz stand ungekämmt vom Kopf ab. Auf seinem zerknautschten Hemd sah man einen kleinen dunklen Fleck. Es sah aus, als hätte er beim Mittagessen das Textil bekleckert. Die beigefarbene Hose aus grobem Cord hing unter dem vorgewölbten Bauch. Er hatte seinen weißen Kittel übergezogen, aber nicht zugeknöpft.

»Was ist los?«, wollte er noch in der Tür wissen.

»Mach erst einmal deine Hose zu, Fiete«, begrüßte ihn Thönnissen und wies auf den Reißverschluss, den Dr. Johannsen zu schließen vergessen hatte.

Der Arzt holte das Versäumnis nach, während er aus kleinen Augen den Polizisten musterte. »Für Sie immer noch Herr Doktor Johannsen, bitte, Herr Wachtmeister.«

»Wenn schon – denn schon: Polizeiobermeister, Herr Doktor.«

Der Mediziner beugte sich über den Toten. Deutlich war die Alkoholfahne zu riechen, als er an der kleinen Gruppe vorbeigekommen war. »Was ist mit Wessels?«

»Sieht aus, als wäre er tot geblieben«, gab Nissen von sich.

»Das sehe ich auch«, brummte Johannsen.

»Warum fragst du denn?«, erwiderte Nissen.

Sie ließen den Arzt eine Weile gewähren und sahen zu, wie er die Augenlider anhob, die beiden Hände des Toten besah, den Hals abtastete und versuchte, dessen Mund zu öffnen.

»Woran ist er gestorben?«, mischte sich Thönnissen ein.

Der Arzt blickte den Polizisten über die Schulter an, wie man einen Hund betrachtet, der auch nach der hundertsten Erklärung das Kunststück immer noch nicht begriffen hatte. »Vermutlich an Herzversagen. Wie alle Menschen, die sterben.«

»Blödmann«, murmelte Thönnissen so leise, dass Dr. Johannsen es nicht mitbekommen konnte.

»Wie lange ist er schon tot?«, versuchte es der Polizist erneut.

Dr. Johannsen tastete den Leichnam weiter ab. »Mangels eigener Erfahrung weiß ich nicht, wie lange man braucht, um in den Himmel zu kommen. Oder in die Hölle. Außerdem bin ich Arzt und kein Hellseher.«

»Kurpfuscher«, wisperte Thönnissen.

Der Mediziner richtete sich auf und machte eine Handbewegung, als würde er neugierige Kinder davonscheuchen. »Husch. Ich untersuche Wessels jetzt. Da sind Sie überflüssig. Alle drei.«

»Ich bin Polizeibeamter«, protestierte Thönnissen.

»Na, und?«

Die drei Männer verließen das Behandlungszimmer, wobei Nissen deutlich anzusehen war, dass er gern bei der Untersuchung des Leichnams dabei gewesen wäre.

»Ich warte hier«, entschied der Polizist und nahm auf einem der abgenutzten Stühle auf dem Flur Platz, der als Warteraum diente. »Ihr könnt jetzt gehen.«

Feddersen rieb Daumen und Zeigefinger gegeneinander. »Gibt es wenigstens eine Art Aufwandsentschädigung für unsere Hilfe?«

Thönnissen grinste ihn an. »Da musst du dich an den Bürgermeister wenden.«

»Das ist nicht lustig«, antwortete der Gemeindevorsteher und stapfte, Wilken Nissen im Gefolge, zur Tür hinaus.

Frerk Thönnissen begann in seiner nassen Kleidung zu frieren. Die Kälte kroch von den Waden, die beim Waten im Sielzug klitschnass geworden waren, aufwärts. Auf den Extremitäten bildete sich Gänsehaut. Er bibberte am ganzen Körper. Die Untersuchung des Leichnams schien ewig zu dauern. Manchmal ist dein Job nicht vergnüglich, dachte er. Obwohl er auf diesem Posten nicht viel auszustehen hatte. Seit sieben Jahren war er »der Inselpolizist«, nachdem er zuvor eine Reihe anderer Stationen auf dem Festland kennengelernt hatte. Es war eher ein Zufall gewesen, dass er hierher versetzt worden war, auf die Insel, von der er stammte. Immer wieder wurde diskutiert, ob man die Einmannstation nicht schließen und durch die Polizeistation der größeren Nachbarinsel mit versorgen sollte. Eine solche Entscheidung wäre sicher tragbar gewesen, denn es ereignete sich nicht viel auf dem Eiland. Raub und Diebstahl waren fast unbekannt, und wenn die Entwendung von ein paar Hühnern angezeigt wurde, handelte es sich meistens um ein Versehen, und die Zweibeiner waren schlicht entlaufen. Meinungsverschiedenheiten wurden überwiegend untereinander ausgetragen, ohne dass die Polizei einschreiten musste. Die wenigen Autos stellten kein Problem dar, und wenn Thönnissen einmal zu einem Unfall gerufen wurde, der stets nur mit einem kleinen Blechschaden verbunden war, dann war garantiert ein Tourist daran beteiligt. Um die kümmerte er sich auch während der Saison. Wenn ihm langweilig war, schlenderte er an schönen Sommertagen zum kleinen Hafen, der allerdings eher einer erneuerungsbedürftigen Mole glich, und schrieb Strafzettel für die Feriengäste, die dort im Halteverbot standen. Das brachte Thönnissen regelmäßig Diskussionen mit Bürgermeister Feddersen ein, der gleichzeitig Vorsitzender des Fremdenverkehrsvereins war und den Urlaubsfrieden seiner Hotelgäste gestört sah. Ein Delikt jedoch gab es, das im Gegensatz zum Festland hier auf der Insel nicht von der Polizei verfolgt wurde: Wenn er jeden anzeigen würde, der mit Alkohol am Steuer unterwegs war, dann würde es auf diesem wunderbaren Flecken Erde nur noch Pferdefuhrwerke geben. Außerdem gab es gerade diesen Punkt betreffend einen dunklen Fleck in seiner eigenen Vergangenheit, und das war auch der Grund, weshalb er hierher zurückgekommen war. Natürlich konnte er mit seinen dreiundvierzig Jahren keine Karriere mehr machen, nicht nach diesem Schnitzer. Aber was wollte cr mehr? Hier konnte man in Frieden leben. Und wie viele Plätze auf der Erde gab es, von denen man so etwas behaupten konnte? Thönnissen lächelte zufrieden in sich hinein.

Jäh wurde er aus seinen Gedanken gerissen. Vor ihm stand Johannsen und räusperte sich. Er hatte ihn nicht kommen gehört. »Beamter müsste man sein«, lästerte der Arzt. »Dann könnte man sein Geld mit süßem Nichtstun verdienen. Zumindest hier bei uns.«

»Das ist aber mit dem Nachteil verbunden, dass man beim Alkoholkonsum Zurückhaltung üben muss.«

Der Arzt reagierte nicht auf die Spitze. Die verbalen Auseinandersetzungen zwischen ihm und dem Polizisten wirkten nur auf Dritte scharfzüngig. Für die beiden war es ein Ritual, das eher von einer rauen, aber herzlichen Verbundenheit herrührte.

Thönnissen stand auf. »Was hast du gefunden, Fiete?«, fragte er und versuchte, der Alkohol geschwängerten Atemluft Dr. Johannsens auszuweichen.

»Ich schätze, Wessels ist zwei bis drei Stunden tot. Erschossen. Aber das hast du ja selbst gesehen.«

»Kann es Selbstmord gewesen sein?«

Der Arzt lachte auf. »Ich bin ein alter Landarzt und kein Rechtsmediziner. Ich könnte dir erklären, was passiert, wenn du eine Kugel vom Unterkiefer in den Kopf bekommst. An der Wunde sind auch Verbrennungsspuren zu erkennen. Das könnte bedeuten, dass die Gewehrmündung ziemlich nahe an Wessels' Hals gehalten wurde. Ob der Schuss aber aufgesetzt war …«, er zuckte fast hilflos mit den Schultern, »das kann ich nicht beurteilen. Ich lese zu wenig Krimis.«

»Können wir davon ausgehen, dass es ein Unfall war? Wenn du den Totenschein ausstellst und ›natürlicher Tod‹ ankreuzt, wäre die Sache doch erledigt.«

Der Arzt klopfte ihm vertraulich auf die Schulter. »Damit hätten wir alle weiterhin unsere Ruhe. Nee, mein Lieber, den Gefallen tue ich euch nicht. Für mich ist die Sache nicht eindeutig.«

Doch Thönnissen gab sich nicht so schnell geschlagen und versuchte es erneut: »Sind wir es dem alten Wessels nicht schuldig, dass er in Würde begraben wird? Hier, auf unserem Friedhof an der Kirche, ohne dass ihn wildfremde Menschen in einem Leichenschauhaus aufschlitzen? Womöglich noch neugierige Studenten, die unseren Hinrich aus Wissbegierde zerlegen?«

Johannsen schüttelte energisch den Kopf. »Kommt nicht in die Tüte. Ich habe den Totenschein schon ausgestellt. Alles Weitere musst du veranlassen.« Er sah den Polizisten an. »Das ist mir doch auf den Magen geschlagen. Jetzt brauche ich erst einmal einen Schnaps. Willst du auch einen?«

Thönnissen verneinte. »Nein, ich bin im Dienst.« Hoffentlich roch der Doktor nicht, dass der Polizist selbst schon mit Nissen Rum getrunken hatte.

Der Arzt wies mit seinem ausgestreckten Arm in sein Ordinationszimmer. »Und schafft mir Wessels von der Pritsche. Morgen kommen wieder die Lebenden zu mir. Die wollen nicht neben einer Leiche liegen.«

Der Polizist nickte. Er würde Jesper Ipsen, den Bestatter auf der Insel, verständigen. Der würde Wessels abholen und in seiner gekühlten Leichenhalle zwischenlagern, bis Thönnissens vorgesetzte Dienststelle entschieden hatte, wie weiter zu verfahren sei.

Zwei

Der Sturm hatte an Heftigkeit verloren. Geblieben war eine steife Brise von Westen, die die Wasserfläche in ein unruhiges Auf und Ab verwandelte.

Thönnissen stand am Tiefwasseranleger, der am Ende eines eineinhalb Kilometer langen, ins Wattenmeer gebauten Damms lag, und sah dem Spiel der Wellen zu, die sich zu Spitzkämmen auftürmten, von weißem Schaum gekrönt, und dann in sich zusammenbrachen, um immer wieder neuen Nachfolgern Platz zu machen. Er hatte im Seegang die auf und ab stampfende Silhouette der »Pellworm I« schon vor einiger Zeit entdeckt. Jetzt kämpfte sich die Fähre, die die Insel einige Male am Tag mit dem Hafen Strucklahnungshörn auf der Halbinsel Nordstrand verband, durch die Dünung. Es würde noch eine gute Viertelstunde dauern, bis das Schiff den Anleger erreicht hatte und die Besatzung mit dem Festmachen beginnen konnte.

Auf der asphaltierten Fläche vor dem Anleger hatten sich neben dem Kühllaster eines Lebensmittelgroßhändlers, der den Inselladen mit Nachschub versorgt hatte, drei Pkw aufgereiht. Alles auswärtige Kennzeichen. Urlauber, deren Ferien zu Ende waren und die nun heimfuhren.

Thönnissen hatte seine vorgesetzte Dienststelle in Husum angerufen und einen Bericht über den Leichenfund sowie die nach Auffassung Dr. Johannsens ungeklärte Todesursache durchgegeben.

Ein überschlauer Hauptkommissar hatte geunkt, dass bei

Erschießen die Todesursache doch nicht unklar sei. Trotzdem hatte man sich entschlossen, einen Kriminalbeamten zu schicken, der die Umstände von Wessels' Tod vor Ort klären sollte. Um die aus Sicht der Verwaltung horrenden Kosten der Fähre für Fahrzeuge zu sparen, sollte der entsandte Beamte sein Fahrzeug am Fährhafen auf dem Festland stehen lassen. Man war der Auffassung, dass auf der Insel ein Auto nicht zwingend erforderlich war. Das galt auch für Thönnissens Dienstwagen. Der VW-Golf hatte nur eine unterdurchschnittliche Laufleistung auf dem Buckel, war aber bereits über fünfzehn Jahre alt. Und wenn Thönnissen das Fahrzeug, das aufgrund der örtlichen Gegebenheiten nur auf Kurzstrecken zum Einsatz kam, nicht auch für seine wenigen privaten Fahrten nutzen würde, würde der grün-weiße Streifenwagen im rauen Nordseeklima mangels dienstlicher Einsätze nur vor sich hingammeln.

Außer dem Inselpolizisten hatten sich jetzt ein Dutzend weitere Leute eingefunden. Eine Urlauberfamilie mit zwei lebhaften Kindern und ein älteres Touristenehepaar, für die die Ankunft des Schiffes einen der Tageshöhepunkte darstellte.

Odde Michels hatte Thönnissen lässig gegrüßt. Er betrieb eine Landwirtschaft im Süden der Insel und wartete vermutlich auf die Ankunft seiner Tochter, die auf dem Festland das Gymnasium besuchte.

Lenchen Sustrup war mit zwei Koffern bewaffnet. Die alte Dame wollte für ein Weilchen der selbstgewählten Einsamkeit entfliehen und eine Zeit bei ihrer Tochter zubringen, die mit ihrer Familie seit Jahrzehnten irgendwo hinter Hamburg wohnte, hatte sie Thönnissen die Tage berichtet, als sie sich beim Kaufmann über den Weg gelaufen waren.

Die »Pellworm I« war jetzt nah an der Anlegestelle. Auf der Brücke sah man den Schiffsführer in seinem blauen Strickpullover, der von seinem erhöhten Stand aus den Bug seines

Schiffes aufmerksam im Blickfeld hatte. Hinter der robusten Metallklappe, die als Rampe diente, tauchte der Kopf eines Decksmannes auf. Von den Fahrzeugen oder Passagieren der Fähre war nichts zu erkennen.

Das Schiff glitt fast im Zeitlupentempo an der hölzernen Spundwand entlang, die seitlich neben dem Anleger in den Grund des Watts gerammt war. Langsam senkte sich die Bugklappe. Jetzt konnte Thönnissen die drei Fahrzeuge sehen, die auf dem Weg zur Insel waren. Im Vordergrund hatte sich eine Handvoll Passagiere versammelt. Ein paar Insulaner kehrten, mit Einkaufstaschen beladen, aufs Eiland zurück. Nur wenige Fremde sahen mit der Thönnissen stets belustigenden Spannung dem Anlegemanöver zu. Drei Männer, die sich nicht zu kennen schienen, schenkten dem Tun der Besatzung keine Beachtung. Schon aus dieser Distanz war der Kriminalbeamte erkennbar, der sich deutlich von den anderen beiden unterschied, einem südländisch wirkenden Reisenden und einem Typ Marke »Bodybuilder«. Thönnissen hatte keinen Zweifel, dass es der Dritte war. Der Mann stand einen halben Meter abseits, trug einen grauen Parka mit hochgeschlagenem Kragen und hielt eine Reisetasche aus dunklem Stoff in seiner rechten Hand.

Mit einem sanften Ruck stieß das Schiff nun gegen die Landungsbrücke. Der Decksmann ließ die Bugklappe vollständig herab, und wie mit einer Kralle hakte sie hinter das landseitige Gegenstück und bildete mit der hölzernen Brücke eine für Fahrzeuge und Fußgänger gleichermaßen zu nutzende Rampe. Mittels Fernbedienung öffnete der Mann von der Besatzung die rot-weiß lackierte Schranke, und die Passagiere verließen die Fähre.

Der Kriminalbeamte erreichte als Zweiter festen Boden unter den Füßen. Er sah sich suchend um.

Thönnissen ging auf ihn zu. »Sind Sie der Hauptkommissar?«, fragte er, da keiner der wenigen anderen Passagiere zum Bild eines Polizisten zu passen schien.

Der Mann sah ihn musternd an und antwortete nicht gleich, ergriff dann aber doch die ihm entgegengestreckte Hand.

»Polizeiobermeister Thönnissen. Ich bin der Inselpolizist.«

Zögernd erwiderte der Mann den Händedruck. »Hauptkommissar Hundt. Ich komme von der Mordkommission aus der Kreisstadt.«

Er war ein wenig kleiner als Thönnissen, nicht ganz einen Meter achtzig. Seine deutlichen Geheimratsecken, ein Gesicht im Übergang, schwammig zu werden, und die untersetzte Figur waren gleichsam die nach außen erkennbare Bestätigung, dass der Hauptkommissar die Fünfzig inzwischen überschritten hatte.

»Ich hatte erwartet, dass die Schutzpolizei Uniform trägt«, ließ sich Hundt mit schneidender Stimme vernehmen und riss Thönnissen aus seinen Betrachtungen.

»Das macht sie für gewöhnlich auch. Aber wenn der Innenminister uns nur zwei Uniformen zukommen lässt, die zudem beide nicht witterungsbeständig sind, dann ist man auf abgelegenen Inseln auch als Polizist gezwungen, seine Privatkleidung in den Dienst der guten Sache zu stellen.« Thönnissen unterließ es, dem Hauptkommissar schon am Fähranleger zu berichten, dass er seine Uniform bei der Bergungsaktion verschmutzt hatte.

»Wenn Sie eine Ausstattung in die Reinigung geben, bleibt Ihnen immer noch die zweite.«

Thönnissen zeigte mit dem Daumen über die Schulter auf die Fähre.

»Eine Reinigung gibt es bei uns nicht. Sie geben die Kleidung beim Inselkaufmann ab, der sie im wöchentlichen Rhythmus nach drüben schafft. Mit Glück bekommen Sie Ihre Sachen eine Woche später wieder. Darf ich?«

Damit wollte er dem Kripobeamten die Reisetasche abnehmen, aber Hundt lehnte ab, indem er sie enger an den Körper heranzog.

Sie hatten den Streifenwagen erreicht und stiegen ein.

»Bei uns läuft alles ein wenig anders«, erklärte Thönnissen. »Ich brauche keine Uniform. Hier weiß auch jeder so, wer ich bin.«

»Darum geht es nicht. Die Uniform ist das äußere Merkmal des hoheitlichen Amtes, das man Ihnen übertragen hat.«

Thönnissen lachte kehlig auf. »Tja, wem Gott ein Amt gegeben ... Mir hat es aber der Innenminister übertragen. So steht es in meiner Ernennungsurkunde. Aber vielleicht ist das ja das Gleiche wie Gott.«

»Sie scheinen eine merkwürdige Dienstauffassung zu haben«, stellte der Hauptkommissar fest. »Ich denke, darüber sollten wir uns noch einmal auseinandersetzen, solange ich hier bin.«

Thönnissen verkniff sich eine Antwort. Das fängt ja gut an, dachte er bei sich. Inzwischen waren sie am Hotel »Nordseeblick« angekommen. Er bremste den Golf ab und ließ ihn vor dem Eingang ausrollen. »So, da wären wir.«

Hundt machte keine Anstalten auszusteigen. Er hockte auf dem Beifahrersitz, umklammerte seine Reisetasche, die er auf den Knien hielt, und starrte nach draußen. »Was soll ich hier?«

»Ich habe im Hotel ein Zimmer für Sie gebucht.« Thönnissen warf einen Blick auf die Reisetasche des Hauptkommissars. »Ihr Gepäck sieht nicht so aus, als hätten Sie darin ein Zelt verstaut.«

»Gibt es keine Unterkunftsmöglichkeit auf der Polizeistation?«

»Die Polizeistation ist in meinem Haus und besteht aus einem alten Schreibtisch und einem Rollladenschrank.« Der Inselpolizist lachte. »Natürlich können Sie es sich aussuchen, in welchem der Formularfächer des Schranks Sie nächtigen möchten. Und zur morgendlichen Körperpflege haben Sie die Wahl zwischen der Pumpe im Hof und der Gastfreundschaft in meinem Bad.«

»Sie haben eine merkwürdige Art an sich«, sagte Hundt, stieg aus und stapfte auf den Eingang zu. Plötzlich hielt er inne und drehte sich noch einmal um. »Wo ist die Polizeistation überhaupt?«

Thönnissen wies den Deich entlang. »Ungefähr einen Kilometer südöstlich. Sie können mein Haus nicht verfehlen. Es ist das letzte.«

»In einer halben Stunde bei Ihnen«, presste der Hauptkommissar zwischen den Zähnen hervor und verschwand im Hoteleingang.

Hundt benötigte eine Stunde, bis er beim Haus des Inselpolizisten eintraf. Er sah sich neugierig um, nachdem Thönnissen ihn ins Wohnzimmer geführt hatte. Neben der Küche, einem Hauswirtschaftsraum, dem Schafzimmer und dem Bad gab es nur noch das Wohnzimmer, das gleichzeitig als Büro diente. Das Obergeschoss wurde von Thönnissen nicht genutzt. Ihm reichte der vorhandene Platz.

Die offene Holzbalkendecke, der Dielenfußboden und der dezent gemusterte Teppich unter dem Couchtisch verliehen dem niedrigen Raum etwas Anheimelndes. Den alten Sekretär und den wuchtigen dunklen Holzschrank mit den kunstvoll gedrechselten Säulen und den Türen mit aufgesetzten Mustern hatte Thönnissen ebenso geerbt wie das Sofa, das allerdings in der jüngeren Vergangenheit neu bezogen worden war.

»Sie leben allein hier?«, wollte der Hauptkommissar wissen.

Thönnissen nickte. »Ich bin nicht verheiratet.«

»Man muss heutzutage nicht verheiratet sein, um die Wohnung mit jemandem zu teilen«, erwiderte Hundt und ließ sich in den angebotenen Sessel fallen. Thönnissen entging nicht, wie der Kripobeamte seinen Blick durch den Raum schweifen ließ.

»Sie scheinen überrascht, wie ich hier wohne«, sprach er ihn direkt darauf an.

Der Hauptkommissar betrachtete eine Weile gedankenverloren den wuchtigen Kachelofen mit der umlaufenden steinernen Bank, der Messingklappe und dem blitzblank polierten Ofenbesteck aus dem gleichen Material.

»Gemütlich sieht es aus. Obwohl es mich schon erstaunt, dass ein Mann in Ihrem Alter in dieser Umgebung lebt.«

Thönnissen wiegte den Kopf. »Das ist eine typische Reaktion von Leuten vom Festland. Sie werden getrieben vom sogenannten Zeitgeist, unterliegen dem Diktat der Aktualität und verlieren den Sinn für Bewährtes und Stabiles.« Er klopfte gegen das Holz des Schranks. »Das ist massiv. Es stammt von meinen Urgroßeltern. Diese Menschen haben sich in dieser damals lebensfeindlichen Umgebung durchgesetzt. Was die geschaffen haben, das hatte notgedrungen Bestand. Und warum soll ich das opfern und gegen schwedischen Zeitgeist austauschen, nur weil es dem Auge ungewohnt erscheint?«

Es war Hundt anzusehen, dass er über die Antwort erstaunt war. »Widmen wir uns der Arbeit«, sagte er ausweichend.

»Möchten Sie einen Tee oder lieber Kaffee?«, fragte Thönnissen.

Sein Gast entschied sich für Kaffee, und der Inselpolizist verschwand in der Küche. Es war das Klappern von Geschirr zu hören, dazwischen zischte die Kaffeemaschine. Nach einer

Weile tauchte Thönnissen wieder auf und balancierte ein Holztablett. Er deckte auf dem Couchtisch für seinen Gast und sich ein. Auf einem kleinen Teller hatte er ein paar Sandkekse angerichtet.

»Sie sind ja fast eine perfekte Hausfrau«, spottete der Hauptkommissar.

Thönnissen zog eine Augenbraue in die Höhe. »Fast?« Er beobachtete, wie der Kripobeamte Milch und Zucker in seine Kaffeetasse füllte und lange umrührte.

»Was haben Sie bisher vorliegen?«, lenkte Hundt wieder auf das Thema seiner Anwesenheit, nachdem er geräuschvoll vom heißen schwarzen Gebräu getrunken hatte.

»Einen toten Hinrich Wessels.«

Der Hauptkommissar betrachtete Thönnissen über den Rand seiner Kaffeetasse.

»Und? Was weiter?«

»Wie weiter?« Der Inselpolizist war erstaunt.

»Wollen Sie mich veräppeln?«

»Mehr haben wir nicht. Wessels. Und sein Gewehr, mit dem er sich erschossen hat.«

»Wie kommen Sie auf Selbstmord?«

»Weil bei uns auf der Insel niemand ermordet wird. Seit Störtebeker nicht mehr.«

»Und wo sind die handfesten Beweise, dass kein Fremdverschulden vorliegt?« Hundt hatte einen arroganten Tonfall angeschlagen.

»Sagte ich schon. Außerdem ist es Wessels' Gewehr, das Nissen bei der Leiche gefunden hat.«

»Liegt der medizinische Befund denn schon vor?« Langsam wurde der Hauptkommissar ungeduldig.

Thönnissen nickte und berichtete, was Dr. Johannsen ihm gesagt hatte.

»Ich möchte das lesen.« Hundt streckte die Hand aus.

Der Inselpolizist ließ ein ironisches Lachen hören. »Fiete, also der Doktor, der schreibt doch keine Berichte. Da können Sie lange warten.«

Der Kriminalbeamte stöhnte auf. »Sie wollen mir nicht erklären, dass das, was Sie mir hier erzählen, der Wahrheit entspricht?«

»Doch«, erwiderte Thönnissen treuherzig. »Wessels hat eine Kugel in den Kopf bekommen. Da ist es doch egal, welchen Teil des Gehirns die ... also.« Er sprach nicht weiter, sondern drückte beide Handflächen gegeneinander, als würde er etwas zerquetschen wollen.

»Haben Sie die Tatwaffe sichergestellt?«

»Tatwaffe?« Thönnissen sah Hundt ratlos an. »Wenn Sie Wessels' Gewehr meinen ... Das hat Nissen mitgebracht.«

»Wollen Sie damit sagen, dass dieser Nissen es angefasst hat?«

Thönnissen nickte. »Sicher. Wie hätte er es sonst zu mir bringen können.«

»Wir finden also Nissens Fingerabdrücke auf der Waffe.«

Der Inselpolizist druckste herum. »Nicht nur Nissens. Auch meine.«

»Bitte?« Hundts Frage glich fast einem Aufschrei.

»Nun ja ... Ich musste es doch entgegennehmen. Nissen hat es mir in die Hand gedrückt.«

»Ist das Gewehr noch von anderen betatscht worden?« Hundt riss langsam der Geduldsfaden.

Thönnissen tat zunächst, als hätte er die Frage nicht gehört. Als der Hauptkommissar sie jedoch wiederholte, kam er um eine Antwort nicht herum. »Kann sein«, gab er zögernd zu. »Sie stand ja bei mir auf dem Flur. Wenn so etwas passiert, dann sind die Leute natürlich neugierig. Kann man ja auch verstehen.«

»Und Sie haben jedem das Gewehr in die Hand gedrückt?«

Thönnissen schüttelte energisch den Kopf. »Natürlich nicht. Aber bei uns ist es nicht üblich, die Häuser abzuschließen. Hier kennt jeder jeden. Da vertraut man einander. Wer sein Haus abschließen würde, käme schnell in Verruf, weil alle glauben, er hätte etwas zu verbergen.«

Hundt seufzte resignierend. »Toll«, sagte er mehr zu sich selbst. »Auf solche Begleitumstände kann ich gut verzichten.« Er sah auf die Uhr.

»Hatte der Tote Feinde?«, nahm er dann den Faden wieder auf.

»Wessels war ein Sonderling. Aber Feinde? Nein. Ganz bestimmt nicht.« Thönnissen nippte an seiner Teetasse und ließ das aromatische Getränk wie einen edlen Tropfen im Mund kreisen. »Sie kommen nicht von hier. Deshalb kennen Sie auch nicht das Leben auf einer Insel. Sie können sich hier nicht aus dem Weg gehen. Man begegnet sich täglich. Alle sind aufeinander angewiesen. All das, was das Leben dort drüben« – sein ausgestreckter Arm wies in Richtung des Festlandes – »schwermacht, entfällt hier. Es gibt keinen Neid, keinen Hass, man kennt sich. Wirklich reich ist niemand. Und wer nicht mitzieht, wird die Insel sehr bald verlassen.«

»Und deshalb kommen Sie Ihren Pflichten nicht nach?« Hundt hatte sich in Thönnissens Richtung vorgebeugt.

»Ich bitte Sie! Nur weil ich im Unterschied zu Ihnen weiß, wie die Uhren hier ticken, wollen Sie mir ein Dienstvergehen andichten?«

»Es wäre nicht Ihr erstes«, ließ sich der Hauptkommissar nicht beirren.

Thönnissen winkte ab. »Eine dumme Sache damals.« Er schlug sich leicht mit der flachen Hand gegen die Stirn. »Ich verstehe mein Handeln selbst nicht mehr. Zum Glück gab es verständnisvolle Vorgesetzte, die sich für mich eingesetzt haben. Seitdem übe ich meinen Dienst untadelig aus. Das steht auch in meinen Beurteilungen.«

Der Hauptkommissar lächelte matt. »Wer soll Sie auf diesem Ruhestandsposten beurteilen? Und wenn Sie wirklich gefordert werden, dann passiert so etwas wie jetzt. Hätten Sie umsichtiger gehandelt, wären alle Fragen gelöst.«

»Verzeihung«, entgegnete Thönnissen spitz, »aber die Spurensicherung auf der Insel hat gerade Urlaub, unsere kriminaltechnische Abteilung ist zur Fortbildung, und die Stahltür zur Asservatenkammer klemmt im Augenblick. Haben Sie eine Vorstellung, wie mein Dienst hier aussieht? Die Leute kommen zu mir, damit ich kleine Streitigkeiten schlichte. Das Übliche, wenn der Busch durch den Zaun wächst und so'n Zeugs. Wenn sich zwei Insulaner im Dorfkrug prügeln, gibt es am nächsten Tag ein Versöhnungssaufen.«

»Und Sie spielen den Ringrichter?«

»Wenn Sie das symbolisch meinen … ja.«

»Hier liegt ein ungeklärter Todesfall vor«, erinnerte Hundt an den Grund seiner Anwesenheit. »Ich möchte ausschließen, dass ein Fremdverschulden vorliegt. Dazu erwarte ich Ihre Unterstützung.«

»Selbstverständlich, Herr Hauptkommissar«, erwiderte Thönnissen. »Wie wollen Sie vorgehen?«

»Ich möchte mir Wessels' Behausung ansehen, anschließend mit dem Arzt und den beiden Männern sprechen, die Ihnen bei der Bergung des Toten behilflich waren. Hat Wessels Angehörige?«

»Nicht direkt.«

Hundt sog die Luft geräuschvoll ein. »Geht es auch ein wenig präziser?«

»Er hatte keine Frau oder Kinder, aber wenn sie schon immer hier gelebt haben, dann sind viele miteinander verwandt. Exakt kann ich Ihnen nicht sagen, wer mit wem wie verwandt ist. Ein paar Cousins und Cousinen kann ich benennen, aber die anderen familiären Verflechtungen? Da bin ich überfragt.«

Der Hauptkommissar sah zum Fenster hinaus. Es hatte erneut zu regnen angefangen. Der Wind trieb die Tropfen hart gegen die Butzenscheiben.

»Lassen Sie uns mit Wessels' Wohnung beginnen.«

Auch Thönnissen hatte das Wetter bemerkt. »Soll ich vorher noch einen frischen Kaffee aufbrühen?«, fragte er und zog die Stirn kraus.

»Nein«, erwiderte Hundt und stand auf.

Er bekam Thönnissens leichtes Grinsen nicht mit.

»Wenn Sie meinen«, sagte der Inselpolizist, verschwand ins Schlafzimmer und kam mit einer gelben Öljacke wieder heraus, unter der eine bis über die Stiefel reichende Regenhose hervorlugte.

Der Hauptkommissar zog sich in der Diele seinen Parka über und hielt kurz inne. Thönnissen ahnte, warum. Der Stoff des Kleidungsstücks war zwar geeignet, einem Regenschauer zu widerstehen, aber die heftigen Niederschläge, die hier herrschten, durchtränkten die Kleidung derer, die den Umgang mit den Witterungsbedingungen auf einer dem Wattenmeer vorgelagerten Insel nicht gewohnt waren. Das hatte auch Hundt gespürt, als er seine Arme in die Ärmel schob und die Nässe spürte, die der Parka wie ein Schwamm aufgesogen hatte. Deshalb hatte Thönnissen verschmitzt gegrinst.

Sie öffneten die Haustür. Der Hauptkommissar gab einen unwilligen Knurrlaut von sich, als ihn der Wind erfasste und ihn noch mehr frieren ließ.

Thönnissen stapfte voran und spürte, wie Hundt ihm auf die Schulter klopfte.

»Wollen Sie nicht abschließen?«, fragte der Hauptkommissar.

»Das sagte ich doch schon. Wir lassen unsere Türen offen.«

»Aber doch nicht die Amtsstube.«

»Wieso nicht? Die ist immer offen.«

»Da könnte jedermann in den amtlichen Unterlagen Einsicht nehmen.«

»Macht doch nichts. Da steht nicht mehr drin, als die Leute ohnehin wissen.«

»Und das Dienstgeheimnis?«

»Welches?«

»Darüber reden wir noch«, sagte der Hauptkommissar. Es klang wie eine Drohung.

»Was ist mit Ihren Sachen?«, fragte Thönnissen.

»Ich habe mein Hotelzimmer abgeschlossen.«

»Pah!« Der Inselpolizist lachte laut auf. »Ich möchte wetten, dass ein halbes Dutzend Leute in der Zwischenzeit in Ihrem Zimmer war und alles durchschnüffelt hat. Und wenn ich wissen möchte, wie Sie mit zweitem Vornamen heißen und wann Sie geboren sind, muss ich nur jemand vom Hotel fragen. Das steht sicher in Ihren Papieren.«

»Das ist ja unglaublich«, rief Hundt.

»So ist das bei uns«, erwiderte Thönnissen, war sich aber nicht sicher, ob ihn der Hauptkommissar verstanden hatte, da sie die Hausecke erreicht hatten, wo der Sturm sie mit voller Wucht erfasste und ihm förmlich die Worte vom Mund riss. Plötzlich hielt ihn Hundt zurück. Thönnissen musste sich nahe zum Kopf des Hauptkommissars beugen, um den Mann zu verstehen.

»Wo wollen Sie hin?«

»Zu Wessels' Haus.«

»Zu Fuß?«

»Ja.«

»Wie weit?«

»Zwei Kilometer.«

»Nix da. Wir nehmen den Dienstwagen.«

»Wenn es sein muss.«

Die beiden Männer hatten sich geradezu angeschrien, so schwierig war die Verständigung im Sturm.

»Wollen Sie mich vorführen?«, fragte Hundt, als sie im grünweißen Golf saßen. »Wieso haben Sie noch die alte Farbgebung am Dienstwagen?«

»Der Reihe nach. Diese Polizeistation bekommt kein neues Fahrzeug zugewiesen. Und wenn ich zu viele Kilometer fahre, muss ich mich bei den Bürokraten im Landespolizeiamt dafür rechtfertigen. Man hält mir vor, ich würde den Steifenwagen für private Zwecke nutzen, schreibt, dass die Insel nur wenige Kilometer lang ist und das eine durchschnittliche Fahrleistung von soundsoviel Kilometern ergibt.«

»Und wie viel sind ›soundsoviel‹ Kilometer?«, fragte Hundt.

»Probieren Sie es aus. Für Sie sind schon zwei Kilometer zu viel.«

»Bei dem Wetter«, verteidigte sich der Hauptkommissar.

»Wir haben hier immer *Wetter*«, sagte Thönnissen ausweichend und ließ offen, was er damit meinte.

Auf der kurzen Strecke über die schmale Straße begegnete ihnen weder ein Fahrzeug noch ein Fußgänger. Die Insel wirkte wie ausgestorben.

»Führen alle Straßen auf dem Deich entlang?«, fragte Hundt.

»Ja«, erklärte Thönnissen. »Pellworm ist eine Marschinsel, das heißt flach auf Meereshöhe und ohne jede natürliche Erhebung. Manche Stellen der Insel liegen sogar unter Normalnull, also unter dem Meeresspiegel, wie Binnenländer es ausdrücken würden.« Dabei schenkte er Hundt einen Seitenblick.

»Wir werden vom Seedeich geschützt, der um die Insel herumreicht. Bei uns gibt es keine Dünenkette. Wenn der Deich an einer Stelle bricht, läuft die Insel voll. Wie eine Badewanne. Um das zu verhindern, hat man die Insel durch Binnendeiche in einzelne Bereiche, die Köge, aufgeteilt. Das ist jetzt sehr laienhaft erklärt. Ursprünglich hing das mit der Landgewinnung zusammen. Aber das würde jetzt zu weit führen. An diesen Binnendeichen hat man Erde angehäuft, auf der die Häuser gebaut wurden. So kommt es, dass die Siedlungen sich an den Deichen entlangziehen und wir so gut wie keine geschlossenen Ortschaften haben, ausgenommen Tammensiel. Und wer nicht am Deich baute, der hat sich eine Warft errichtet, also einen Erdhügel, auf dem das Haus steht. Früher!«, betonte Thönnissen. »Aber Neubürger, die hierher gezogen sind, ahnen nicht, welche Gewalt das Wasser haben kann. Die haben ihre Häuser munter im gefährdeten Bereich gebaut. Man könnte es auch Gottvertrauen nennen.«

Wessels wohnte in einem älteren Haus aus roten Backsteinen, denen die Spuren des rauen Klimas anzusehen waren. Die salzhaltige Luft hatte sich in die Steine gefressen, die Feuchtigkeit war in der Mauer hochgezogen und bildete sichtbare Flecken. Der Mörtel bröselte aus den Fugen. Fensterrahmen und Türen bedurften eines neuen Anstrichs, der Briefkasten neben der Haustür wies Rostflecken auf, und das Dach schimmerte grün vor Moos und Algen. Der Plattenweg zum Eingang führte durch einen Vorgarten, dem anzusehen war, dass er schon seit Jahren nicht mehr gepflegt und der Natur überlassen worden war.

»Wie kommen wir ins Haus?«, fragte der Hauptkommissar.

Thönnissen bedachte ihn mit einem fast verächtlich wirkenden Lächeln. Das habe ich dir erklärt, sollte es bedeuten.

Bei uns werden die Türen nicht abgeschlossen. Er drückte die Türklinke nieder und öffnete die Tür. Ein gespenstisches Knarren begleitete die kunstvoll verzierte, aber durch mangelnde Pflege heruntergekommene Tür, die ins Hausinnere schwang.

Ein muffiger Geruch schlug den beiden Beamten entgegen. Sie traten ein, und Thönnissen schloss schnell die Tür hinter sich. Es dauerte einen Moment, bis sich die Augen an das Halbdunkel gewöhnt hatten. Auf den ersten Blick wirkte alles düster und verfallen.

»Das war unklug von Ihnen«, tadelte Hundt den Inselpolizisten. »Sie haben mögliche Spuren verwischt, indem Sie den Türgriff angefasst haben. Das möchte ich nicht noch einmal erleben. Sie scheinen sehr unbesorgt zu sein. Ständig vernichten Sie Spuren. Sie haben schon beim Anfassen des Gewehrs jede Sorgfalt außer Acht gelassen. Ab sofort werden Sie nichts mehr berühren. Ist das klar?«

Thönnissen nickte. Im Halbdunkel der Diele konnte der Hauptkommissar es nicht wahrnehmen.

»Ist das klar?«, wiederholte Hundt streng.

»Ich habe doch genickt«, verteidigte sich Thönnissen, baute sich in der Mitte der Diele auf und verschränkte trotzig die Arme vor der Brust.

Der Hauptkommissar sah sich suchend um.

»Wo ist der Lichtschalter?«

»Neben der Tür«, sagte Thönnissen.

»Welcher?« Von der Diele führten mehrere dunkelbraun gestrichene Türen mit aufgesetzten Füllungen ab.

»Stube.«

»Und welche Tür führt zur Stube?«

»Links.«

»Können Sie auch in ganzen Sätzen antworten?«

»Nee.«

Hundt schlurfte in die angedeutete Richtung und fluchte, als er über ein Hindernis stolperte. »Was ist das?«

»Ich vermute Schuhe«, antwortete Thönnissen. »Wessels war nicht sehr ordentlich. Wenn er nach Hause gekommen ist, hat er seine Klamotten irgendwo hingeballert. Und wenn das Zeug nass war, hat er es zum Trocknen ausgebreitet.«

»Alles auf dem Fußboden?«, wunderte sich Hundt.

»Sicher. Hätte er es über die Sofalehne hängen sollen?«

»Im Trockenkeller.«

»Ist das ein Scherz? Wir haben das Problem, dass wir das Grundwasser nach draußen bringen müssen, außerhalb der Deiche, sonst saufen wir hier ab. Wer baut da einen Keller? Nee. Wenn es nicht regnet, wird die Wäsche im Wind getrocknet. Und wenn es von oben nass runterkommt, hat Wessels seine Sachen hier in der Diele getrocknet.«

Hundt hatte die Tür erreicht und tastete an der Wand entlang. »Was ist das?«, fragte er erstaunt.

Thönnissen hörte es rascheln. Dann knackte es, und zwei Glühbirnen, die in einer hölzernen Balkenlampe steckten, gaben ein trübes Licht.

»So etwas gibt es noch?« Der Hauptkommissar betrachtete den schwarzen Lichtschalter aus Bakelit, der ebenso wie die Leitungen auf dem Putz befestigt war und nicht gedrückt, sondern gedreht wurde.

»Warum nicht? Erfüllt doch seinen Zweck«, erwiderte Thönnissen lapidar und grinste, als er Hundt ansah und sein Blick auf den Kugelschreiber fiel, den der Kriminalbeamte in der Hand hielt.

Hundt hielt das Schreibgerät in die Höhe. »Damit wollte ich den Lichtschalter betätigen, um keine Spuren zu verwischen«, versuchte er zu erklären, winkte aber ab.

»Nun haben Sie den Lichtschalter mit den Fingern gedreht?«, fragte Thönnissen mit lauerndem Unterton.

Der Hauptkommissar vermied es zu antworten. Er gab auch keine Erklärung ab, weshalb er ein Papiertaschentuch hervorzog und damit vorsichtig Türen und Schubladen öffnete. Thönnissen vermutete, dass Hundt die Einmalhandschuhe in seinem Reisegepäck verstaut hatte, das in seinem Hotelzimmer lag. Nachdem er zuvor Thönnissen Vorhaltungen gemacht hatte, fiel es dem Kriminalbeamten schwer, sein eigenes Versäumnis einzugestehen.

Das Wohnzimmer, die »gute Stube«, wie man hier zu sagen pflegte, erwies sich als kleiner dunkler Raum. Mit ein wenig Fantasie hätte man sich vorstellen können, dass Theodor Storm das Zimmer betrat, hätte in der Ecke auf einem wackligen Tisch nicht ein klobiger Fernsehapparat gestanden. Das Sofa mit der geschnitzten Rückenlehne war mit einer Schondecke überzogen, hinter den Glastüren des Büfetts war Geschirr gestapelt, und auf dem Schrank thronte eine Uhr im gleichen dunklen Holz. Eine Wand zierte ein Ölgemälde mit einem maritimen Motiv. Bis hin zur Tischdecke, die über Eck lag und deren Spitzenrand an den Seiten herabhing, wirkte der ganze Raum museal.

Hundt öffnete nacheinander die geschwungenen Türen des Büfetts. Dahinter entdeckten sie gestapelte Tischwäsche, geschliffene Gläser und achtlos auf einem Stapel abgelegte Post. Unsortiert. Der Hauptkommissar warf einen Blick darauf. »Eine Nachricht des Stromversorgers, ein Brief der Rentenversicherung und Kontoauszüge«, erklärte der Hauptkommissar. »Wessels hat offenbar nur eine bescheidene Rente erhalten«, fuhr er fort. »Und die Ausgaben sind auch übersichtlich.«

»Wovon hätte der Alte Reichtümer ansammeln können?«, fragte Thönnissen. »Er hat sein Leben lang von Hilfstätigkeiten gelebt, ein wenig hier, ein wenig dort. Die letzten Jahre vor seiner Pensionierung war er als Gemeindearbeiter tätig gewesen. Und die paar Schafe, die er nebenbei gehalten hat, waren auch mehr Hobby als Broterwerb.« Der Inselpolizist betätigte den Schalter der Stehlampe mit dem ziselierten Messingfuß und dem fleckigen Schirm, dessen Rand mit Fransen besetzt war.

Der Hauptkommissar betrachtete die Schallplattensammlung. »Ein merkwürdiger Musikgeschmack«, sagte er, während er den Kopf schief hielt und die schmalen Rückseiten der Cover las. »Walzer, Shantys, Freddy Quinn, Ivan Rebroff und so weiter.«

»Das passt zu Wessels' Generation.«

Hundt richtete sich auf. »Kann man sagen, dass der Tote ein schlichter Geist war?«

Thönnissen spitzte die Lippen. »Das klingt so, als würden Sie ihn als einfältig bezeichnen. Damit würde man Wessels Unrecht tun. Nicht jeder kann studieren. Deshalb sollte man aber nicht abfällig über die Menschen sprechen.«

»So war das auch nicht gemeint«, schwächte der Hauptkommissar ab und widmete sein Interesse einem Karton, dessen Deckel lose auflag, ein wenig verschoben. »Leer«, stellte Hundt fest. »Was mag darin gewesen sein? Hm.« Er sah Thönnissen an. Es war ein langer, prüfender Blick.

»Ich weiß viel von den Geschehnissen auf unserer Insel, kenne aber nicht jeden Inhalt irgendwelcher Behältnisse.«

»War Wessels verheiratet? Hatte er Beziehungen zu Frauen?«

»Nicht dass ich wüsste.«

»Ich vermute, dass dieses Haus Wessels' Elternhaus ist?«

»Ja«, bestätigte Thönnissen.

»Wenn die Generationen zuvor auch hier gelebt haben,

dann muss doch Schmuck vorhanden sein. Aus dem Erbe der Mutter.«

»Wenn es etwas gab, dann nichts Wertvolles. Die Familie war nie reich. Tagelöhner.«

»Trotzdem«, beharrte der Hauptkommissar.

»Was hätte der Alte damit anfangen können? Vielleicht hat er es irgendwann einmal auf dem Festland verkauft.«

»Sie halten Raubmord für völlig ausgeschlossen?«

Thönnissen lachte laut auf. »Sehen Sie sich doch um. Sieht das nach Reichtümern aus? Der alte Wessels ist gerade so über die Runden gekommen.«

Das schien auch der Blick in die anderen Räume zu bestätigen. Alles wirkte nahezu ärmlich. Die Möbel waren alt, die Kleidung war getragen und abgenutzt.

»Viel gegönnt hat sich der Tote wohl tatsächlich nicht«, stellte der Hauptkommissar fest. »Und nirgends ein Hinweis auf einen Abschiedsbrief.«

»Wem hätte er schreiben sollen?«, entgegnete Thönnissen. »Raubmord scheidet aus. Auch Eifersucht. Und wenn jemand Wessels hätte ermorden wollen, so wäre das hier im Haus geschehen. Wer zieht mit dem Alten bei diesem Wetter hinaus in die Wiesen und erschießt ihn mit dem Gewehr des Opfers? Wenn Sie mich fragen, so deutet alles auf Selbsttötung hin. Wenn Fiete ...«

»Fiete?«, unterbrach ihn Hundt und zog fragend eine Augenbraue in die Höhe.

»Friedrich Johannsen, unser Arzt. Wenn der einen klaren Kopf gehabt und nicht ›Unklare Todesursache‹ geschrieben hätte, würde Hinrich Wessels in Ehren beerdigt worden sein. Und nun schnüffeln wir hier in seinem persönlichen Kram herum.«

»Das macht mich misstrauisch«, erwiderte der Hauptkommissar. »Mir wird zu sehr suggeriert, dass Wessels sich selbst das Leben genommen hat. Ich möchte noch mehr über den Mann und sein Leben erfahren.«

»Bitte.« Thönnissen klang eingeschnappt.

Hundt hielt einen Moment inne, als eine neue Böe ums Haus fuhr und die Fensterscheiben vibrieren ließ.

»Soll ich einen Tee kochen?«, schlug Thönnissen vor. Er unterdrückte den Zusatz »mit einem Schuss Rum«

»Sie können sich doch nicht an den Sachen des Toten vergreifen.« Der Hauptkommissar unterbrach seine Suche und sah den Inselpolizisten an.

»Warum nicht? Wessels ist tot. Dem nützt der Tee nichts mehr. Und Sie holen sich eine Lungenentzündung. Sie wollen doch nicht behaupten, dass wir uns ungerechtfertigt an der Erbmasse bereichern?«

»Wir suchen hier nach Spuren, Thönnissen. Sie können die doch nicht vernichten.« Hundt schüttelte missbilligend den Kopf.

»Sie meinen, die unscheinbaren Teeblätter würden womöglich auf den Täter hinweisen, von dem wir nicht einmal wissen, ob es ihn gibt?« Thönnissen lachte vergnüglich in sich hinein. »Wonach suchen wir? Fingerabdrücke auf den Teekrümeln? DNA-Spuren an der Kanne? Bitte!« Thönnissen lehnte sich zurück. »Ich gebe zu, dass ich keine Erfahrung in Sachen Mordermittlung habe, aber dass ein Mörder dem alten Wessels bei diesem Wetter hinaus in die Wiesen folgt, ihm das Gewehr abnimmt, Wessels damit erschießt und anschließend in das Haus des Opfers fährt, um dort Tee zu trinken … Das glaube ich nicht.«

»Haben Sie daran gedacht, dass die beiden vor der Tat hier gesessen haben könnten?« Hundts Stimme hatte einen belehrenden Tonfall angenommen.

»Ach.« Thönnissen nickte. »Jetzt habe ich es verstanden. Opfer und Täter haben hier Tee getrunken. Dann hat der unbekannte Besucher gesagt: ›Wessels, dein Tee ist grottenschlecht. Dafür wirst du sterben.‹ Beide haben sich warm angezogen, denn da draußen kann man sich sonst den Tod holen, und sind zu der Stelle, an der Nissen den alten Hinrich gefunden hat.« Thönnissen legte die Hand über die Augen und sah wie ein Indianer aus, der gegen die Sonne in die Ferne starrte. Dabei drehte er sich provozierend ein wenig im Kreis. »Dann müssten wir hier aber das Geschirr für zwei Leute vorfinden. Und?«

Hundt winkte ab. Auch dem Hauptkommissar war aufgefallen, dass in der Spüle nur ein einzelner schmutziger Teebecher stand, in dem sich die Patina langjährigen Gebrauchs festgesetzt hatte. Bei manchen Menschen hielt sich hartnäckig der Glaube, Teegeschirr dürfe nicht gespült werden. Er zeigte auf frisches Gemüse: ein paar Wurzeln, die in anderen Gegenden Möhren genannt wurden, eine Stange Lauch, geschälte Kartoffeln und Zwiebeln. Daneben lag ein Küchenmesser, das Gebrauchsspuren hatte. Die Erklärung dafür fand sich im Kühlschrank. Dort lag auf einem Holzbrettchen ein Berg gewürfelter Speck.

»Das ist merkwürdig«, murmelte der Hauptkommissar. »Wenn jemand Selbstmord plant, bereitet er nicht seine nächste Mahlzeit vor. Das ergibt keinen Sinn. Dies hier« – er zeigte auf die Kartoffeln und das Gemüse – »sieht aus, als hätte Wessels sich damit ein rustikales Essen zubereiten wollen. Er hat sogar schon die Pfanne herausgestellt.« Beide Beamten sahen auf die gusseiserne Pfanne, die sowohl im Inneren als auch am Rand mit einer schmierigen Schicht bedeckt war.

Um die Kochstellen auf dem Herd klebten ebenfalls Fettspritzer und Speisereste. Angewidert ließ der Hauptkommissar seinen Blick schweifen. In der Spüle lagen ein Messer und eine Gabel, daneben ein schmutziges Geschirrtuch. »Hat Wessels stets dies eine Besteck benutzt und es nur notdürftig unter dem Wasserstrahl gereinigt?«

Thönnissen zuckte nichtssagend mit den Schultern.

»Warum ist es hier so klamm?«, fragte Hundt und schüttelte sich.

»Wessels war nicht gut betucht. Der hat eine schmale Rente bezogen, von der er leben musste. Das Heizöl und viele andere Dinge des täglichen Bedarfs sind bei uns wesentlich teurer als auf dem Festland, weil alles mit der Fähre herbeigeschafft werden muss. Und die Pensionäre bekommen auf der Insel keinen Zuschlag zur Rente.«

»Warum leben die hier, wenn es ihnen so schlechtgeht?«

Thönnissen versank für einen kurzen Moment in eine Phase stillen Überlegens. Es schien, als würden seine Gedanken in die Ferne schweifen. Dann sah er Hundt fest in die Augen. »Warum leben die Menschen hier trotz aller Widrigkeiten?«, wiederholte er die Frage. »Ganz einfach. Weil es ihre Heimat ist.«

»Aber Heizen sollte man doch, wenn man dafür auch andere Bedürfnisse zurückstellen muss«, sagte Hundt. Der Hauptkommissar machte gar nicht mehr den Versuch, sein Frieren unterdrücken zu wollen.

»Man muss abwägen, ob man heizt oder fährt. Jeder Kilometer mit dem Auto bedeutet ein bisschen weniger Wärme.«

Hundt hatte Thönnissen verstanden. »Wollen Sie damit sagen, dass die Dieselfahrzeuge auf der Insel mit Heizöl betrieben werden?«

»Ich habe gar nichts gesagt«, erwiderte der Inselpolizist. »Dafür ist der Zoll zuständig. Und den sehen wir hier nur im Sommer, wenn die Kollegen mit ihrem schicken Boot eine Parade an unserem Anleger vorführen.«

Hundt zog noch ein paar Schubladen auf und wühlte oberflächlich im Inhalt. Ihm war anzumerken, dass er aufgab.

»Wonach haben Sie gesucht?«, wollte Thönnissen wissen. »Nach einem Abschiedsbrief? Ich bin mir nicht sicher, wann der alte Wessels das letzte Mal einen Schreiber in den Fingern hatte.«

»Wollen Sie behaupten, er wäre ein Analphabet gewesen?«

»Nein. Bestimmt nicht.« Thönnissen schüttelte den Kopf. »Gegen solche Vorurteile haben wir immer wieder zu kämpfen. Nehmen Sie eine Schulklasse auf dem Festland. Da sitzen im Klassenzimmer dreißig Schüler. Wenn der Lehrer eine Viertelstunde Allgemeines erklärt, hat er noch dreißig Minuten Zeit, sich den Schülern zuzuwenden. Das macht pro Kind eine Minute. Und hier bei uns? Oder auf der Hallig? Ein Lehrer und zwei Schüler? Da lernen sie viel intensiver. Meinen Sie, ein Halligschüler kann sich durchmogeln und hoffen, der Lehrer würde ihn nicht entdecken, wenn er seine Hausarbeiten nicht gemacht hat? Und wer kommt als Lehrer auf eine Hallig? Das sind Idealisten. Das, Herr Hauptkommissar, macht den Unterschied aus.«

Hundt musterte den Inselpolizisten schweigend. Dabei setzte er eine nachdenkliche Miene auf.

»Wir brechen hier ab«, entschied er.

»Glauben Sie nun auch an Selbstmord?«, fragte Thönnissen mit lauerndem Unterton.

Der Hauptkommissar brummte etwas Unverständliches. »Die leere Pappschachtel, die wir im Schrank gefunden haben, die möchte ich sicherstellen.«

»Warum das denn?«

»Mich würde interessieren, was Wessels darin aufbewahrt hat.«

»Als wenn das die Erleuchtung bringen würde«, brummte Thönnissen.

Sie verließen das Haus.

»Mir wäre es lieb, wenn wir abschließen würden«, sagte der Hauptkommissar.

»Wie denn? Haben Sie einen Schlüssel?«

Resigniert schüttelte Hundt das Haupt. Plötzlich stutzte er. »Was ist das?« Er wies auf einen windschiefen Schuppen.

»Woher soll ich das wissen?«

»Ich denke, Sie kennen sich hier aus, sind hier geboren.«

»Das bedeutet aber nicht, dass ich jeden intimen Winkel in den Häusern kenne.«

Sie näherten sich dem Schuppen. Die Tür aus Holzlatten hing schief in den Angeln. Ein stabiles Vorhängeschloss sicherte den Zugang.

»Das ist merkwürdig«, sagte der Hauptkommissar und beäugte die Sicherung. Im Unterschied zu den verrosteten Türangeln und Beschlägen sah das Schloss neu aus. Er rüttelte daran. »Ich denke, hier wird nichts verschlossen.« Aus zusammengekniffenen Augen musterte er Thönnissen. »Haben Sie den Schlüssel gefunden?«

»Wo denn?«

»Beim Opfer.«

»Opfer? Sie meinen: beim Toten«, verbesserte der Inselpolizist. »Nein. Ich habe nicht in den Taschen nachgesehen. Warum sollte ich, da die Identität feststand.«

»Ich bin davon ausgegangen, dass Sie alles sichergestellt haben.«

Thönnissen unterließ es zu antworten.

Der Hauptkommissar legte die Hände an die Schläfen und versuchte, durch den Türspalt zu blicken. »Nichts zu erkennen«, murmelte er, trat einen Schritt zurück. »Öffnen Sie!«, befahl er scharf.

»Wir können doch nicht einfach …«, wandte Thönnissen ein. »Wir haben doch keine Handhabe.«

»Ich möchte nicht mit Ihnen diskutieren. Hier ist Gefahr im Verzug. Öffnen Sie die Tür.«

Thönnissen zuckte die Schultern, legte seine Hände hinter den Sperrriegel und zog daran. Erfolglos. Erst als er seinen Fuß gegen die Hauswand stemmte und erneut an der Tür zerrte, rissen die Schrauben des Beschlags aus dem morschen Holz. Der Polizist wurde durch den Schwung zurückgeschleudert und wäre fast gestürzt. Nur mit Mühe konnte er sich halten.

Hundt trat neugierig auf die Schwelle und warf einen Blick in den Schuppen. »Das glaube ich nicht«, hörte Thönnissen ihn sagen.

Auch der Inselpolizist war sprachlos, als er die Einrichtung in Augenschein nahm. Links und rechts zogen sich hölzerne Regale an den Wänden entlang, eine Seite war mit leeren Flaschen bestückt, die andere mit gefüllten. Eine goldgelbe klare Flüssigkeit war in den unetikettierten Flaschen, die mit Korken verschlossen waren. In einer Ecke lag ein großer Haufen Kartoffeln. Noch beeindruckender war die Brennvorrichtung in der Mitte des Raums.

»Davon wollen Sie nichts gewusst oder mitbekommen haben?«, fragte der Hauptkommissar. »Das ist ja nahezu eine Schnapsfabrik.«

Thönnissen starrte mit offenem Mund auf die Brennerei.

»Ehrlich, Herr Hauptkommissar«, stammelte er. »Davon … also …, also das habe ich wirklich nicht gewusst. Bestimmt nicht. Ich bin erstaunt.«

Hundt stöberte im Schuppen herum und blieb vor einer merkwürdig aussehenden Maschine stehen. »Was ist das?«, fragte er wie zu sich selbst und fand die Antwort, als er die Etiketten sah, die mit Hilfe dieser Einrichtung auf den Flaschen aufgebracht wurden. »Hinrich's Kartoffelschnaps«, las er vor. »›Eine Spirituosenspezialität von der Küste.‹ Mensch,

Thönnissen. Das wird ein Nachspiel haben. Sie wollen mir doch nicht erklären, dass das hier« – dabei ließ er seinen Arm kreisen – »niemand mitbekommen hat. Wo kommt das Leergut her? Wer waren die Abnehmer? Wer hat die Etiketten gedruckt? Dazu gehört eine ausgefeilte Logistik. Und das alles soll im Verborgenen geschehen sein? Das ist hier fast eine Großbrennerei«, übertrieb Hundt.

Thönnissen blieb die Antwort schuldig.

»Das wird versiegelt, bis die Spurensicherung alles aufgenommen hat.«

»Selbstverständlich«, pflichtete Thönnissen bei und schmunzelte, als er bemerkte, dass der Kriminalbeamte ebenso wenig wie er selbst das notwendige Material dabei hatte.

»Niemand darf etwas davon erfahren, bis die Kollegen vom Festland da sind«, sagte Hundt im Befehlston.

»Natürlich«, bestätigte Thönnissen. Schweigend stapften die beiden zum Streifenwagen zurück. Von dort nahm der Hauptkommissar Kontakt zu seiner Dienststelle auf und forderte die Spurensicherung an. »Halt«, fiel ihm ein. »Haben Sie eine Kamera?«

»Sicher«, bestätigte Thönnissen.

»Dann fotografieren Sie alles. Alles!«, schob Hundt mit Betonung nach.

Missmutig stieg der Inselpolizist aus und trottete zum Schuppen zurück, um dort eine ganze Serie von Aufnahmen aus den unterschiedlichsten Perspektiven zu tätigen.

Anschließend fuhren sie zur Polizeistation zurück.

Auf der Fahrt bemerkte Thönnissen, wie Hundt immer wieder den Kopf schüttelte, als könne er es immer noch nicht glauben, was sie entdeckt hatten. »Das wollen Sie nicht bemerkt haben? Im Umgang mit Alkohol scheinen Sie es wirklich an der nötigen Sensibilität missen zu lassen.«

»Wollen Sie mir etwas unterstellen?« Thönnissen vermied es, den Hauptkommissar anzusehen, und hoffte, sein Atem würde den Alkoholkonsum während der Bergungsaktion nicht verraten.

»Hinter vorgehaltener Hand wird viel gemunkelt«, sagte Hundt. »Ich beteilige mich nicht an Gerüchten.« Er schwieg eine Weile. »Ich kenne den Vorgang aus der Akte«, schob er schließlich nach.

Sie hatten die Polizeistation erreicht, und der Inselpolizist schaltete den Motor ab. »Welchen Vorgang?«, fragte er scheinbar arglos.

»Ihren. Mich wundert, welche Hundertschaft von Schutzengeln Ihnen da beigestanden hat. Für dieses Vergehen kann es nur die Entfernung aus dem Dienst geben.«

»Ich war jung, übereifrig, wollte ein Zeichen setzen.«

Der Hauptkommissar schüttelte den Kopf. »Damit ist das nicht zu entschuldigen. Vermutlich durften Sie nur deshalb Polizist bleiben, weil Sie sich übermäßig blöd angestellt haben.«

»Die Folgen dieser Handlung muss ich bis zur Pensionierung ausbaden. Die Stellung hier, auf der Insel. Die Gewissheit, am Ende meiner Karriere angekommen zu sein. Obermeister.«

»Haben Sie etwas anderes erwartet? Seien Sie froh, dass man Ihnen so viel Entgegenkommen und Gnade erwiesen hat.« Hundt tippte sich gegen die Stirn. »Wie dumm muss man sein, um eine Blutprobe zu fälschen.«

»Der Beschuldigte, der als Lehrer in dem Dorf tätig war, war alles andere als ein Vorbild. Abend für Abend hat er sich im Krug volllaufen lassen und sich anschließend hinters Lenkrad gesetzt. So habe ich ihm aufgelauert und tatsächlich ihn erwischt, wie er betrunken Auto gefahren ist.«

»Dagegen ist nichts einzuwenden. Auch dass Sie ihn anschließend zum Dorfarzt mitgenommen und eine Blutprobe haben nehmen lassen, ist in Ordnung. Aber dann.«

»Das war nicht gut«, gestand Thönnissen.

»Nicht gut? Saublöd. Welcher Teufel hat Sie nur geritten, die Blutprobe mit Johannesbeerschnaps anzureichern?«

»Ich wollte sichergehen. Denn dass der Lehrer schuldig war, ist unbestritten.«

»Sie können doch keine Beweismittel fälschen. Und dann mit Schnaps? Mensch. Wie viel Promille hat das Labor bei der Blutprobe ermittelt?«

»Vierundachtzig«, gab Thönnissen kleinlaut von sich.

Der Hauptkommissar lachte auf. »Sie haben nicht nur Beweismittel manipuliert, sondern auch noch ihr Ziel verfehlt. Dem Lehrer, den Sie so hartnäckig verfolgt haben, konnte nichts mehr bewiesen werden.«

»Der hat sich ein Jahr später im Suff totgefahren«, erklärte Thönnissen. »Mir wäre es lieber gewesen, ich hätte ihn zur Strecke gebracht, er wäre bestraft worden und wäre heute noch am Leben.«

Sie stiegen aus und gingen in Thönnissens Haus. Dort nahm Hundt das Angebot an, einen Kaffee zu trinken. Während der Hausherr in der Küche mit der Zubereitung beschäftigt war, blätterte der Hauptkommissar beiläufig in einem Stapel Reiseprospekte, Beschreibungen und Skizzen, die auf dem Wohnzimmertisch lagen. Als Thönnissen zurückkehrte, zeigte er auf die Unterlagen. »Sind das aktuelle Reisepläne?«

»Ich bin Junggeselle und niemandem verantwortlich.« Es klang eine Spur aggressiv.

»Das habe ich auch nicht behauptet. Sie haben sich aber ein mehr als außergewöhnliches Ziel ausgesucht.«

»Muss jeder in den Schwarzwald verreisen? Und die deutsche Nordseeküste ist für uns Insulaner auch kein erstrebenswertes Urlaubsziel.«

»Nun regen Sie sich mal nicht auf. Ich habe doch gar keine Kritik angebracht.«

»Das wäre auch nicht angemessen. Schließlich habe ich lange dafür gespart. Seitdem ich als Kind ›Die Schatzinsel‹ gelesen und die ›Meuterei auf der Bounty‹ gesehen habe, träume ich von der Südsee.«

»Das kann ich verstehen.« Hundt lehnte sich zurück, trank einen Schluck Kaffee und schloss für einen Moment die Augen, als würde er träumen. »Tahiti, Hawaii, Samoa, Tonga … Das sind bestimmt wunderbare Träume. Wer möchte nicht dorthin. Aber Tuvalu? Ist das nicht reichlich exotisch?«

»Warum? Fragen Sie die Feriengäste auf unserer Insel, warum sie nicht nach Sylt, Föhr oder Norderney fahren? Dort gibt es ganz andere Angebote als hier.«

»Das können Sie doch nicht vergleichen.«

»Warum nicht?«

»Diese Insel und Tuvalu?« Hundt blätterte oberflächlich im Papierstapel. »Wie kommt man dort überhaupt hin?«

Thönnissen grinste. »Mit dieser Frage muss man sich beschäftigen. Man fliegt von Hamburg nach Zürich, von dort über Seoul in Südkorea nach Nadi, dem internationalen Flughafen der Fidschi-Inseln. Von dort sind es noch etwas über tausend Kilometer bis Tuvalu. Schwups. Und schon sind Sie nach zwei Tagen da.«

»Und das macht Spaß?«

Thönnissen nahm seine Tasse zur Hand und schwenkte sie in Richtung Fenster, gegen das der Regen trommelte. »Mehr, als hier nach einem nicht vorhandenen Mörder zu suchen.«

»Die Beurteilung der Todesart sollten Sie mir überlassen«,

erwiderte Hundt scharf, trank den Rest aus, setzte die Tasse hart ab und fuhr fort: »Ich möchte mir jetzt den Toten ansehen und anschließend die Zeugen Nissen und Feddersen vernehmen.«

»Jawohl.« Sein Gegenüber klang eine Spur ironisch. Hundt registrierte es durch einen maßregelnden Blick.

Sie zwängten sich in den alten Streifenwagen, wo sofort die Scheiben beschlugen. »Gibt es keine Defrosterstellung?«, murrte Hundt.

Der Inselpolizist lächelte. »An der De-luxe-Ausstattung hat man seinerzeit gespart.« Er wartete eine Weile, bis die Sicht frei war, und sie fuhren zur Arztpraxis.

»Heute ist keine Sprechstunde«, stellte der Hauptkommissar mit einem Blick auf das weiße Praxisschild fest.

»Das ist bedeutungslos. Jeder weiß, dass Fiete ohne feste Zeiten für seine Patienten da ist.« Wenn er nicht betrunken in seiner Koje hockt, fügte Thönnissen in Gedanken an. Er atmete erleichtert auf, als Annemieke Johannsen ihnen öffnete, Hundt bei der Vorstellung indiskret musterte und die beiden Beamten aufforderte, ihr zu folgen. Dr. Johannsen saß im sogenannten Gartenzimmer, einem gläsernen Anbau auf der Rückseite des Hauses, der einen wunderbaren Blick über die Marsch bot, nur begrenzt durch den fernen Deich. Heute war alles in ein trübes Grau getaucht. Die Regentropfen perlten an der Fensterfront. In ihnen brachen sich die wenigen Lichtstrahlen. Der Arzt ließ die Lokalzeitung sinken und sah den beiden Besuchern entgegen.

»Das ist Hauptkommissar Hundt von der Kripo. Vom Festland«, fügte Thönnissen überflüssigerweise an. Es klang mehr wie eine Wertung, eigentlich eine Abwertung, nicht wie eine Erklärung. Der Arzt hatte es richtig verstanden.

»So – so.« Dabei spitzte er die Lippen.

»Ist Ihnen beim Opfer etwas aufgefallen?«, fragte der Hauptkommissar ohne lange Vorrede.

»Ja«, erwiderte Dr. Johannsen bedächtig. Es entstand eine Pause, bis Hundt schließlich ungehalten ausrief: »Verraten Sie mir auch – was?«

»Es war tot.«

Dem Hauptkommissar stieg die Zornesröte ins Gesicht. »Ich bin es leid, auf dieser Insel ständig für dumm verkauft zu werden.«

Der Arzt zeigte auf Thönnissen. »Er da?«

Der Inselpolizist zuckte nur mit den Schultern.

»Was soll mir denn aufgefallen sein? Bin ich Pathologe? Wessels war tot, als er zu mir gebracht wurde. Exitus totalis.«

»Das ist doch Blödsinn«, empörte sich Hundt. »Exitus. Das ist final.«

»Eben. Ich habe es nur verdoppelt, um Ihnen verständlich zu machen, dass ich nicht mehr sagen kann. Wessels ist erschossen worden. Das ist eindeutig. Was genau den Tod herbeigeführt hat … Das wird der Rechtsmediziner sagen können. Ich bin kein Hobbyjäger und breche deshalb auch nicht die Leiche auf, um nach Spuren zu suchen.« Er streckte dem Kriminalbeamten beide Hände entgegen. »Die heilen. Vom Aufschneiden und Zerlegen verstehe ich nichts. Seit dem Studium habe ich keine Toten mehr seziert. Und das ist schon ein paar Tage her.«

»Ich wollte wissen, ob Ihnen sonst irgendetwas Besonderes aufgefallen ist.« Hundt klang ein wenig besänftigt.

»Das habe ich eben gerade erklärt.«

»Dann möchte ich mir jetzt den Toten ansehen, bevor er zur Rechtsmedizin überführt wird.«

»Das geht nicht. Der ist nicht mehr da.«

Hundt stieß einen Seufzer der Verzweiflung aus. »Was wollen Sie damit sagen?«

»Ich habe nur das eine Behandlungszimmer. Mancher Kollege hat den schwarzen Humor und stellt ein Skelett in seinem Behandlungszimmer auf. Ich bin der Überzeugung, meine Patienten wären nicht davon angetan, wenn ich eine Leiche im Ordinationszimmer liegen habe, selbst dann nicht, wenn sie den Toten kennen. Deshalb habe ich Ipsen angerufen.«

»Ipsen?«, unterbrach Hundt den Arzt.

»Unser Bestatter«, erklärte Thönnissen.

»Ipsen hat Wessels heute Morgen abgeholt und bei sich eingelagert.«

»Sie können doch nicht eigenmächtig entscheiden, wie mit dem Opfer verfahren wird«, schimpfte der Hauptkommissar.

»Doch«, entgegnete der Arzt stur. »Schließlich bin ich der Hausherr.«

»Fiete, das musst du verstehen. Das ist wegen dem Beweis.«

»Wegen des Beweises«, korrigierte ihn Hundt. »Außerdem erwarte ich, dass Sie Ihr destruktives Verhalten einstellen.«

»Wenn ich mich aktiv verhalte, ist es Ihnen nicht recht, und wenn ich mich zurückhalte, auch nicht. Ja, was denn nun?«

»Ach, hören Sie doch auf!« Der Hauptkommissar winkte verärgert ab. »Wo hat dieser Ipsen sein Institut?«

»Das ist nicht weit. Ein Stück den Mitteldeich entlang. Die Tischlerei.«

Hundt war nicht erstaunt. Er schien um die alte Tradition zu wissen, dass im ländlichen Bereich die örtliche Tischlerei und das Bestattungsinstitut in einer Hand lagen. Sie fuhren ein Stück in Richtung des Leuchtturms, eines der Wahrzeichen der Insel, der als gediegener Ort für Hochzeiten galt.

Die Tischlerei war in einem stattlichen Anwesen untergebracht. Thönnissen parkte den Streifenwagen auf dem Hof und öffnete die breite repräsentative Tür aus hellem Holz. Sie war noch relativ neu und noch nicht lange der Witterung ausgesetzt. Die feine Machart und die sorgfältige Fertigung konnten durchaus als Werbung für den Tischler gedeutet werden.

Es erklang ein melodischer Gong, und kurz darauf tauchte eine Frau in Kittelschürze auf, die sich die Hände an einem karierten Tuch abtrocknete. Sie erkannte den Inselpolizisten und warf dessen Begleiter einen neugierigen Blick zu.

»Moin, Frerk. Jesper is nich dor«, grüßte sie.

»Moin, Liesschen. Wo steckt er?«

»Der ist auf'm Bau bei Lund. Die wollen heut die Tür'n reinkriegen. Der Knarzkopp, ich mein Lund, drängt.« Sie rieb Daumen und Zeigefinger gegeneinander. »Der will die Hütte an Feriengäste vermieten. Darum ist es so eilig.«

Thönnissen zeigte auf Hundt. »Der Hauptkommissar will sich Wessels ansehen.«

»Den Toten?« Liesschen Ipsen musterte den Kriminalbeamten interessiert. »Der ist doch hinüber. Was gibt's da noch zu seh'n?«

»Davon verstehst du nichts.«

»Kannst so nicht sagen. Schließlich wasch ich die Leichen immer.« Sie schüttelte den Kopf. »Da staunst du manchmal. Manche laufen zu Lebzeiten etepetete herum, und wenn sie dann tot geblieben sind, staunst du Bauklötze, wie dreckig die Unterhose ist, in der sie gestorben sind. Muss Jesper unbedingt dabei sein? Oder kann ich euch die Leiche zeigen?«

»Natürlich.« Thönnissen warf Hundt einen Seitenblick zu und folgte Liesschen Ipsen am großen Aquarium mit den exotisch anmutenden Fischen vorbei, das dem Eingangsbereich des Bestattungsinstituts Lebendigkeit verlieh, durch die moderne Küche und den Hauswirtschaftsraum, der den Keller ersetzte, zu einer gefliesten Kammer. Kaltes Neonlicht flammte auf.

»Der da«, sagte sie und zeigte auf eine Bahre auf einem

Rollgestell, die mit einem Leinentuch abgedeckt war. »So groß ist die Auswahl bei uns nicht.« Mehr als zwei Tote würden den kleinen Raum ausfüllen, dachte Thönnissen und zog das Tuch ein Stück zur Seite.

»Wir haben ihn nicht zurechtgemacht, sondern ihn gelassen, wie wir ihn vom Doc abgeholt haben«, erklärte Frau Ipsen.

»Endlich jemand, der mitgedacht hat«, lobte Hundt, wurde aber von der Frau des Bestatters sogleich enttäuscht.

»Ach, wissen Sie, wenn wir den Auftrag zur Beerdigung bekommen hätten, hätte ich Wessels schon gewaschen und zurechtgemacht. Der sieht nicht gerade lecker aus.«

Sie hatte recht. Das eingefallene Gesicht mit den Bartstoppeln war schmutzübersät. Trotzdem war der dünne Faden getrockneten Bluts erkennbar, der aus dem Mundwinkel herausgelaufen war. Die Todesursache hätte auch ein Laie erkennen können. Das Einschussloch, das den halben Unterkiefer weggerissen hatte, war unübersehbar.

Der Hauptkommissar beugte sich über den Toten und suchte den Hinterkopf ab. »Ich kann keinen Ausschuss entdecken«, sagte er.

»Dann ist das Geschoss noch im Kopf«, antwortete Thönnissen. »Kein Wunder. Wessels war als Dickkopf bekannt.«

Liesschen Ipsen nickte eifrig, wie zur Bestätigung. Neugierig beugte sie sich vor und verfolgte die Inaugenscheinnahme des Kriminalbeamten.

»Danke. Sie können uns allein lassen«, sagte dieser.

»Aber wieso denn?«, protestierte die Frau des Bestatters.

Thönnissen fasste sie sanft am Oberarm und schob sie Richtung Tür.

»Das ist eine amtliche Untersuchung. Da kannst du nicht anwesend sein«, sagte er.

»Schade. Man sieht so was doch nicht oft. Eigentlich nie«, sagte die Frau enttäuscht, verließ aber den Raum.

Hundt holte tief Luft. »Merkwürdige Leute leben hier«, stellte er fest und untersuchte weiter den Leichnam. Er nahm die Hände des Toten und prüfte die Finger.

»Ob er sich zur Wehr gesetzt hat, ist mit bloßem Auge nicht erkennbar. Die Fingernägel lassen keine Rückschlüsse darauf zu. Sie sehen aus, als wären sie bei der Arbeit abgebrochen. Oder abgeknabbert.«

Sorgfältig untersuchte Hundt den Leichnam, ohne dabei mögliche vorhandene Spuren zu verwischen.

»Und?«, fragte Thönnissen, als der Hauptkommissar seine Tätigkeit beendet und den Toten wieder zugedeckt hatte.

»Ich habe keine erkennbaren Abwehrverletzungen feststellen können.«

»Wie sollten Sie auch. Jemand, der Selbstmord begeht, kämpft vielleicht vorher mit seinen eigenen Zweifeln. Das hinterlässt aber keine Spuren. Nur in der Seele. Und die kann auch der beste Pathologe nicht sezieren.«

»Sie sollten aufhören, ständig von Selbstmord zu sprechen«, mahnte der Hauptkommissar. »Noch steht die Todesursache nicht fest.«

»Doch«, unterbrach ihn Thönnissen vorlaut. »Für mich ist es klar, dass sich Wessels erschossen hat. Allein.«

»*Ich* entscheide darüber«, stellte Hundt mit Nachdruck fest. »Der Tote muss in die Rechtsmedizin. Und zwar schnellstens.« Er sah sich um. »Wo kann ich mir die Hände waschen?« Bevor Thönnissen antworten konnte, hatte er das Waschbecken entdeckt und begann, sich gründlich die Hände zu reinigen.

»Haben Sie etwas entdeckt?«, fragte Liesschen Ipsen, als die Polizisten in den Wohnteil des Hauses zurückkehrten.

Thönnissen legte den Zeigefinger auf die Lippen. »Das ist ein Amtsgeheimnis«, erklärte er und schmunzelte, als er das enttäuschte Gesicht der Frau sah. Mit Sicherheit würde sie, gleich nachdem die Beamten das Haus verlassen hatten, die Neuigkeit unter die Insulaner streuen. »Was sollen wir anderes entdecken als das, was du selbst schon weißt.«

»Also doch Selbstmord.«

Hundt ließ das unkommentiert und sprach Thönnissen erst im Streifenwagen darauf an.

»Warum behaupten Sie so hartnäckig, dass es Selbstmord war?«

»Das ist doch nicht zu übersehen. Außerdem wäre es schlimm für unsere Insel, wenn das Gerücht kursieren würde, dass hier ein Mord geschehen ist. Niemand kann sich an eine solche Tat erinnern. Die Urlaubsgäste fühlen sich hier sicher. Kriminalität gibt es hier nicht. Das ist Teil des Wohlfühlpakets neben den anderen Vorzügen, die wir bieten. Wenn es sich herumspricht, dass hier Gewalt eingezogen ist, bleiben die Gäste aus. Aber davon lebt die Insel. Das bisschen Landwirtschaft, das ernährt die Menschen nicht.«

»Das mag sein, ist aber noch lange kein Grund, polizeiliche Untersuchungen zu beeinflussen. Vergessen Sie nicht, dass Sie eine Hypothek mit sich herumtragen. Sie haben schon einmal die Ermittlungsarbeiten behindert.«

»Wollen Sie mir etwas unterstellen?« Thönnissen war empört. »Mir ist aus mehreren Gründen daran gelegen, diesen Fall zu Ende zu bringen. Ihre Anwesenheit bringt Unruhe auf die Insel. Ich möchte wissen, was mit Wessels geschehen ist, und außerdem freue ich mich auf meinen Urlaub.«

»Sie haben die Reise nicht nur geplant, sondern bereits gebucht?« Hundt war überrascht.

Thönnissen nickte. »Darauf freue ich mich seit Jahren. Sie

können sich vorstellen, dass ich diesen Urlaub ungern platzen lassen würde.«

»Dafür habe ich Verständnis. Deshalb können wir aber, um den Fall möglichst schnell abzuschließen, nicht voreilig vermuten, dass Wessels Selbstmord begangen hat. Für mich gibt es noch eine Reihe von Unklarheiten. Und bevor wir diesen Fragen nicht nachgegangen sind, sollten wir uns mit Beurteilungen zurückhalten, insbesondere Dritten gegenüber. Ist das klar?«

Natürlich hatte der erfahrene Kriminalbeamte recht mit seiner Skepsis. »Und jetzt?«, wollte Thönnissen wissen.

»Ich möchte mit dem Zeugen sprechen, der den Toten gefunden hat.«

»Wilken.«

»Hat er auch einen Vornamen?«

»Das ist der Vorname. Wilken Nissen.«

Nissen wohnte in einer windschiefen Kate nahe der stillgelegten alten Mühle. Das Grundstück war ähnlich verwahrlost wie das des toten Hinrich Wessels.

»Sieht es auf der Insel überall so aus?« Hundt konnte sein Erstaunen nur schwer verbergen.

»Für einen gepflegten englischen Garten ist die Landschaft zu rau.«

»Auch wenn wir jetzt nicht die Jahreszeit dafür haben, kann ein wenig Pflege nicht schaden. Ihr Grundstück ist ja auch nicht heruntergekommen.«

»Älteren Männern fehlt es möglicherweise an der Motivation«, gab Thönnissen zu bedenken.

»Lebt Nissen auch allein?«

»Ja. Es ist schwierig, Frauen für ein Leben auf der Insel zu begeistern. Man muss das Leben hier kennen, um es verstehen zu können. Oder es ist Liebe auf den ersten Blick. Zur Landschaft, zur Insel und zu dem Mann, mit dem die Frau den Rest ihres Lebens verbringen möchte.«

»Deshalb sind Sie Junggeselle?«

»Gehört mein Privatleben zur Ermittlung?« Thönnissen war ein wenig verschnupft. »Nissen hat in jungen Jahren keine Frau gefunden, keine einheimische Deern, und so entwickelt man sich im Laufe der Jahrzehnte zum Eigenbrötler. Dann möchte man die Freiheiten nicht mehr gegen die Bevormundung einer Frau eintauschen.«

Nissen musste sie beobachtet haben. Er öffnete die Tür, bevor die beiden Beamten das Haus erreicht hatten.

»Habe ich mir gedacht, dass ihr zu mir wollt«, begrüßte er die Polizisten. »Kommt rein.« Er führte sie in die gute Stube. Niedrige Zimmerdecken. Thönnissen sah, wie sich der Hauptkommissar in dem karg möblierten Raum umsah. Sein Blick blieb an einem düsteren Ölgemälde haften, das ein älteres Paar in Tracht zeigte. Oder war es nur die Festtagskleidung? Auch Nissen hatte es bemerkt.

»Meine Großeltern väterlicherseits«, erklärte er. »Opa war Zollinspektor.« Er zeigte auf die mit einem samtigen Stoff bezogenen Stühle am runden Esstisch und fragte, nachdem die Beamten Platz genommen hatten: »Wollt ihr einen Schnaps?«

»Wir sind im Dienst«, erklärte Thönnissen.

»Ich aber nicht«, erwiderte Nissen, ging zum Schrank, holte eine Flasche und ein Glas heraus und stellte beides vor sich auf den Tisch.

Hundt griff nach der Flasche. »Wo haben Sie die her?«, fragte er bestimmt.

»Was ist damit? Die habe ich gekauft.«

»Bei wem?«

»Direkt beim Erzeuger.«

»Bei Wessels?«

»Sicher.«

»Willst du damit sagen, dass Wessels offiziell mit dem Schwarzgebrannten gehandelt hat?«, mischte sich Thönnissen ein.

»Was heißt offiziell«, erwiderte Nissen gedehnt. »Dass man bei ihm Schnaps kaufen konnte, wussten viele. Du etwa nicht?«

Thönnissen schüttelte heftig den Kopf. »Das ist strafbar. Schwarzbrennerei ist nicht erlaubt. Das weiß doch jeder.«

»Damit habe ich nichts zu tun. Ich bin schon seit Jahren Kunde bei Wessels gewesen. Schade, dass diese Quelle nun versiegt ist. Hast du wirklich keine Ahnung gehabt, Frerk?«

»Wenn ich das gewusst hätte, hätte ich es schon lange unterbunden.«

»Das hätte dir aber Ärger auf der Insel eingebracht. Wessels hatte viele Kunden.«

»Hier geht es nicht um Sympathien, sondern um Recht und Gesetz.«

»Wer außer Ihnen hat noch regelmäßig bei Wessels gekauft?«, mischte sich Hundt ein.

»Alle.«

»Können Sie das näher erläutern? *Alle* ist mir zu weit gefasst.«

»Ich habe doch nicht dabeigestanden, wenn er seine Flaschen verkauft hat. Schade, das Zeug war nicht nur gut, es war auch billig.«

»Kein Wunder, wenn Wessels die Steuern hinterzogen hat«, sagte der Hauptkommissar.

»Ist das mein Problem?«

»Unter Umständen – ja. Dann nämlich, wenn Sie gewusst haben, dass Wessels Steuerhinterziehung begangen hat.«

»Ich?« Nissen verdrehte die Augen und legte beide Hände übereinander auf sein Herz. »Was verstehe ich von Steuern?«

»In welcher Beziehung standen Sie zu Wessels?«

Nissen sah den Kriminalbeamten erstaunt an. »Beziehung?« Er tippte sich an die Stirn. »Glauben Sie, wir sind schwul?«

Hundt seufzte, während Thönnissen sich nach vorne beugte.

»Nein, Wilken. Der Hauptkommissar meint, was du über Hinrich Wessels weißt. Habt ihr zusammen gesoffen? Wart ihr befreundet? Habt ihr Karten gespielt? Geangelt?«

»Alles.«

»Wie: Alles?« Hundt war erkennbar genervt.

»Es trifft alles zu, was Frerk gesagt hat.« Nissen wandte sich dem Inselpolizisten zu. »Das weißt du doch. Warum fragst du überhaupt?«

»Das ist eine offizielle Vernehmung. Außerdem hat der Hauptkommissar die Fragen gestellt.«

»Dann soll er dich fragen, Frerk. Du bist hier der Polizist. Du kennst dich hier aus.«

Thönnissen registrierte den kritischen Blick Hundts, der auf ihn gerichtet war. »So, so«, besagte der. »Und trotzdem wollen Sie von der Schwarzbrennerei nichts gewusst haben?«

»Das stimmt nicht, Wilken«, beeilte er sich deshalb schnell einzuwenden. »Es ist nicht meine Aufgabe, hinter den Bürgern hinterherzuschnüffeln. Ich kann nur den Dingen nachgehen, von denen ich Kenntnis erhalten habe.«

»Ach, lass mich doch an Land.« Nissen unterstrich seine Worte durch eine abwehrende Armbewegung.

»Sie haben den Toten gefunden?«, fragte Hundt.

»Ja. Hinten am Sielzug zwischen meiner und Feddersens Wiese. Ich dachte, dem ist schlecht geworden, habe mein Fahrrad oben liegen lassen und bin runter vom Deich. Zuerst hab ich ihn ein Stück aus dem Wasser gezogen, dann habe ich gesehen, dass er tot war. Erschossen. Das Gewehr lag direkt daneben.«

»Warum haben Sie nicht die Polizei angerufen?«

»Ich bin doch gleich hin zur Polizei. Außerdem habe ich kein Handy.«

»Und das Gewehr?«

»Das habe ich mitgenommen. Das wollte ich Frerk geben.«

»Sie können doch nicht die Waffe anfassen, mit der der Tote offenbar erschossen worden ist.« Hundt sah Nissen mit vorwurfsvollem Blick an.

»Doch«, protestierte der. »Ich lass doch das Gewehr nicht da draußen liegen. Sonst passiert damit noch was.«

»Das, was geschehen ist, ist schlimm genug«, sagte Hundt. »Ist Ihnen sonst noch etwas aufgefallen?«

»Nee.«

»Haben Sie jemanden gesehen? Ist Ihnen jemand begegnet?«

»Bei dem Wetter? Da geht doch kein Idiot freiwillig vor die Tür.«

Hundt hüstelte. »Aber Sie, Sie waren unterwegs. Sogar mit dem Fahrrad. Und das bei dem Sturm.«

»Das habe ich geschoben.«

»Nur so?« Der Hauptkommissar sah skeptisch von Nissen zum Polizisten und wieder zurück.

»Da habe ich meine Sachen mit transportiert. Ich musste nach den Schafen sehen. Meine. Die sind ein Stück weiter am Deich. Da haben Sie natürlich keine Ahnung von, aber wer Tiere hat, kann sich auch bei schlechtem Wetter nicht zurücklehnen. Die müssen versorgt werden.«

Hundt warf Thönnissen einen verstohlenen Blick zu und registrierte, dass der leicht nickte.

»Wo sind Ihre Utensilien, die Sie auf dem Fahrrad transportiert haben?«, fragte der Hauptkommissar. »Haben Sie die zusammen mit dem Gewehr wieder mitgebracht?«

»Mensch, ich war viel zu aufgeregt. Die habe ich oben auf dem Deich liegen lassen.«

»Da sind sie immer noch?«

»Natürlich nicht. Die habe ich inzwischen abgeholt.«

Thönnissen verstand, dass der Kriminalbeamte mit dieser Frage Nissens Bericht verifizieren wollte. Bei diesem Wetter würden sie aber keine weiteren Spuren finden.

»Und das Gewehr haben Sie auch angefasst?«

Nissen nickte. »Ich habe zuerst tuk-tuk-tuk gerufen, aber es wollte nicht von allein kommen. So habe ich es angefasst und zu Frerk gebracht. Der hat es mir abgenommen und zu sich in den Flur gestellt.«

Hundt sah den Polizisten an. »Und dort hat es die halbe Inselbevölkerung angetatscht?«

Thönnissen zog es vor zu schweigen.

»Was war Wessels für ein Mensch?«, fragte der Hauptkommissar.

Der Inselpolizist zog die Stirn kraus. »Schwierig. Er war sehr verschlossen und zurückhaltend, hatte wenig Kontakt zu anderen.«

»Ich habe den Zeugen gefragt«, tadelte der Hauptkommissar seinen Kollegen und sah dann Nissen an.

»Hat Frerk doch eben gesagt«, bestätigte der mit einem breiten Grinsen.

Thönnissen sah dem Kriminalbeamten an, dass er ungehalten war. Es schien, als könne er seinen Unmut nur schwer bändigen.

»Kommen Sie nachher zur Polizeistation«, sagte Hundt. »Wir brauchen Ihre Fingerabdrücke.«

»Ja. Klar. Mach ich. Aber warum denn? Ich habe Wessels doch nicht erschossen. Das war doch Selbstmord.« Dabei zeigte Nissen auf Thönnissen. »Hat er doch gleich gesagt.«

Als sie wieder im Streifenwagen saßen, ging Hundts Donnerwetter über Thönnissen nieder: »Ich sage Ihnen jetzt zum letzten Mal, dass Sie sich mit Ihren Äußerungen zurückhalten sollen. Sie beeinflussen die Zeugen, zerstören Spuren und erschweren mir die Arbeit. So geht das nicht, Obermeister.«

An der Nennung der Dienstbezeichnung merkte Thönnissen, dass es dem Hauptkommissar ernst war.

»Die Menschen hier sind verschlossen«, erklärte er. »Deshalb sind sie aber nicht dumm. Ich ermuntere sie nur auf meine Art, mit Ihnen zu sprechen. Sonst würden Sie überhaupt nichts erfahren. Es leuchtet den Leuten nicht ein, dass jemand vom Festland kommt und, in ihren Augen, hier *herumschnüffelt*, nur weil Wessels sich erschossen hat.«

»Wie Selbstmord sieht es nicht aus. Noch hat mir niemand erklären können, weshalb Wessels mit seinem Gewehr unterwegs war.«

»Wessels hat Enten gejagt.«

»Bei diesem Wetter?« Hundt war skeptisch, erntete jedoch nur ein Schulterzucken als Antwort. »Hatte Wessels eigentlich einen Jagdschein?«

»Ja. Das kann ich bestätigen.«

»Jetzt will ich mit dem anderen Zeugen sprechen, der bei der Bergung des Toten geholfen hat.«

Thönnissen startete den Motor und fuhr zu Feddersens Hotel. Das Haus lag etwa hundert Meter vom Deich entfernt und bestand aus einem Hauptgebäude aus weißen Ziegeln sowie mehreren Anbauten, die sich aber harmonisch einpassten. Man hatte in den letzten Jahren immer wieder modernisiert, einen neuen Eingangsbereich geschaffen, dessen Automatiktüren aus getöntem Glas sich öffneten, als sich die beiden Polizisten näherten. Das Foyer war in hellem Holz gehalten und machte einen freundlichen Eindruck. Auf dem kleinen Tresen stand ein Display, in dem Faltprospekte für Veranstaltungen und Arrangements auf der Insel warben.

Hundt schlug mit der flachen Hand auf die Glocke, kurz darauf erschien eine junge Frau in einem dunklen Rock, einer weißen Bluse und einer gestreiften Weste. In den Händen hielt sie ein Glas und ein Geschirrtuch.

»Guten Tag, was kann ich …«, sagte sie automatisch, brach aber mitten im Satz ab, als sie den Inselpolizisten erkannte.

»Ist der Chef im Hause?«

»Ich glaube, ja. Er müsste im Büro sein.«

»Ich kenne mich aus«, erwiderte Thönnissen und führte seinen Kollegen durch ein paar schmale Gänge in Feddersens Büro, das sich als nicht eben großes Zimmer erwies, in dem der Schreibtisch gegen die Wand gestellt war und kaum Platz für eine zweite Person ließ.

»Moin, Boy«, grüßte Thönnissen und stellte den Hauptkommissar vor. »Wir haben ein paar Fragen an dich.«

»Wegen Wessels?«

Thönnissen nickte. »Können wir uns irgendwo hinsetzen?«

Feddersen ging in die Gaststube voraus und wies auf einen Ecktisch, auf dem ein übergroßer Aschenbecher mit einem schmiedeeisernen Schild »Stammtisch« stand.

»Wollt ihr 'nen Kaffee?«, fragte der Hotelier und wartete die Antwort nicht ab. »Bärbel, drei Kaffee«, rief er in Richtung der Küche und setzte sich zu den beiden Beamten.

»Das ist ja ein Ding«, begann er ungefragt. »Bringt sich der Alte doch tatsächlich selbst um.« Dabei sah er Thönnissen an. Der zeigte auf Hundt.

»Der Hauptkommissar möchte dir ein paar Fragen stellen.«

»Ich weiß eigentlich gar nichts. Du hast mich angerufen.« Feddersen streckte den Zeigefinger in Richtung Thönnissen aus. »Dann sind wir mit dem Trecker hin und haben Wessels aus dem Dreck gezogen und zum Doktor gebracht. Mehr kann ich nicht dazu sagen. Das war vielleicht eine Schweinerei. Ich habe nicht nur meine Klamotten eingesaut, auch der Trecker war total verdreckt. Hoffentlich erfährt keiner, dass wir damit die Leiche transportiert haben. Die nehmen mir sonst meine Milch nicht mehr ab, die Leute.«

»Ihre Kühe stehen doch nicht mehr auf der Wiese.«

»Nee«, griente Feddersen. »Die müssen bei solchem Wetter nicht raus und Leichen einsammeln.«

»Kannten Sie Wessels?«

»Klar. Hier kennt jeder jeden. Ich bin doch auf der Insel geboren.«

»Haben Sie bei Wessels auch Alkohol bezogen?«

Feddersen wollte zur Kaffeetasse greifen und hielt mitten in der Bewegung inne. »Waaas?«, stammelte er.

»Spiel uns kein Theater vor, Boy«, mischte sich Thönnissen ein. »Wir wissen, dass Wessels schwarz Schnaps gebrannt hat. Offenbar hatte er einen größeren Kundenkreis, nicht nur hier auf der Insel.«

»Davon weiß ich nichts.«

»Gut. Dann werden wir jetzt Ihr Lager in Augenschein nehmen«, entschied Hundt.

Der Hotelier sah Thönnissen mit weit aufgerissenen Augen an. »Darf er das?«, fragte er und fügte sogleich an: »Mensch, Frerk, tu was. *Du* bist doch hier der Polizist.«

»Und deshalb werde ich mir jetzt deine Vorräte ansehen.«

»Und so etwas nennt sich ein Freund«, schimpfte Feddersen.

»Bei Gesetzesverstößen hört die Freundschaft auf.«

Feddersen sackte in sich zusammen wie ein Ballon, aus dem man die Luft abgelassen hatte.

»Ich habe dem alten Wessels manchmal einen Gefallen getan und ihm etwas von seinem Selbstgebrannten abgekauft«, gestand der Hotelier.

»Und nicht durch die Bücher laufen lassen«, schloss Thönnissen ins Blaue.

»Das wäre doch auf Wessels zurückgefallen. Das arme Schwein! Der hat sich zu seiner kargen Rente ein paar Mark dazuverdient.«

»Euro«, korrigierte Thönnissen. Doch Hundt hakte sofort ein.

»Mark sagten Sie? Heißt dass, Wessels hat schon zu D-Mark-Zeiten Schnaps gebrannt?«

Feddersen schien plötzlich alles egal zu sein. »Ja«, gab er zu. »Ich habe aber wirklich nur in geringen Mengen bei ihm Schnaps bezogen.« Er wollte aufspringen, doch Thönnissen hielt ihn fest.

»Wo willst du hin?«

»Geld holen. Ich will euch die Steuer gleich in die Hand drücken. Sozusagen als Selbstanzeige.«

»Soll das ein Bestechungsversuch sein?«, fragte Hundt streng.

Feddersen schien ehrlich überrascht. »Nein! Um Gottes willen.« Er fuhr sich mit der Hand durchs Gesicht. »Ach, ich bin durcheinander. Mensch! Da habe ich wohl Mist gebaut. Es war wirklich nur ein Entgegenkommen gegenüber dem Alten. Jeder wusste, dass der nicht viel zum Knabbern hat. Der konnte jeden Cent nebenbei gebrauchen.«

Thönnissen dachte an das umfangreiche Flaschenlager in Wessels' Schuppen. Es sah nicht so aus, als hätte Wessels nur gelegentlich ein paar wenige Flaschen Schnaps gebrannt.

»Wann haben Sie von dem Zwischenfall mit dem toten Wessels erfahren?«, fragte Hundt.

»Er hat mich angerufen.« Feddersen zeigte auf den Inselpolizisten.

»Und dann?«

Feddersen schilderte die Bergungsaktion mit seinen Worten.

»Moment«, unterbrach ihn Thönnissen. Die beiden Männer sahen ihn erstaunt an.

»Du bist mit deinem Trecker bei mir vorbeigekommen. Dort haben Nissen und ich gewartet.« Er legte eine kleine Kunstpause ein. »Und dann sind wir auf dem Deich zu der Stelle gefahren, von der wir zum Sielzug hinunter sind. Stimmt das?«

»Ja. Das ist richtig«, bestätigte Feddersen.

Thönnissen legte die Stirn in Falten. »Wenn ich es mir recht überlege: Woher wusstest du eigentlich, wohin wir mussten?«

»Aber – das hast du mir doch gesagt, als du mich angerufen hast.«

Der Polizist schüttelte den Kopf. »Nein. Ich habe nur gesagt, dass Wessels tot aufgefunden wurde.«

Feddersen fuhr sich durch die Haare. »Mensch, Frerk, was soll das jetzt? Willst du mir etwas unterjubeln?«

»Wir stellen nur ein paar sachliche Fragen.«

»Aber doch nicht auf solche Weise. Du hast doch erzählt, wo sie Wessels gefunden haben.«

»Das habe ich mit Sicherheit nicht«, dementierte Thönnissen.

»Aber wo sollte er sonst liegen?«

»Die Insel ist groß«, warf Hundt ein. »Für mich klingt es merkwürdig, was Sie da erzählen. Ich stimme dem Kollegen in diesem Punkt zu.«

Mit Genugtuung hatte Thönnissen registriert, dass ihn der Hauptkommissar als »Kollegen« bezeichnet hatte.

Feddersen lehnte sich zurück und verschränkte die Arme vor der Brust. »Ich sage jetzt nichts mehr«, stellte er trotzig fest.

»Gab es zu Wessels noch mehr Berührungspunkte als Ihre kleinen dunklen Geschäfte?« Hundt ließ sich durch diese Reaktion nicht irritieren.

»Nein! Doch. Manchmal ist mir Wessels zur Hand gegangen, hat diesen oder jenen kleinen Auftrag erledigt. Nichts Bedeutendes. Ich habe ihm dafür ein paar Euro zugesteckt. Unter der Hand. Wollt ihr mich jetzt zum Kriminellen machen? Nur, weil ich Mitleid mit dem Alten hatte?«

Der Hauptkommissar legte Zeige- und Mittelfinger gegen die Schläfe, als würde er nachdenken. »Sind Sie Jäger?«, fragte er plötzlich.

»Ja. Wie viele andere auch.«

»Sie haben ein Gewehr?«

»Mehrere. Die sind alle in einem Stahlschrank verschlossen. Wie es sich gehört.«

Die beiden Polizisten ließen sich den Waffenschrank zeigen. Den Schlüssel dazu trug Feddersen an einem Schlüsselbund, das mit einer Kette an seiner Hose befestigt war. Anschließend händigte er den Beamten bereitwillig ein Dutzend Flaschen von Wessels' Selbstgebranntem aus. »Und was weiter?«, erkundigte er sich.

»Das wird eine Anzeige geben«, erklärte Hundt.

»Wir sind die längste Zeit Freunde gewesen«, drohte Feddersen zum Abschied in Thönnissens Richtung. Und zu Hundt gewandt, fuhr er fort: »Sie sollten sich ein anderes Quartier suchen. In meinem Haus sind Sie unerwünscht.«

Der Hauptkommissar ließ sich dadurch nicht beeindrucken, verschwand in sein Hotelzimmer und tauchte kurz darauf mit einem Pilotenkoffer wieder auf. »Jetzt habe ich mein Werkzeug dabei«, erklärte er, als sie durch den Regen zum Streifenwagen gingen. »Die Menge von Flaschen, die wir in Wessels' Schuppen gefunden haben, kann er unmöglich allein transportiert haben. Hatte er eigentlich ein Auto? Ich habe keines vor seinem Haus gesehen.«

»Wessels hatte keinen Wagen. Ich habe ihn auch nie am Steuer gesehen und bin mir nicht sicher, ob er überhaupt einen Führerschein hatte«, erklärte Thönnissen.

»Irgendjemand hat die Flaschen ausgefahren. Wer könnte das gewesen sein?«

»In dieser Stückzahl? Wenn wir davon ausgehen, dass Wessels seinen Schnaps auch auf dem Festland verkauft und von dort die leeren Flaschen bezogen hat, dann kommt dafür nur einer in Frage: Ipsen.«

»Der Bestatter?«

Thönnissen lachte. »Nein. Der Bruder. Der hat eine kleine Spedition und fährt hier auf der Insel die Ware aus. Es wäre zu teuer, wenn alle Lieferanten mit ihren eigenen Fahrzeugen mit der Fähre hier rüber kommen würden. So hat es sich eingebürgert, dass man die Lieferungen auf dem Festland in kleine Container umpackt, die auf die Fähre gezogen werden und die Ipsen hier am Inselanleger entlädt und zum Empfänger transportiert. Umgekehrt funktioniert es genauso. Nur bei großen Lieferungen, zum Beispiel bei Baustoffen oder wenn der Kaufmann Ware erhält, kommen die Lkws mit der Fähre auf die Insel.«

»Dann besuchen wir den Spediteur. Jetzt«, beschloss Hundt.

»Jetzt gleich?«

»Sicher.«

»Ich würde gern eine Kleinigkeit essen«, maulte Thönnissen. »Schließlich sind wir schon eine ganze Weile ohne Pause unterwegs.«

»Sie werden es überleben.«

Tore Ipsens Betrieb lag beim alten Hafen. Die Lagerhalle duckte sich gleich hinterm Deich und grenzte an den kleinen zentralen Inselort Tammensiel, in dem sich eine Handvoll Geschäfte konzentrierte und wo man sogar eine angedeutete Fußgängerzone eingerichtet hatte. Die wenigen Fahrzeuge, die hier durchrollten, störten die Urlaubsgäste während der Sommermonate nicht. Die Tische vor der Bäckerei waren bei gutem Wetter fast immer besetzt. Von dort sah man den Passanten nach, die die wenige hundert Meter lange Straße entlang flanierten.

Zwischen der Lagerhalle und dem unscheinbaren älteren Einfamilienhaus parkte ein Lieferwagen, auf dessen Plane die Aufschrift »Insellieferservice« prangte.

Thönnissen stellte den Streifenwagen daneben ab und nahm belustigt zur Kenntnis, wie Hundt die Stirn kraus zog und mit der linken Hand den Kragen seines Mantels zusammenhielt. Dem Hauptkommissar schien das Wetter ebenso zu missfallen wie die Ermittlungen in diesem Fall. Im Stillen bewunderte Thönnissen den Mann. Der Kriminalbeamte hatte sich in den Fall verbissen und wollte partout sichergehen, dass wirklich Selbsttötung vorlag, obwohl alles dafür sprach.

Missmutig stapfte Hundt hinter ihm her. An der Haustür wurden sie von einem breitschultrigen Mann im Pullover empfangen. Tore Ipsen hatte ein wettergegerbtes Gesicht und schwielige Hände, die einen kräftigen Druck zur Begrüßung ausübten.

»Wegen Wessels, nä?«, sagte er zur Einleitung.

Als er Hundts fragenden Blick bemerkte, grinste er und zeigte dabei gelbe unregelmäßige Zähne. »Boy Feddersen hat mich eben angerufen. Er meint, nun wäre ich an der Reihe. Wollt ihr 'n Bier?«, fragte er über die Schulter, als er in die Wohnküche vorausging. Sie nahmen am großen Tisch Platz, um den sich das Familienleben abzuspielen schien. Radio,

Fernseher, alte Zeitungen – all das lag wahllos zwischen benutztem Geschirr und Lebensmitteln herum.

»Deine Frau ist nicht da?« Thönnissen sah, wie der Hauptkommissar seinen Blick schweifen ließ.

»Die ist bei Feddersen und putzt.«

»Dann könnte sie anschließend hier weitermachen. Das wär doch mal eine Idee.«

Ipsen knurrte etwas Unverständliches und fuhr sich über die Bartstoppeln, dass das Kratzgeräusch deutlich vernehmbar war.

»Seid ihr auf Hygieneinspektion?«

»Im gewissen Sinne, ja«, sagte Hundt. »Wir suchen nach der Wahrheit hinter Hinrich Wessels' Tod.«

»Der hat sich allein alle gemacht.«

»Und wer hat nachgeholfen?«

»Versteh' ich nicht. Ich denke, er hat sich selbst erschossen.«

Hundt spitzte die Lippen. »Dann wissen Sie mehr als wir.«

»Ist doch logisch.«

»Warum?«

»Mensch, hier laufen doch keine Mörder herum. Wenn es hier wirklich mal heftigen Streit gibt, dann haut man sich eins auf die Birne. Aber auch das kommt nur alle Jubeljahre vor. Dafür haben wir ihn da.« Ipsen zeigte auf Thönnissen. Dann rülpste er vernehmlich. »Ich hab's mit dem Magen«, erklärte er. »Muss mal zu Fiete.«

»Dr. Johannsen«, erklärte Thönnissen an den Hauptkommissar gewandt.

»Laufen alle Warenlieferungen auf der Insel über Sie?«, fragte Hundt.

»Viele, aber nicht alles. Es gibt keinen anderen Spediteur, aber manchmal werden die Sachen direkt angeliefert. Wenn es größere Dinge sind, Möbel zum Beispiel.«

»Und die Ware für Wessels?«

»Hm.«

»Zieren Sie sich nicht. Wir wissen Bescheid. Für mich ist es interessant, wie kooperativ Sie sich zeigen«, sagte Hundt.

»Hm.« Tore Ipsen spielte mit seinen Fingern und bog sie so weit nach hinten, dass es in den Gelenken knackte. Die beiden Beamten ließen ihm Zeit.

»Ich war mir nicht sicher, ob das alles korrekt ist«, sagte er. »Aber was geht mich das an? Ich habe für jede Lieferung die Rechnung ausgefüllt. Da ist nichts schwarz gelaufen.«

»Hat Wessels regelmäßig Leergut bezogen?«

»Mindestens einmal im Monat. Unterschiedlich. Immer zwischen einhundert und zweihundert Flaschen. Und mehrere Zentner Kartoffeln.«

»Das hat Sie nicht verwundert?«

»Warum? Ich habe mein Geld bekommen. Und die vollen Flaschen habe ich wieder in einen Container gestapelt und zur Fähre gefahren.«

»Was ist damit geschehen?«

»Die sind zum Festland rüber.«

»Geht es ein wenig ausführlicher?«

»Bin ich da drüben Empfangschef?« Ipsen nahm einen Schluck Bier direkt aus der Flasche und wischte sich mit dem Ärmel des Pullovers den Mund ab.

»Dann wollen wir uns gemeinsam über Ihre Unterlagen hermachen und sehen, ob wir mehr über den Lieferweg herausfinden können.« Der Hauptkommissar klang bestimmt.

»Moment! Nun lassen Sie mich doch ausreden. Drüben hat es Reimer Möller abgeholt. Der hat einen Großhandel in der Kreisstadt.«

Hundt nickte. »Kenne ich. Und Möller hat auch die leeren Flaschen angeliefert?«

»Ja.«

»Gab es noch andere Empfänger?«

»Selten waren mal Lieferungen für andere dabei. Meistens waren das kleinere Sendungen. Vielleicht zwei oder drei Flaschen.«

»Haben Sie auch auf der Insel Ware für Wessels ausgeliefert?«

»Muss das sein?«, fragte Ipsen mit gesenktem Haupt. Die Frage war ihm sichtlich unangenehm.

»Ja, Tore. Es wäre dumm, etwas zu verschweigen. Auf einige einheimische Kunden sind wir auch schon gestoßen.«

»So'n Schiet. Aber ich habe wirklich nichts damit zu tun. Ich bin nur der Fahrer gewesen.«

Dann nannte Ipsen eine Reihe von Adressen, an die er sporadisch kleinere Mengen ausgeliefert hatte.

»Haben Sie das Hotel Feddersen vergessen?«, hakte Hundt nach.

Ipsen druckste herum. Erst als der Hauptkommissar erneut nachfragte, sagte er kaum wahrnehmbar: »Feddersen hat mich angerufen und gesagt, ich soll den Mund halten. Schließlich steht nirgendwo geschrieben, dass sich nicht ein zweiter Fuhrunternehmer um das Geschäft auf der Insel bemühen könnte. Und reich wird man dabei nicht. Man kommt zurecht, aber eine goldene Nase, die verdient man sich damit nicht. Den ganzen Mist, der übers Internet bestellt wird, hat sich die Post unter den Nagel gerissen.«

»Wer hat Sie bezahlt?«, wollte Hundt wissen.

»Wessels.«

Die beiden Beamten wechselten einen raschen Blick.

»Hat er Ihre Rechnungen überwiesen?«

»Nein. Die hat er immer in bar beglichen.«

»Woher hatte er das Geld?«

Ipsen zuckte mit den Schultern. »Keine Ahnung. Ich nehme an, es war in den wattierten Umschlägen, die mir Uwe gegeben hat.«

»Wer ist Uwe?«

»Decksmann auf der Fähre. Wenn Reimer Möller drüben die vollen Flaschen abholte, hat er Uwe treuhänderisch einen Umschlag in die Hand gedrückt. Uwe hat mir den Umschlag gegeben, und ich habe ihn bei Wessels abgeliefert.«

»Sie haben nie in den Umschlag hineingesehen?«

»Nie. Solange ich den Lieferservice betreibe, hat es noch nie Beanstandungen gegeben. Das kann er da« – er zeigte auf Thönnissen – »bestätigen. Nein, Herr Kommissar. Wir Insulaner sind vielleicht manchmal sonderbar, aber grundehrlich. Hier können Sie jedem vertrauen.«

»Ich nehme mir die Freiheit, mir eine eigene Meinung zu bilden.«

»Dann sollten Sie mit Ihrer Meinung dorthin zurückkehren, wo Sie hergekommen sind.«

Sie wurden durch ein lautes Knurren abgelenkt. Thönnissen hielt sich den Bauch fest und entschuldigte sich. »Ich habe es gesagt«, erklärte er. »Ein leerer Bauch ermittelt nicht gern.«

»Mit einem leeren Bauch im Team kann ich leben. Einen leeren Kopf bei einem Mitarbeiter würde ich allerdings nicht akzeptieren.«

Thönnissen schluckte heftig. Der Hauptkommissar war nicht dumm. Man durfte ihn nicht unterschätzen. Seine Anmerkung in Thönnissens Richtung konnte nicht beanstandet werden, obwohl Hundt deutlich zum Ausdruck gebracht hatte, was er von der Mitarbeit des Inselpolizisten hielt.

»Ich möchte einen Blick in Ihren Ordner mit den Rechnungskopien werfen«, bat der Hauptkommissar und wandte sich Ipsen zu.

»Moment.« Der Mann stand auf und kehrte nach einigen Minuten mit der Akte zurück, nachdem man ihn zwischendurch aus dem Hintergrund hatte fluchen hören.

Kommentarlos überreichte er den Ordner, auf dessen Rücken in einer krakeligen Handschrift »Rechnungen« und das Kalenderjahr notiert war.

Hundt blätterte die Kopien durch und nickte mehrfach. Thönnissen sah, wie sein Finger seitlich an den Blättern entlangwanderte, die lückenlose Folge der Rechnungsnummern prüfte und bei bestimmten Kopien jeweils verharrte. »In Ordnung«, sagte der Hauptkommissar dann und gab den Ordner zurück, stand auf und verabschiedete sich.

Im Streifenwagen erklärte er: »Ipsen hat Wessels regelmäßig beliefert und darüber auch Buch geführt. Auf den ersten Blick gibt es keine Beanstandungen.« Er schenkte Thönnissen einen spöttischen Seitenblick. »Fahren Sie mich jetzt zum Hotel zurück. Dann gebe ich Ihnen eine halbe Stunde Pause, damit Sie Ihre körperlichen Bedürfnisse befriedigen können. Anschließend holen Sie mich ab. Ich möchte jetzt nicht hören, dass damit Ihre Dienstzeit erheblich überschritten wird.«

Thönnissen schluckte. Er wusste, dass er sich mit Kommentaren zurückhalten musste. Hundt missfiel es, dass er bei Wessels eine andere Todesursache vermutete als der Kriminalbeamte. Er konnte auch nicht verstehen, weshalb der nicht einsehen wollte, dass der merkwürdige Alte sich selbst erschossen hatte. Tatsächlich hatten sie noch keinen Grund für einen Selbstmord gefunden. Hundt hatte recht. Es wirkte eigentümlich, wenn jemand bei diesem Wetter in die Marsch hinausstapfte, um sich dort zu erschießen, ohne einen Abschiedsbrief zu hinterlassen.

»Könnte Wessels vielleicht einem Unfall zum Opfer gefallen sein?«, sprach Thönnissen seinen Gedanken aus.

Der Hauptkommissar streckte ihm den Zeigefinger entgegen. »Die erste konstruktive Überlegung, die ich von Ihnen höre. Selbstmord scheint mir nahezu ausgeschlossen. Ist Ihnen in Wessels' Wohnung nichts aufgefallen?«

»Da lag kein Abschiedsbrief.«

»Das meine ich nicht. In der Küche haben wir frisch geputztes Gemüse gefunden, geschälte Kartoffeln, gewürfelte Zwiebeln. Im Kühlschrank hatte Wessels Speck zurechtgeschnitten. Welcher Selbstmörder bereitet noch eine Mahlzeit vor? Und dass der alte Mann einen spontanen Entschluss zur Selbsttötung gefasst hat, während er sein Essen bereitstellte, glauben wir beide nicht, oder?«

Thönnissen pflichtete Hundt bei. Es traf zu: Man durfte den erfahrenen Kriminalbeamten nicht unterschätzen. Er setzte ihn am Hotel ab.

»Soll ich in einer halben Stunde bei Ihnen sein?«

»Ich melde mich telefonisch«, erwiderte der Hauptkommissar und eilte mit zwischen die Schultern eingezogenem Kopf zum Hoteleingang.

Es dauerte schließlich über eine Stunde, bis sich Hundt meldete. Eine Begründung für die Verspätung gab der Hauptkommissar nicht. Inzwischen war es dunkel geworden und die Scheibenwischer ratschten über das Glas. Hundt wartete unter dem Vordach und fluchte anstelle einer Begrüßung. »Können Sie nicht dichter heranfahren?« Er warf seinen Pilotenkoffer auf den Rücksitz und brummte: »Zu Wessels.«

»Noch einmal?«

»Sagte ich.«

Thönnissen kannte jeden Meter der wenigen Straßen auf der Insel. Er schien die Kurven mehr zu ahnen, als sie zu sehen. Mit Befriedigung registrierte er, wie sein Beifahrer voll Unbehagen auf dem Sitz hin und her rutschte. »Müssen Sie im Blindflug durch die Nacht jagen?«

»Wir haben gegenüber der ursprünglichen Zeitplanung eine halbe Stunde verloren.«

Der Hauptkommissar verzichtete auf eine Antwort und schwieg auch, als sie in Wessels' Haus eintraten. Es war nasskalt in den Räumen. Feuchtigkeit hatte sich breitgemacht. Ein muffiger Geruch hing in der Luft. Die trübe Beleuchtung trug ein Übriges zu der bedrückenden Atmosphäre bei.

Hundt steuerte direkt das Wohnzimmer an. Schon im Auto hatte er sich Einmalhandschuhe übergestreift und Thönnissen angewiesen, nichts zu berühren. Er ging zum Büfett, öffnete die Seitentür und stutzte.

»Nanu? Was ist hier geschehen?«

Thönnissen sah ihm über die Schulter.

»Was soll sein?«

»Hier fehlt etwas.«

»Ich kann nichts entdecken.«

»Bei unserem Besuch habe ich erklärt, wir müssten etwas sicherstellen. Sie erinnern sich?«

»Richtig«, fiel Thönnissen ein. »Da stand ein Pappkarton mit halb geöffnetem Deckel. Den wollten Sie mitnehmen, obwohl ich nicht verstanden habe, warum. Der Behälter war leer.«

»Warum bewahrt jemand einen leeren Karton auf?«

»Als Andenken? Nostalgische Gefühle?«

»Nach Ihren Schilderungen schien mir Wessels kein Charakter zu sein, den so etwas befallen hat.«

»Kaum«, pflichtete Thönnissen bei.

»Von Tore Ipsen wissen wir, dass der Alte regelmäßig Bargeld erhalten hat. Aus seinen Kontoauszügen haben wir aber nichts entnehmen können. Folglich muss Wessels das Geld im Haus aufbewahrt haben. Und diese Schachtel war leer. Daher liegt die Vermutung nahe, dass er das Geld hier hingelegt hat.«

Thönnissen nickte nachdenklich. Die Theorie des Hauptkommissars klang logisch. »Sie meinen …?«

»Ja. Es unterstützt meine Idee, dass Wessels keinen Selbstmord begangen hat. Jemand wusste vom Geld, das hier lag.« Dabei zeigte er auf den Platz, an dem der Karton gestanden hatte. Plötzlich drehte sich der Hauptkommissar um, trat dicht an Thönnissen heran und sah ihm fest in die Augen.

»Wem haben Sie vom Karton erzählt? Davon, dass wir ihn holen und sicherstellen wollten?«

»Niemandem«, stammelte der Inselpolizist.

»Bei der Geschwätzigkeit unter den Einheimischen fällt es mir schwer, Ihnen Glauben zu schenken.«

»Hören Sie mal! Was wollen Sie mir unterstellen?«

Hundt streckte die Hand aus. »Darf ich Ihr Handy sehen?«

»Sie meinen, ich hätte telefoniert und die Ermittlungsergebnisse ausgeplaudert?« Thönnissen war zornig. Wütend kramte er zwei Mobiltelefone hervor und warf sie dem Hauptkommissar in die Hand. »Das eine ist das Diensttelefon, das zweite privat. Wenn Sie damit glücklich werden.« Empört wandte er sich ab, um nicht ansehen zu müssen, wie Hundt beide Apparate kontrollierte.

»Sie haben nicht telefoniert«, stellte der fest und gab die Handys zurück.

»Wollen Sie sich für Ihre Unterstellung nicht entschuldigen?«

»Nein.« Die Antwort wurde entschieden und mit fester Stimme vorgetragen. Der Beamte öffnete den Pilotenkoffer und reichte Thönnissen ebenfalls Einmalhandschuhe. »Wir werden jetzt das ganze Haus durchsuchen. Ich möchte wissen, wo der Karton und das Geld abgeblieben sind. Achten Sie auch auf Hinweise wie verwischte Staubspuren, Plätze, wo etwas gestanden haben könnte. Vorher möchte ich noch einmal die Fotos vom Karton sehen, die sie vorhin gemacht haben.«

Der Inselpolizist ging zum Streifenwagen, holte die Kamera und zeigte Hundt die Aufnahmen. »Das ist höchst merkwürdig«, murmelte der Kriminalbeamte, während er lange auf das Display der Kamera starrte. Er beendete die Betrachtung erst, als sich Thönnissens Magen erneut mit einem durchdringenden Knurren meldete.

»Haben Sie nichts gegessen?«

Thönnissen gab keine Antwort.

Beide Beamten durchsuchten akribisch das ganze Haus, ließen keinen Winkel aus, krochen über den schmutzigen Dachboden, suchten nach losen Dielenbrettern, zogen die Schränke von den Wänden ab und wühlten in jeder Schublade. Doch sie fanden nichts. Auch im Schuppen mit der Brennerei waren weder Spuren des Kartons noch des Geldes zu entdecken.

Hundt zeigte sich enttäuscht. Mit spitzen Fingern und gerümpfter Nase hatte er das Bett durchwühlt und unter die fleckigen Matratzen gesehen, die wenig einladend wirkten und zudem einen unangenehmen Geruch verströmten. Schließlich gab er auf und entschied: »Wir fahren jetzt ins Hotel und unterhalten uns noch ein wenig über den Fall.«

Auch Thönnissens demonstratives Gähnen konnte den Hauptkommissar nicht umstimmen.

Boy Feddersen stand in Hemdsärmeln hinterm Tresen und unterhielt sich mit einem Gast, der an seinem Bierglas nippte, als die beiden Beamten den Gastraum betraten.

»Moin«, grüßte Thönnissen, während der Hauptkommissar

und der Gast es bei einem »Guten Abend« beließen. Feddersen warf dem Inselpolizisten einen giftigen Blick zu.

Thönnissen erinnerte sich: Der Mann mit dem dunklen Aussehen war mit derselben Fähre gekommen, die auch der Kriminalbeamte benutzt hatte. Ohne ihn zu fragen, steuerte Hundt den Tresen an und nahm neben dem Gast Platz. Auch er schien den Mann wiedererkannt zu haben.

»Zwei Bier«, bestellte der Hauptkommissar. »Und was trinkt man hier zum Aufwärmen dazu? Muss ja kein Kartoffelschnaps sein.«

»Ich glaube, das Bier ist ausgegangen«, brummte Feddersen.

»Zwei Bier.« Hundt streckte dem Hotelier zwei Finger der rechten Hand entgegen. Er hatte dabei seine Stimme leicht erhoben.

»Ich muss mal sehen, ob ich noch eines aus dem Fass herausbekomme. *Eines*!«

»Dann gehen Sie in den Keller und kippen das Fass, so dass sie noch *zwei* zapfen können. Ich möchte jetzt Bier trinken und nicht diskutieren.«

Feddersen knurrte etwas Unverständliches, zapfte zwei Bier, nickte dem anderen Gast zu und verstand dessen Kopfbewegung als Aufforderung, ein zusätzliches Glas zu füllen. Dann holte er vier Schnapsgläser hervor und schenkte bei dreien über den Eichstrich voll. Das vierte Glas war exakt auf den Eichstrich ausgerichtet. Dieses schob er Thönnissen zu, die anderen verteilte er an den Gast, den Hauptkommissar und schließlich sich selbst.

»Die drei gehen aufs Haus. Prost, die Herren.«

»Die beiden zahle ich«, sagte Hundt mit Bestimmtheit und wies auf Thönnissen.

»Von mir aus.« Feddersen wandte sich dem Gast zu. »Ich

möchte ja nicht indiskret sein, aber kennen Sie auch jemanden, mit dem Sie mal gut befreundet waren?«

»Haben Sie nach einer Bundestagswahl schon einmal den Ausspruch gehört: ›Ich möchte der Kanzler aller Deutschen sein, auch derer, die ihre Stimme einem anderen Kandidaten gegeben haben‹? Ich würde mich freuen, einmal zu hören: ›Ich bin der Bürgermeister aller Inselbewohner, auch der Beamten und Polizisten.‹« Hundt klang belehrend.

»Muss man sich verdächtigen lassen?«, schimpfte Feddersen und reichte die Biergläser über den Tresen. Thönnissens setzte er so heftig ab, dass es überschwappte. Dann beugte er sich vor. »Ist es nicht spannend, bei der Mordkommission zu arbeiten?«, fragte er.

»Ich bin nicht von der Mordkommission.«

»So? Nicht? Aber Sie ermitteln doch auf unserer Insel.«

»Ich bin Sachbearbeiter für ungeklärte Todesfälle. Das ist etwas anderes als die Mordkommission. Wenn die tätig wird, steht fest, dass Fremdeinwirkung vorliegt. Ich untersuche, ob jemand nachgeholfen hat oder ob der Tod ohne Verschulden eines Dritten eingetreten ist.«

»Sie gehen also doch von Selbstmord aus?« Feddersen konnte seine Neugierde nicht verbergen.

Thönnissen atmete tief durch. Endlich kehrte der Hauptkommissar von seiner Mordtheorie ab. Auch wenn Hundts Argumente gegen einen Selbstmord sprachen, schien er Thönnissens Idee vom Unfall aufgegriffen zu haben. Zugegeben, die Sache mit dem verschwundenen Karton war mysteriös. Und Geld hatten sie auch nicht gefunden. Mit Sicherheit hatte es der alte Wessels nicht vergraben oder einem anderen anvertraut. Und auf die Sparkasse hatte er es auch nicht gebracht. Das bewiesen die Kontoauszüge, die sie gefunden hatten.

Er wurde abgelenkt, als der Hauptkommissar antwortete.

»Ermittlungsbeamte beteiligen sich üblicherweise nicht an Spekulationen. Für uns zählen nur Fakten.«

»Hoffentlich haben Sie die bald zusammengetragen. Es stört den Inselfrieden, wenn die Polizei hier herumschnüffelt.«

»Spricht hier ein Hotelier? Oder der Bürgermeister? Gibt es vielleicht noch andere Gründe, um unsere Ermittlungen zu fürchten?«

»Ich denke an den Tourismus. Wir leben davon. Es gibt kaum eine andere Erwerbsquelle für uns.«

»Darauf können wir leider keine Rücksicht nehmen. Unterstützen Sie uns, dann sind wir schneller fertig.« Er hielt inne und musterte Thönnissen, als sich dessen Magen erneut mit einem lauten Knurren vernehmen ließ. »Gibt es bei Ihnen noch etwas zu essen? Für meinen Kollegen.«

»Die Küche hat geschlossen.«

»Man kann sie auch wieder öffnen. Mit Sicherheit haben Sie in Ihrem Kühlschrank noch Bratkartoffeln, die sie nur in die Pfanne werfen müssen. Und Sauerfleisch nach Art des Hauses ist auch noch da.«

»Sieh an«, lästerte Feddersen. »Bist du ein so kleines Licht, dass du nicht einmal deine Bestellungen selbst aufgeben kannst?« Dabei grinste er in Thönnissens Richtung.

»Einmal Bratkartoffeln mit Sauerfleisch«, bestellte Hundt.

»Und Sie?«, fragte der Inselpolizist.

»Ich habe vorhin zu Abend gegessen. Deshalb hat es auch etwas länger gedauert.« Er wedelte mit der Hand und deutete damit an, dass Feddersen sich um die Bestellung kümmern sollte. Tatsächlich verschwand der Hotelier in Richtung Küche.

»Sie sind von der Polizei?«, schaltete sich der Fremde plötzlich ein.

Hundt nickte.

»Ist es wahr, dass es hier einen Toten gegeben hat.«

»Kennen Sie den Unterschied zwischen einem Journalisten und einem Polizisten?«, fragte Hundt unfreundlich.

»Man wird doch mal fragen dürfen«, zeigte sich der Gast beleidigt.

»Sie machen hier Urlaub?«

»Muss ich Ihnen antworten?«

»Ja, wenn Sie an einem höflichen Thekengespräch interessiert sind.«

Der Mann trank den Rest aus seinem Bierglas und starrte gedankenverloren auf den Boden. »Das ist gewöhnungsbedürftig«, sagte er.

Thönnissen hatte es am Tonfall vermutet. Der Mann war Rheinländer. Auch der Hauptkommissar musste es verstanden haben.

»Alt oder Kölsch?«, fragte er und lächelte dabei.

Der Gast schüttelte sich. »Brrrh. Können Sie sich vorstellen, altes Bier zu trinken?«

»Sie kommen aus Köln«, stellte Hundt fest.

»Ich wollte mir einmal größere Schiffe ansehen als die, die bei uns am Dom vorbeischippern.« Er reichte dem Hauptkommissar die Hand. »Hermann-Josef Marienburg«, stellte er sich vor. »Ich komme aus der Kölner Südstadt.«

»Dort, wo die Stadtarchive umfallen und die Kirchen über Nacht einen schiefen Turm bekommen?«, lästerte Thönnissen.

»Das kann mal passieren.« Marienburg sprach jetzt im unverkennbaren Kölner Dialekt. »Das ist beim U-Bahn-Bau passiert. Wissen Sie überhaupt, was eine U-Bahn ist?«

»Haben Sie jemals gehört, dass bei uns etwas beim Bau einer U-Bahn passiert ist?«, antwortete Thönnissen mit einer Gegenfrage.

Ein dümmlich wirkender Ausdruck überzog Marienburgs Antlitz. »Häh? Sie haben doch gar keine U-Bahn.«

Sie wurden durch Feddersen unterbrochen, der einen Teller aus der Küche herbeischleppte und ihn vor Thönnissen auf den Tresen knallte. Der Wirt hatte sich sichtlich Mühe gegeben, das Gericht lieblos aussehen zu lassen.

»Haben Sie auch Besteck für meinen Kollegen«, mischte sich Hundt ein. »Oder isst man hier noch mit den Fingern?«

Feddersen griff in eine Schublade und ließ Messer und Gabel über den Tresen rutschen. »Da!«

Die nächste Stunde verbrachten die Männer damit, über die Bundesliga fachzusimpeln. Thönnissen winkte ab, als Hundt die nächste Runde bestellte. »Ich muss noch fahren.«

Feddersen zeigte mit dem Daumen in Richtung des Inselpolizisten. »Komisch. Sonst ist er nicht so zimperlich.« Ansonsten vermied es der Hotelier für den Rest des Abends, mit Thönnissen ein Wort zu wechseln. Er brachte es sogar fertig, ihn keines Blickes zu würdigen.

Sie hatten schon bezahlt, als ihre Aufmerksamkeit auf einen Mann gelenkt wurde, der völlig durchweicht zur Tür hereinkam und eine unübersehbare Spur Nässe hinter sich ließ. Er pustete die dicken Tropfen von der Lippe, sagte »Guten Abend« und verlangte seinen Zimmerschlüssel.

Thönnissen hatte Mühe, ihn wiederzuerkennen, war sich aber fast sicher, dass es der dritte Mann war, den er auf der Fähre bei Hundts Ankunft gesehen hatte.

»Wo kommt der denn jetzt her?«, fragte er erstaunt.

»Schnüffel ich hinter meinen Gästen her?«, antwortete Feddersen mit Empörung in der Stimme. »Ich habe einen anständigen Beruf.«

»Wie der Gast heißt, verraten Sie mir aber«, bat der Hauptkommissar.

»Ist das offiziell?«
»Eine Bitte.«
»Horst Niehl.«

Drei

Der Sturm dauerte auch die Nacht über an, verfing sich in der Traufschalung, ließ die Dachpfannen klappern und rüttelte an den Fenstern. Thönnissen hatte sich oft gefragt, warum man hier nicht die in Süddeutschland weitverbreiteten Fensterläden verwendete, um sich vor der Witterung zu schützen. Viele Gäste der Insel fanden in solchen Nächten keinen Schlaf. Thönnissen war davon nicht betroffen. Zumindest war es nicht der Wind, der ihm eine unruhige Nacht beschert hatte. Der Tod des alten Wessels beschäftigte ihn auch während der Nachtstunden. Nur schwer fand er aus dem Bett, nachdem ihn am frühen Morgen doch noch der Schlaf übermannt hatte. Die ausgiebige Dusche und der heiße Kaffee halfen nur unzureichend, die Müdigkeit zu vertreiben.

Er wartete, bis Hundt sich telefonisch meldete und ihn anwies, mit dem Streifenwagen zum Hotel zu kommen. Thönnissen vermied es, zu protestieren, auch wenn ihm die Art des Hauptkommissars zuwider war und er sich innerlich dagegen auflehnte, als Fahrer und Laufbursche missbraucht zu werden. Tatsächlich hatte der Kriminalbeamte recht mit seiner akribischen Suche nach der Wahrheit. Wessels' Tod war noch lange nicht aufgeklärt. Und Hundt zeigte sich misstrauisch gegenüber allen zu einfach klingenden Erklärungen, auch wenn sie offenkundig schienen. Zumindest für Thönnissen.

Mit Mühe konnte er ein Gähnen unterdrücken, als der Hauptkommissar aus dem Hotel kam und in den Streifenwagen stieg.

»Guten Morgen! Gibt es Neuigkeiten?«

»Nein. Wohin?«

»Warum haben Sie vor dem Haus gewartet? Sie hätten hineinkommen und mich abholen können.«

»Ich habe keine Eile.« Thönnissen wollte nicht erklären, dass er die Begegnung mit Feddersen meiden wollte. Die Untersuchungen erforderten seine ganze Aufmerksamkeit. Da würde eine Vertiefung des unsinnigen Streits mit dem Hotelier nur stören. Er trommelte ungeduldig mit den Fingern auf das Lenkrad, während der Hauptkommissar ihn musterte. Hundt ließ ihn warten. Es schien, als kostete er Thönnissens nur mühsam unterdrückte Nervosität aus.

»Ich möchte die Sparkasse besuchen«, sagte der Hauptkommissar schließlich.

Thönnissen sah ihn fragend an, erhielt aber keine Erklärung.

Wenig später parkten sie vor der kleinen Zweigstelle der Bank, die neben der Volksbankfiliale das einzige Geldinstitut auf der Insel war.

Eine junge Frau sah auf, als die beiden Beamten den Kassenraum betraten.

»Frerk?«, fragte sie.

»Moin, Inken. Ist Ove da?«

»Ja. Er sitzt hinten und macht die Post. Soll ich ihn holen?«

»Danke. Wir gehen zu ihm«, erklärte Thönnissen und führte Hundt zu einer nur angelehnten Tür. Er klopfte kurz, trat ein und sah den jungen Mann mit den blonden Haaren und den Sommersprossen an, der ein kleines Mädchen auf dem Arm hielt und an sich drückte.

»Moin«, grüßte Ove Petersen.

»Moin.« Das galt auch der Frau des Zweigstellenleiters, die ihrem Mann das Kind abnahm.

»Bis später«, verabschiedete sie sich, nickte den beiden Beamten zu und verließ das Büro.

Petersen gewahrte den prüfenden Blick der Polizisten, raffte die auf dem Schreibtisch liegende Post zusammen und drehte den Stapel um.

Thönnissen stellte den Hauptkommissar vor. »Wir haben ein paar Fragen an dich.«

Petersen bat sie am Schreibtisch Platz zu nehmen und sah die beiden Polizisten fragend an.

»Hinrich Wessels war Kunde bei Ihnen?«

»Ich glaube, darüber kann ich nicht mit Ihnen reden.«

»Wir haben in Wessels' Haus Kontoauszüge von euch gefunden«, mischte sich Thönnissen ein. »Das ist also kein Geheimnis, Ove.«

»Und?«, fragte der Zweigstellenleiter und zog eine Augenbraue fragend in die Höhe.

»Aus den Belegen ist ersichtlich, dass Wessels nur über geringe Geldmittel verfügte, die über das Girokonto gelaufen sind. Gab es noch mehr Konten, zu denen wir die Auszüge nicht gefunden haben?«

»Jetzt wird es aber kritisch«, wand sich Petersen. »Vielleicht sollten Sie mit der Zentrale auf dem Festland sprechen. Meine Kompetenz reicht nicht aus, um das zu entscheiden.«

»Mensch, Ove. Hier geht es um Ermittlungen in einem ungeklärten Todesfall.« Thönnissen hatte sich ein wenig vorgebeugt.

»Ungeklärter Todesfall?«, wiederholte Petersen. »Ich denke, es war Selbstmord.«

»Wer sagt das?«, fragte Hundt.

»Na – alle. Ist doch klar, dass es *das* Thema auf der Insel ist. Jeder spricht darüber.«

Thönnissen nickte bedächtig. »Richtig, Ove. Darum solltest

du uns auch helfen. Es ist nicht gut für uns, wenn die Polizei im Dunkeln tappt. Bestimmt wird Wessels' Tod und die damit verbundenen Fragen noch lange Gesprächsstoff bieten. Über Jahre. Wann hat es hier zuletzt einen Mord gegeben?«

»Mord?« Petersen riss den Mund auf. »Du willst doch nicht behaupten, da hätte jemand nachgeholfen?«

»Bring keine Gerüchte in Umlauf. Das hat niemand gesagt. Die Umstände, unter denen Wessels gestorben ist, müssen aber einwandfrei geklärt sein. Es könnte sich auch um einen Unfall gehandelt haben.«

»Genug!«, fuhr Hundt dazwischen und strafte Thönnissen mit einem bösen Blick ab. »Wir diskutieren hier nicht das Für und Wider unserer Ermittlungsarbeit.« Er wandte sich an Petersen.

»Sie wissen, dass wir uns einen richterlichen Beschluss besorgen können und dann die gewünschten Auskünfte erhalten. Damit haben Sie einzig die Ermittlungsarbeiten verzögert. Ist das im Interesse der Menschen auf der Insel, wenn sich die Polizei unnötig lange hier aufhält? Was ist, wenn man erfährt, dass Sie eine der Ursachen waren?«

»Ich tu doch nichts Unrechtes, sondern handele nur so, wie man es erwartet.« Petersens Selbstsicherheit bröckelte in zunehmendem Maße.

»Ich möchte nicht stundenlang über Grundsätzliches reden«, fuhr Hundt in scharfem Ton fort.

Der Zweigstellenleiter nagte an der Unterlippe. Ihm war anzusehen, dass er mit sich rang.

»Habt ihr es schon einmal drüben bei Wagner probiert?«, fragte er schließlich und sah Thönnissen an.

»Das ist die Volksbank«, erklärte der Inselpolizist. »Wir haben zuerst mit dir sprechen wollen, da Wessels bei euch Kunde war. Das ist eindeutig.«

»Also … Bei uns gibt es kein weiteres Konto. Auch kein Sparkonto.«

Petersens Blick wanderte zwischen den beiden Beamten hin und her.

»Das kann nicht sein, Ove. Wir wissen, dass Wessels über wesentlich mehr Geld verfügt hat, als aus den Kontoauszügen des Girokontos ersichtlich ist. Hat er ein Depot gehabt? Wertpapiere?«

»Wessels?« Es klang ungläubig, fast ein wenig spöttisch. Ein leichtes Lächeln huschte über das Gesicht des Zweigstellenleiters. »Der war so misstrauisch, dass er sich jeweils an Ultimo sein Kontoguthaben vorzeigen ließ. Symbolisch.«

»Irgendwo muss er sein Geld gelassen haben. Hat er dir nicht vertraut? Gab es Gründe dafür?«

Ein Rotschimmer überzog Petersens Gesicht. »Wollt ihr mir etwas unterstellen?«

»Grundsätzlich ermitteln wir in alle Richtungen.« Hundt war dem Dialog eine Weile schweigend gefolgt. Jetzt übernahm er wieder die Gesprächsführung.

»Das ist eine Vertrauensstellung, die ich hier innehabe«, protestierte Petersen. »Ich verwahre mich gegen solche Anschuldigungen.«

Thönnissen wollte antworten, aber der Hauptkommissar kam ihm zuvor.

»Gehen Sie davon aus, dass wir auch Ihre persönlichen wirtschaftlichen Verhältnisse in unsere Überlegungen einbeziehen. Schließlich sind Sie der Erste, der von Wessels' Geld Kenntnis hatte.«

Petersen fühlte sich in die Enge getrieben. Er schüttelte mehrfach den Kopf. Dann holte er tief Luft: »Ich habe nur meinen Job gemacht«, erklärte er schließlich und sah angstvoll zur Tür. Er stand auf und schloss sie, bevor er weitersprach.

»Es ist richtig, dass Wessels mehr hatte, als aus den Kontoauszügen ersichtlich ist.«

»Hatte er ein Schließfach?«, unterbrach der Hauptkommissar.

Der Zweigstellenleiter verneinte abermals.

»Nein. Das war ganz anders. Wessels hat Goldmünzen gekauft. Krügerrand.«

Die beiden Polizisten tauschten einen schnellen Blick.

»Wie oft?«, wollte Thönnissen wissen.

»Das müsste ich nachsehen. Wir müssen alle Tafelgeschäfte aufzeichnen. Und da wir im Regelfall keine Krügerrand führen, musste ich sie jedes Mal bei der Zentrale anfordern.«

»Wie oft ist das vorgekommen?« Hundt war dem Inselpolizisten zuvorgekommen.

Petersen spitzte die Lippen. »Unterschiedlich. Manchmal war es eine Münze im Monat, manchmal auch mehr, dafür lagen ein anderes Mal mehr als vier Wochen zwischen zwei Käufen.«

»Seit wann hat Wessels Krügerrand gesammelt?«

»Schon ein paar Jahre.«

»Da müsste eine größere Anzahl zusammengekommen sein.«

Der Zweigstellenleiter nickte versonnen. »Bestimmt über fünfzig. Und bei den steigenden Goldpreisen hat er auch noch auf das richtige Pferd gesetzt. Wessels hat sich damit ein kleines Vermögen auf die Seite gelegt.«

»Hat er die Kurssteigerungen des Goldpreises realisiert und die Krügerrand verkauft?«

Petersen schüttelte heftig den Kopf. »Ich glaube, das hat er gar nicht mitbekommen. Wessels interessierte nur das Gold. Er war glücklich, wenn er zu Hause sein Gold betrachten konnte. Du weißt selbst«, dabei sah er Thönnissen an, »dass

Wessels mit dem ausgekommen ist, was er an Rente erhielt. Er hat stets in bescheidenen Verhältnissen gelebt.«

»Wissen Sie, wo das Gold geblieben ist? Wo Wessels es aufbewahrt hat?«

»Keine Ahnung. Ich bin nie bei ihm gewesen.«

»Wer wusste von den Goldkäufen?«

»Ich glaube nicht, dass Wessels darüber gesprochen hat.«

»Haben Sie jemandem davon erzählt?«

»Wie kommen Sie darauf?« Petersen zeigte sich deutlich empört.

»Na ja. Schließlich bist du uns gegenüber auch eingeknickt«, warf Thönnissen ein.

Dem Zweigstellenleiter stieg die Zornesröte ins Gesicht.

»Spinnst du? Erst nötigt ihr mich, setzt mich unter Druck. Und dann stellst du mich als Plaudertasche dar. Bist du nicht ganz dicht?«

»Mäßigen Sie sich«, schnauzte ihn Hundt an. »Die Polizei bei Ermittlungsarbeiten zu unterstützen ist eine Sache, Informationen auszuplaudern eine andere.«

»Ich schwöre, mit niemandem darüber gesprochen zu haben. So etwas könnte mich meinen Job kosten. Wo gibt es so etwas, dass ein Bankmitarbeiter über die Kunden plaudert.«

»Für viel Geld sind schon ganz andere schwach geworden und haben gleich mehrere zehntausend Kundengeheimnisse verraten, indem sie die Daten an die Steuerbehörden verkauft haben«, merkte Hundt an. Dann kniff er die Augen zusammen. »Sie behaupten also, der Einzige zu sein, der von Wessels' Goldschatz wusste?«

Petersen wischte sich mit dem Handrücken über die schweißnasse Stirn.

»Von mir hat niemand etwas erfahren.« Er stockte. »Merkwürdig ist, dass Ipsen vorhin hier war und …«

»Welcher von den beiden? Der Beerdigungsunternehmer?«, unterbrach der Hauptkommissar.

»Nein. Tore Ipsen, der Spediteur. Der hatte eine Goldmünze und wollte wissen, was die wert ist, ob es lohnt, sie zu verkaufen.«

Thönnissen registrierte mit Genugtuung, dass es Hundt nicht gelang, seine Überraschung zu verbergen. Entsprechend knapp fiel die Verabschiedung aus. Sie hatten das Sparkassengebäude kaum verlassen, als der Hauptkommissar über Thönnissen herfiel.

»Ich verwarne Sie das letzte Mal, Thönnissen.«

Der Inselpolizist sah den Hauptkommissar ratlos an.

»Sie haben niemandem Informationen über den Stand der Ermittlungen zu erteilen, wenn es auf der Insel offenbar auch keine Geheimnisse gibt. Wie kommen Sie dazu, einem Dritten gegenüber unseren Verdacht zu äußern, es könnte sich um einen Unfall gehandelt haben?«

»Ich wollte …«, stammelte Thönnissen und schluckte. »Ich wollte Ove Petersen nur dazu bewegen, uns zu helfen. Das ist schließlich auch geglückt. Ist es nicht besser, wenn wir den Gedanken an Mord aus den Köpfen der Leute fernhalten?«

»Hier geht es nicht um Ihre Meinung, sondern um Fakten. Und über unsere Vorgehensweise entscheide ganz allein ich. Haben wir uns verstanden?«

Thönnissen nickte. Es war ihm anzusehen, dass er betreten war.

Hundt blieb stehen. Der Regen schien ihm nichts auszumachen. Seine ungeschützten Haare waren nass. Das Wasser lief ihm über die Stirn, verfing sich in den Brauen, um von dort über die Nase weiter über das Gesicht zu rinnen.

»Ist das nicht verdächtig?«, fragte er Thönnissen. »Der Pappkarton, der plötzlich verschwunden ist. Ich bin mir fast sicher, dass Wessels darin die Goldmünzen aufbewahrt hat. Wo ist der Karton geblieben? Wer hat ihn entwendet? Wer wusste davon, dass wir ihn sicherstellen wollten?« Er sah Thönnissen mit festem Blick in die Augen, bis dieser auswich. »Sie und ich. Oder haben Sie darüber gesprochen? Ich halte Sie durchaus für schwatzhaft. Und es wäre nicht das erste Mal, dass Sie leichtfertig mit Beweismitteln umgehen. Oder sind wir beobachtet worden, als wir Wessels' Haus durchsucht haben? Haben Sie etwas bemerkt?«

»Der Reihe nach«, antwortete Thönnissen. »Ich habe mit niemandem gesprochen. Und ob wir beobachtet wurden, kann ich nicht sagen. Mir ist nichts aufgefallen.«

»Ich entferne mich immer weiter von der Theorie, dass es Selbstmord war. Mir scheint auch kein Unfall vorzuliegen. Wo ist das Gold geblieben? Bisher wissen wir nur, dass Ove Petersen von der Sparkasse davon Kenntnis hatte. Wer hat noch von dem Gold erfahren? Danach müssen wir suchen.«

Der anschließende Besuch bei der Volksbank brachte keine neuen Erkenntnisse. Wessel war dort nie als Kunde vorstellig geworden. Während des Gesprächs mit dem Bankmitarbeiter hatte sich Thönnissens Diensthandy gemeldet. Er hatte den Anruf unterdrückt, aber der Teilnehmer war hartnäckig und versuchte es immer wieder. Sie hatten die Bank kaum verlassen, als er auf das Display sah. »Ipsen. Den ruf ich mal zurück.«

»Mensch, Frerk«, schimpfte der Bestatter. »Was soll das? Du kannst mich doch nicht abhängen, wenn ich einen Notfall vorliegen habe.«

»Dann wähle die Eins-Eins-Null«, beschied ihm der Inselpolizist.

»Was bringt mir das? Die rufen dich an. Das ist doch nur ein Umweg.« Ipsen war atemlos. »Du musst sofort kommen.«

»Wo brennt es denn?«

»Die Leute sind da, die Wessels abholen wollen.«

»Das ist doch geregelt. Übergib ihnen die Leiche, damit er zur Rechtsmedizin gebracht werden kann.«

»Ja, ist schon klar. Da ist nur ein riesengroßes Problem.«

»Mensch, Ipsen. Warum musst du alles so kompliziert machen? Hast du Angst, einen Auftrag zu verlieren? Die Rechtsmedizin will Wessels nur untersuchen. Die restlichen Teile kommen wieder zurück, so dass du ihn bei uns auf dem Friedhof einbuddeln kannst. Alles klar?«

»Nix ist klar«, keuchte Ipsen durch die Leitung. »Ich sagte doch, wir haben ein großes Problem.«

»Sag schon, welches?«

»Wessels ist weg.«

Thönnissen war sprachlos. »Nun erzähl keinen Mist. Wie hätte er davonlaufen sollen?«

»Komm her«, erwiderte der Bestatter und legte auf, ohne die Antwort abzuwarten.

Hundt sah ratlos aus, als Thönnissen ihm den Inhalt des Gesprächs wiedergab. »Das ist ein schlechter Scherz. Wo zum Geier bin ich hier eigentlich gelandet?«

»Ich finde das nicht lustig«, erwiderte Thönnissen. »Wer stiehlt eine Leiche?«

»Das müssen wir herausfinden.«

Nicht ich, sondern du, dachte der Inselpolizist und atmete auf. Er registrierte, dass der Hauptkommissar seine Reaktion bemerkt hatte. An dessen Mienenspiel war aber erkennbar, dass er sie nicht interpretieren konnte.

Hundt tippte sich gegen die Stirn. »Wenn wir den Leichendieb haben, wissen wir auch, wo der Tote abgeblieben ist.« Dann drängte er darauf, schnell zum Bestattungsinstitut zu fahren. »Warum fahren Sie nicht mit Sonderrechten?«, fragte er unterwegs, als Thönnissen darauf verzichtete, Blaulicht und Martinshorn einzuschalten.

»Das ist bei uns nicht erforderlich. Damit sind wir auch nicht schneller. Ampeln, Kreuzungen und Staus gibt es nicht. Wir erregen damit nur unnötig Aufsehen.«

Der Hauptkommissar brummte etwas, das Thönnissen nicht verstand.

Jesper Ipsen erwartete sie bereits vor der Tür. Aufgeregt lief er dem Streifenwagen entgegen und riss noch im Fahren die Tür auf.

»Tu was, Frerk«, sagte er aufgelöst.

»Beruhige dich erst einmal.«

»Du hast gut reden. Dir ist keine Leiche gestohlen worden.«

Auf dem Vorplatz stand ein mausgrauer Lieferwagen mit dem Kennzeichen der Landeshauptstadt, dem der Verwendungszweck nicht anzusehen war. Die beiden Bediensteten in ihren grauen Anzügen saßen in Ipsens Küche und wurden von dessen Frau mit Kaffee versorgt. Sie grienten, als die beiden Polizisten eintraten.

»Das ist ein toller Betriebsausflug«, höhnte der Ältere.

»Ersparen Sie sich solche Bemerkungen«, schimpfte Hundt und drehte sich zum Bestatter um. »Kommen Sie! Ich möchte ins Kühlhaus.«

»Oh wie eiskalt ist dein Händchen«, rief ihnen der Fahrer des Leichentransporters leise hinterher.

Auf den ersten Blick war nichts zu erkennen. Die Bahre, auf der Wessels gelegen hatte, stand an ihrem Platz. Das Tuch, mit dem der Leichnam abgedeckt gewesen war, lag auf dem Boden. »Haben Sie etwas bemerkt?«, wollte der Hauptkommissar von dem Bestatter wissen.

Ipsen schüttelte heftig mit dem Kopf. »Nichts. Wenn Sie den ganzen Tag auf dem Bau arbeiten, sind Sie abends todmüde. Ich habe geschlafen wie ein Bär.«

»Hast du …?«, fragte Thönnissen und deutete die Geste des Trinkens an.

»Nix da. Zwei Bier. Das war alles.«

»Und Liesschen?«

Ipsen sah Hundt an, um seine Antwort beim Hauptkommissar unterzubringen. »Meine Frau war bei meiner Schwägerin.«

»Bei Ihrem Bruder, dem Spediteur«, unterbrach ihn Hundt.

Ipsen nickte heftig. »Genau. Die beiden Frauen haben dort aufgeräumt.«

Thönnissen erinnerte sich, dass die Küche bei ihrem Besuch einen wenig ansprechenden Eindruck gemacht hatte.

»Sie haben nach der Arbeit noch ein paar Likörchen getrunken. Liesschen hat dort übernachtet. Ich schnarche zu laut, hat sie gesagt. So hat keiner das Verschwinden der Leiche bemerkt. Schon gar nicht bei dem Sturm heute Nacht.«

Hundt sah sich um. »Wie sind die Täter hereingekommen?«, überlegte er laut.

»*Die* Täter? Mehrzahl?«, fragte Thönnissen erstaunt.

»Es ist kaum anzunehmen, dass ein Einzelner die Leiche davonträgt. Deshalb gehe ich von mindestens zweien aus. Außerdem müssen sie mit einem Fahrzeug gekommen sein. Oder glauben Sie, dass man die Leiche über die Insel geschleppt hat?«

Thönnissen stimmte dem Hauptkommissar zu, während der das Schloss untersuchte. »Da ist keine Gewalt angewendet worden.«

»Weshalb auch«, sagte der Inselpolizist. »Es war ja nicht abgeschlossen.«

»Sie haben leichtfertig gehandelt, wenn Sie die Leichenhalle nicht verschlossen haben.« Hundt warf dem Bestatter einen vorwurfsvollen Blick zu. »Das wird ein Nachspiel haben.«

Ipsen rieb sich die Schläfen. »Wer ahnt so etwas. Das gibt es doch nicht, dass jemand eine Leiche klaut.«

»Könnte das ein Dummejungenstreich von übermütigen Jugendlichen sein?«, fragte Hundt in die Runde.

»Das kann ich mir nicht vorstellen«, erwiderte der Inselpolizist.

Der Hauptkommissar bestand darauf, dass das ganze Grundstück sowie das anliegende Areal durchsucht wurde. Ohne Ergebnis.

Im Streifenwagen hieb Hundt wütend mit der Faust auf das Armaturenbrett. »Was wird hier gespielt?«, rief er wütend. »Wer führt uns hier an der Nase herum? Ihnen ist bewusst, warum man Wessels' sterbliche Überreste entführt hat?«

Thönnissen nickte. »Sicher. Der Täter will verhindern, dass der Leichnam in der Rechtsmedizin untersucht wird. Er fürchtet, wir könnten daraus Rückschlüsse auf die Art des Todes ableiten. Das Ganze deutet immer mehr darauf hin, dass Sie recht hatten.«

»Mehr noch, Thönnissen. Ich glaube auch nicht mehr an einen Unfall.«

»Mord?«

Der Hauptkommissar nickte.

»Wollen Sie Verstärkung vom Festland anfordern?« Thönnissen bemerkte mit Genugtuung, wie Hundt an der Unterlippe nagte. Der sonst so selbstherrlich auftretende Kriminalbeamte wirkte unsicher. Würde er weitere Beamte für die Ermittlung anfordern, wäre das ein Eingeständnis der eigenen Unzulänglichkeit. Gegenüber dem Inselpolizisten hatte er stets eine gewisse Überheblichkeit zur Schau gestellt. Jetzt schien er – zumindest vorübergehend – ratlos.

»Wenn Sie davon überzeugt sind, dass ein Tötungsdelikt vorliegt, sollten wir die Sache der Mordkommission übergeben«, legte Thönnissen nach und bemühte sich, seine klammheimliche Freude nicht sichtbar werden zu lassen.

Hundt runzelte die Stirn. »Noch ist nicht bewiesen, dass Fremdverschulden vorliegt«, wich er aus. »Lassen Sie uns vordringlich nach der Leiche suchen.«

»In der näheren Umgebung haben wir nichts entdeckt.«

»Mein Gott! Auf dieser lausigen Insel gibt es sicher noch mehr Verstecke, oder?« Hundt klang unbeherrscht.

»Wir könnten die Feuerwehr alarmieren, damit sie uns bei der Suche unterstützt«, schlug Thönnissen vor und verschränkte die Arme vor der Brust.

»Feuerwehr! Wie wärs gleich mit den Pfadfindern? Dem Landfrauenverband? Dem Shantychor? Haben Sie noch mehr Vereine?«

»Gut«, erwiderte Thönnissen. »Sie sind der Kapitän. Also?«

Der Hauptkommissar schwieg einen Moment. Ihm war anzusehen, dass er überlegte und verschiedene Optionen abwog. »Wo würden Sie eine Leiche verstecken?«, fragte er plötzlich.

Der Inselpolizist schluckte und machte instinktiv einen halben Schritt rückwärts. »Ich?« Ungläubig sah er Hundt an.

»Ja. Sonst ist doch niemand hier, mit dem ich mich unterhalte. Schließlich sind Sie nur noch deshalb im Dienst, weil Sie dieses Eiland kennen.«

Das war ein Revanchefoul, empfand Thönnissen. Hundt musste mitbekommen haben, wie der Inselpolizist den kurzen Moment der Ratlosigkeit ausgekostet hatte.

»Tja – puh. Darüber habe ich mir noch nie Gedanken gemacht. Wo versteckt man eine Leiche? Entweder man legt sie irgendwo im Freien ab. Wälder und Höhlen haben wir nicht.« Er zog die Stirn kraus und streckte die Hand vor. »Bei diesem Wetter sind die Sielzüge voll. Außerdem haben wir seit Tagen Westwind. Da kann das Wasser schlecht ablaufen, weil die See Hochwasser hat und die Siele nicht weit und lange genug geöffnet sind. Man könnte Wessels in einen Sielzug …«

»Sie meinen damit einen Graben.«

»Wenn Sie es so nennen wollen … Wenn der Wind dreht oder abflaut, läuft allerdings das Wasser ab. Irgendwann würde Wessels wieder auftauchen. Im wahrsten Sinne des Wortes.«

»Was wollen die Täter damit bezwecken?«, überlegte Hundt laut. »Soll der Leichnam nur vorübergehend aus dem Verkehr gezogen werden oder dauerhaft verschwinden? Wenn wir das wüssten, könnten wir den Kreis der möglichen Verstecke eingrenzen.«

»Wir haben zwar keinen Sommer, aber eine Leiche hält sich auch um diese Jahreszeit nicht lange ohne Kühlung. Ich glaube aber nicht, dass einer der Gastronomen Wessels bei sich in einem Kühlraum eingelagert hat.«

»Sie haben eine ausgesprochen schwarze Fantasie«, stellte Hundt fest.

»Habe ich Sie falsch verstanden? Muss man in einer solchen Situation nicht auch ungewöhnliche Möglichkeiten in Betracht ziehen?«

Der Hauptkommissar beschloss, Dr. Johannsen aufzusuchen.

Annemieke Johannsen sah auf, als die beiden Beamten das Arzthaus betraten.

»Die Sprechstunde ist vorbei«, sagte sie.

»Wir kommen in amtlicher Mission«, erklärte Thönnissen und zeigte auf das Behandlungszimmer. »Ist Fiete drin?«

»Er hat noch einen Patienten. Beerboom ist schon eine halbe Stunde beim Doktor.«

»Dauert es noch lange?«

»Ich glaube, die schnacken miteinander. Geht ruhig hinein.«

Vorsichtshalber klopfte Thönnissen an, bevor er die Tür öffnete.

Hein Beerboom saß mit dem Rücken zu ihnen, während der Arzt hinter seinem Schreibtisch hockte und versuchte, die Miniflasche Magenbitter zu verbergen, die er gerade zum Mund führen wollte.

Beerboom war nicht so schnell. »Prost, Doktor«, sagte der fast zahnlose alte Mann und kippte den Inhalt der Flache hinunter. Dann drehte er sich um.

»Ah, die Polizei.« Er hielt die kleine Flasche in die Höhe. »Ist schwer in Ordnung, unser Doktor. Ich hab es mit dem Magen. Andere Ärzte kippen in solchen Fällen jede Menge Chemie in den Patienten hinein. Fiete hat bessere Methoden.« Er grinste den Hauptkommissar an.

»Von wegen Schlaftabletten. Unser Doktor rät, bei Schlaflosigkeit ein Bier zu trinken. Der Hopfen beruhigt. Das wusste Oma schon. In Sturmnächten hat man den Kindern früher einen Schluck Bier zur Beruhigung gegeben. Die sind alle hundert Jahre geworden. Mindestens. Und außerdem ist das gut für die Nieren. Stimmt's, Fiete?« Er drehte sich zum Arzt um, aber Dr. Johannsen vermied es zu antworten.

»Bis zum nächsten Mal«, verabschiedete er den alten Mann, der davontrottete. Dann sah er die beiden Polizisten mit fragendem Blick an.

»Herr Dr. Johannsen«, begann Hundt, »hat man Wessels' Leiche noch einmal zu Ihnen gebracht?«

»Zu mir?« Der Arzt lachte. »Die Leute hier wissen, was sie an ihrem Medizinmann haben. Und umgekehrt. Aber Wunder kann ich nicht vollbringen. So glaubt niemand, dass ich Wessels hätte wiederbeleben können. Was sollte ich also mit dem Toten? Wir haben Arbeitsteilung, Ipsen und ich. Auch wenn es dem nicht gefällt, dass er manchmal lange warten muss, bis meine Patienten austherapiert sind und ich sie Ipsen überlassen muss. Während ich ihm zuliefere, habe ich noch nie Kunden vom Bestatter bekommen. Der Kerl ist sogar zu knauserig, meine Dienste in Anspruch zu nehmen, wenn er selbst oder jemand aus seiner Familie erkrankt ist.«

»Danke«, sagte Thönnissen und wollte sich umdrehen. Doch Dr. Johannsen hatte seine Brille auf der Nase nach vorn geschoben und musterte die Beamten über deren Rand.

»Moment«, sagte er bestimmt. »Ihr kommt doch nicht ohne Grund zu mir.«

Thönnissen spielte verlegen mit seinen Fingern. Er warf Hundt einen verstohlenen Blick zu. Es wäre Aufgabe des Hauptkommissars gewesen zu antworten. Aber der machte keine Anstalten, Stellung zu nehmen.

»Also, weißt du … Das ist wegen Wessels.«

»Sagtest du schon«, fuhr ihn der Arzt an. »Ist der jetzt weg, oder was?«

Thönnissen nickte.

»Nein! Willst du sagen, dass die Leiche verschwunden ist?«

»Hmmm.« Es wirkte, als hätte ein Schuljunge eine Missetat gestanden.

Der Arzt lehnte sich zurück und begann, lauthals zu lachen. Er verschluckte sich dabei, musste Luft holen, hustete und lachte weiter. Besorgt erschien seine Frau in der Tür.

»Alles in Ordnung?« Sie warf einen fragenden Blick auf ihren Mann, der mit hochrotem Kopf hinter seinem Schreibtisch saß.

Erst im zweiten Versuch gelang es dem Arzt, Annemieke zu

antworten. Er zeigte mit der Spitze eines Kugelschreibers auf die beiden Beamten. »Die suchen eine Leiche.«

»Ja? Und?« Die Arztfrau schien nicht überrascht.

»Verstehst du nicht? Der alte Wessels, der *Tote* ist denen von der Bahre gehüpft und hat sich davongemacht.«

Zu Dr. Johannsens Erstaunen fiel seine Frau nicht in das Lachen ein.

»Und wenn er gar nicht richtig tot war? Kann doch sein. Wenn er nur scheintot war?«

Augenblicklich erstarb die Heiterkeit des Arztes. »Was willst du damit sagen? Zweifelst du an meinem Urteil?«

»Meistens nicht«, erwiderte seine Frau. »Aber als er da«, dabei zeigte sie auf den Inselpolizisten, »und Nissen und Feddersen Wessels brachten, warst du, na ja, ziemlich angeschlagen.«

»Willst du behaupten, dass …?«, schrie Dr. Johannsen aufgebracht, während Annemieke ihm ebenso lautstark ins Wort fiel.

Das Ehepaar schien den Besuch vergessen zu haben.

»Kommen Sie«, sagte Hundt und zog Thönnissen am Ärmel zur Tür hinaus.

»Es klingt abwegig«, sagte der Inselpolizist auf dem Weg zum Auto. »Aber – wie sagten Sie – man muss alle Möglichkeiten in Betracht ziehen.«

»Das haben Sie gesagt«, knurrte der Hauptkommissar missgelaunt. »Wessels war tot. Daran gibt es keinen Zweifel. Und an Wunder glauben wir beide nicht, auch wenn es auf dieser Insel höchst merkwürdig zugeht.«

»Laufen Ermittlungen sonst anders?«, fragte Thönnissen.

Hundt schenkte ihm einen vernichtenden Blick. »Für so dumm halte ich selbst Sie nicht, um Ihnen diese Frage beantworten zu müssen.« Dann beschied er, dass sie Tore Ipsen aufsuchen wollten.

Der Spediteur stand auf seinem Lkw, dessen seitliche Plane hochgeschlagen war, und räumte Paletten um. Er trug eine ärmellose speckige Lederweste über einem dunkelblauen Rollkragenpullover. In seinem Mundwinkel hing eine glimmende Zigarette, der Kopf war mit einer fleckigen Prinz-Heinrich-Mütze geschützt.

Tore Ipsen sah auf, als der Streifenwagen auf seinem Hof hielt und die beiden Polizisten auf ihn zukamen.

»Moin. Wir müssen noch einmal mit dir reden«, sagte Thönnissen. Sie erhielten keine Antwort. »Es geht um Wessels.«

»Wollen wir das im Haus erledigen? Oder sollen Springer und Welte alles mitbekommen?« Thönnissen beugte sich zu Hundt hinüber. »Das sind die Nachbarn. Die alte Springer gilt als die inoffizielle Zeitung der Insel. In diesem Fall passt der Name hundertprozentig.«

Ipsen schob eine leere Palette mit dem Fuß zur Seite, sprang von der Ladefläche, schnippte die Zigarette fort und stapfte ins Haus, ohne einen Ton zu verlieren. Er ging voraus in die Wohnküche, nahm am Tisch Platz und protestierte nicht, als die Beamten es ihm unaufgefordert gleichtaten.

»In Ihrem Besitz befindet sich mindestens eine goldene Münze. Woher haben Sie die?«, eröffnete Hundt das Gespräch.

»Letzte Woche habe ich die Münze von Wessels erhalten. Ich habe ihm meine Rechnung gebracht, und er hatte kein Bargeld.« Ipsen sprang auf.

»Halt!«, rief ihm Hundt hinterher. »Wo wollen Sie hin?«

Der Spediteur war aus der Küche gerannt und kam kurz darauf mit einem Ordner wieder, legte ihn auf den Tisch und blätterte darin. »Hier!« Er zeigte den beiden Polizisten eine Rechnungskopie. »Diese hier.«

»Sechshundertvierzehn Euro«, las der Hauptkommissar vor. »Und dafür hat Wessels Ihnen eine Goldmünze gegeben? Die ist doch viel mehr wert.«

Ipsen zuckte mit den Schultern. »Was weiß ich denn. Deshalb bin ich ja zu Ove Petersen und habe ihn gefragt. Ich war mir nicht sicher, ob Wessels mich mit dem Goldtaler übers Ohr hauen wollte. Zugetraut hätte ich es dem alten Schlitzohr.«

»Wie haben Sie reagiert, als Sie den wahren Wert der Münze erfuhren?«

»Ich war baff«, gestand Ipsen ein. »Das hat Wessels selbst nicht gewusst, habe ich mir gedacht.«

»Haben Sie gesehen, wo er die Münze hergeholt hat?«, fuhr der Hauptkommissar fort.

»Nicht genau. Er ist zu seinem alten Schrank im Wohnzimmer gegangen. Genaues konnte ich nicht erkennen, weil er mit dem Rücken davorstand.«

»Und dann bist du später noch einmal zurückgekehrt und hast nachgesehen? Du hast geglaubt, wo eine Goldmünze ist, finden sich auch noch mehr.«

Es sah aus, als wollte sich Ipsen auf Thönnissen stürzen. »Bist du noch ganz dicht?«, schrie er. »Wie lange kennen wir uns jetzt? Und dann glaubst du Arschloch, ich hätte …«

Hundt schlug mit der Faust auf den Tisch. »Es reicht, Herr Ipsen. Polizeiobermeister Thönnissen ist in offizieller Mission hier. Ihre Ausführungen erfüllen den Tatbestand der Beleidigung.«

Ipsen schlug sich mit der flachen Hand gegen die Stirn. »Kann man so einen Idioten beleidigen? Der ist doch nicht bei Trost, zu glauben, ich hätte Wessels beklaut.«

»Noch ein Wort, und Sie haben eine Anzeige am Hals«, drohte der Hauptkommissar.

Demonstrativ drehte sich Ipsen um und wandte Thönnissen den Rücken zu.

»Der ist plemplem«, murmelte er und machte mit der Hand eine Wischbewegung vor seinem Gesicht.

»Haben Sie noch mehr Krügerrand?«, wollte Hundt wissen. Als Ipsen ihn fragend ansah, ergänzte er: »Goldmünzen. Das sind Krügerrand.«

»Woher denn? Ich sammel so ein Zeug doch nicht.«

»Zum Beispiel Wessels' Münzsammlung?«

»Ich weiß von keiner Münzsammlung.«

»Wo haben Sie den Karton gelassen?«

»Häh?« Ipsen warf dem Hauptkommissar einen fragenden Blick zu. »Welcher Karton?«

»Wessels' Karton.«

»Ich verstehe nur noch Bahnhof.«

»Dann müssen wir die Weichen richtig stellen«, mischte sich Thönnissen ein. »Damit alles im richtigen Gleis bleibt.«

»Halt du dich da raus«, fuhr ihn der Spediteur an. »Ich sage jetzt nichts mehr. Ich will meinen Anwalt sprechen.«

»Das ist Ihr gutes Recht ...«, begann der Hauptkommissar, aber Thönnissen fiel ihm ins Wort.

»Du guckst zu viele Krimis, Tore. Das ist Blödsinn, was du da erzählst. Auf unserer Insel gibt es keinen Anwalt. Außerdem wollen wir von dir nur ein paar Fragen beantwortet bekommen.«

»Aus denen ihr mir einen Strick dreht. Nee. Nicht mit mir.«

»Haben Sie Grund, besorgt zu sein?«, fragte Hundt.

»Dürfen wir uns umsehen?« Thönnissen klang bestimmt.

»Kommt nicht in Frage.« Ipsen nahm eine drohende Haltung ein.

»Damit würden wir dir einen Gefallen tun. Wir suchen auch nach Tatbeständen, die dich entlasten.«

»Soll das heißen, du verdächtigst mich? Du glaubst, ich habe Wessels bestohlen?«

»Es gibt keinen Freibrief für die Unschuld«, mischte sich Hundt ein. »Dann werden wir uns eben ohne Ihr Einverständnis einen Überblick verschaffen.«

»Das dürft ihr doch gar nicht. Dazu braucht man doch einen Durchsuchungsbefehl, oder wie das Ding heißt.« Ipsen grinste plötzlich. »So wie wir keinen Rechtsanwalt auf der Insel haben, so gibt es auch keinen Richter.«

»Sie irren«, widersprach ihm Hundt. »Hier ist Gefahr im Verzug.«

»Welche Gefahr?«

»Dass Beweismittel dem Zugriff der Ermittlungsbehörden entzogen werden könnten.«

Ipsen sah Thönnissen an. »Kannst du mir das mal übersetzen?«

»Der Hauptkommissar meint, dass du den Karton und mögliche andere Dinge, die aus Wessels' Haus stammen könnten, verschwinden lässt, während wir auf den Durchsuchungsbeschluss warten. In solchen Fällen hat die Polizei das Recht, sofort zu handeln und den Beschluss des Richters nachzureichen.«

»Ihr seid doch nicht ganz dicht. Was ist das für ein Schnüffelstaat! Da kommt jemand hergelaufen und behauptet, ich hätte dem Wessels etwas geklaut. Wo sind wir denn?«

»Waren Sie, nachdem bekannt wurde, dass der alte Mann tot aufgefunden wurde, im Haus von Polizeiobermeister Thönnissen?«, wollte Hundt wissen.

»Ja. Wieso? Da waren doch viele.«

»Wo war Wessels' Gewehr?«

»Das stand da.«

»Wo genau?«

»Auf dem Flur.«

Hundt warf Thönnissen einen vorwurfsvollen Blick zu und erhielt als Antwort ein Schulterzucken.

»Haben Sie das Gewehr angefasst?«

»Ja. Feddersen hat es mir in die Hand gedrückt und gesagt: ›Hier. Damit hat Wessels sich in den Kopf geballert.‹«

»Wer hatte das Gewehr vor Feddersen in den Händen?«

»Nissen«, mischte sich der Inselpolizist ein. »Der hatte es neben dem Toten gefunden, aufgenommen und mir gebracht.«

»Das wissen wir mittlerweile. Gibt es noch mehr Personen, die die Tatwaffe angefasst haben?«

»Das will ich nicht ausschließen«, gestand Thönnissen kleinlaut.

Hundt stand auf. »Gut. Fangen wir mit der Durchsuchung an.«

Ipsen war schneller. Er sprang in die Höhe und breitete die Arme aus. »Nur über meine Leiche«, schrie er aufgebracht.

»Beruhige dich«, versuchte Thönnissen ihn zu besänftigen. »Ein Toter reicht. Das ist schon einer zu viel.«

»Niemand schnüffelt in meinem Haus herum.«

»Wollen Sie Widerstand leisten?«, fragte der Hauptkommissar. »Das ist doch absurd. Was sollen die Leute auf der Insel denken?«

Thönnissen warf Hundt einen fragenden Blick zu. Er war froh, die Verantwortung auf den Kriminalbeamten abwälzen zu können.

Der ließ sich Zeit mit seiner Entscheidung.

»Gut«, sagte er schließlich. »Die Sache ist nicht erledigt. Sie sind sich bewusst, dass der Verdacht gegen Sie nicht ausgeräumt ist.«

»So ein Blödsinn«, fluchte Ipsen. »Und mit dir, Frerk, bin ich noch nicht fertig.« Dabei schwenkte er drohend seine Faust.

Seine Beschimpfungen begleiteten die beiden Beamten bis vor die Tür.

»Haben Sie eigentlich eine Arrestzelle auf der Insel? Wo hätten wir Ipsen untergebracht, wenn er weiteren Widerstand geleistet hätte?«, fragte Hundt, als sie wieder im Auto saßen.

»Natürlich habe ich keine Zelle.«

»Und wenn Sie jemanden in Gewahrsam nehmen müssen?«

»Das ist noch nie vorgekommen«, wehrte Thönnissen ab.

»Was machen Sie, wenn dieser Fall eintritt?«

Der Inselpolizist dachte nach. »Das ist unwahrscheinlich, aber dann würde ich die Waschbullen anrufen und um Unterstützung bitten.«

»Die Waschbullen? Was ist denn das nun wieder?«

Thönnissen grinste. »Die Wasserschutzbullen.«

»Ich erwarte, dass Sie von Polizeibeamten nicht als *Bullen* sprechen. Ist das klar?«

»Jawohl«, erwiderte Thönnissen übertrieben korrekt. Dann räusperte er sich. »Ich möchte Ihre Vorgehensweise nicht kritisieren, glaube aber, dass wir an der falschen Stelle suchen.«

»Haben Sie einen besseren Vorschlag?«

Thönnissen hatte die Hände auf dem Lenkrad abgestützt und starrte gedankenverloren durch die Scheibe. »Wir sorgen für Unruhe unter der Bevölkerung. Es bringt uns nur Ärger ein, wenn wir jeden verdächtigen. Hier vertraut man einander, kennt sich seit Generationen. Da gibt es niemanden, dem man einen Mord zutraut. Nein! Das kann ich mir nicht vorstellen. Irgendwann sind die Ermittlungen abgeschlossen. Sie kehren aufs Festland zurück, aber ich muss mich weiter den Menschen hier stellen, mir nachsagen lassen, dass ich Unfrieden und Misstrauen gesät habe, ehrliche Menschen verdächtigt und peinlichen Prozeduren unterzogen habe.«

»Haben Sie vergessen, dass Sie die Polizeiuniform tragen,

dem Recht dienen? Wollen Sie die Ermittlungsarbeit in einem Raubmord Ihrem Ansehen bei der Bevölkerung unterordnen? Es kostet mich nur einen Anruf, und Sie werden aufs Festland versetzt, dürfen in einer Großstadt Wach- und Wechseldienst machen oder die Kollegen von der Autobahnpolizei bei ihrem schweren Dienst unterstützen. Oder stellen Sie sich gar gegen die Verfolgung eines Straftäters? Daran gibt es wohl keinen Zweifel, dass wir es hier mit einer schweren Straftat zu tun haben. Ich gehe davon aus, dass Wessels ermordet wurde. Aus Habgier. Jemand hat sich seines Goldes bemächtigt.«

»Das klingt unglaubwürdig«, hielt Thönnissen dagegen. »Ich meine, der Ablauf der Tat. Ich stimme Ihnen zu, dass es gute Gründe für die Annahme gibt, Wessels wäre beraubt worden. Man muss davon ausgehen, dass der Alte die Krügerrand bei sich aufbewahrt hat. Jemand hat sich das Gold angeeignet. Dafür spricht auch Ihre Vermutung, dass sie im Karton gelagert wurden. Aber Raubmord?«

»Können Sie sich ein anderes Mordmotiv vorstellen?«

»Ich bin genauso ratlos wie Sie«, sagte Thönnissen, »kann mir aber nicht vorstellen, dass Wessels sich ausrauben lässt und anschließend, zumal bei solchem Wetter, sein Gewehr mitnimmt und mit seinem Mörder am Deich spazieren geht, um sich dann erschießen zu lassen.«

»Und wenn Wessels dazu gezwungen wurde? Es ist nicht auszuschließen, dass der Mörder den alten Mann mit dessen Gewehr bedroht hat, um ihn an der abseits gelegenen Stelle zu ermorden.«

»Warum erschießt er ihn nicht im Haus?«

Auf diese Frage wusste der Hauptkommissar keine Antwort. Ärgerlich winkte er ab. »Diskussionen führen uns nicht weiter.«

»Aber ein Gedankenaustausch. Kann es nicht sein, dass Mörder und Dieb zwei verschiedene Personen sind?«

»An solche Zufälle glaube ich nicht«, sagte Hundt mürrisch. »Welches Motiv sollte der Täter gehabt haben, um Wessels zu erschießen? Ich denke, hier ist alles so friedlich.« Aus Hundts Stimme troff der Hohn.

»Und wenn Wessels' Tod doch ein Unfall war und sich der Dieb erst danach des Goldes bemächtigt hat in dem Glauben, nicht entdeckt zu werden, weil niemand von den Münzen wusste?«

Thönnissen stellte mit Befriedigung fest, dass der Hauptkommissar die Argumente abwog. Er schien keine plausible Erwiderung zu haben. »Dann muss der Dieb den Mörder kennen«, fiel ihm schließlich doch ein. »Statt ihn der Polizei zu melden, hat er den zeitlichen Vorsprung zum Diebstahl genutzt. Vielleicht müssen wir zwei Täter suchen. Der Mörder, der den Dieb nicht verraten kann, wenn er ihn überhaupt kennt, und der Räuber, der aus begreiflichen Gründen schweigen muss. Für mich ist die Erklärung Ipsens, wie er zu der Münze gekommen ist, nicht plausibel. Ich habe noch nie gehört, dass jemand eine Lieferantenrechnung mit einer Goldmünze bezahlt, deren exakten Wert er nicht zu kennen vorgibt.«

»Man kann nicht in den Menschen hineinsehen. Aber Tore Ipsen ist für mich immer eine ehrliche Haut gewesen. Seit Jahren ist er der Spediteur unserer Insel. Die Leute vertrauen ihm die Waren an. Ich habe noch nie eine Klage gehört, oder dass es Unstimmigkeiten gab. Für Ipsen spricht auch, dass er uns ordnungsgemäße Belege vorweisen konnte. Und zur Herkunft der einzelnen Goldmünze hatte er eine stimmige Erklärung parat.«

Hundt schüttelte heftig den Kopf. »Sparen Sie sich Ihr Plädoyer für Ihre Mitbewohner. Einer ist ein Mörder.«

»Es könnte doch auch ein Fremder gewesen sein«, gab

Thönnissen zu bedenken. Er lächelte still vergnügt in sich hinein. »Und ob Wessels ermordet wurde, kann man unter Umständen in der Rechtsmedizin feststellen. Schmauchspuren an seinen Händen, wenn es Selbstmord war. Abwehrverletzungen, falls er sich gegen seinen mutmaßlichen Mörder zur Wehr gesetzt hat. Wenn das Ergebnis der Rechtsmedizin vorliegt, sehen wir klarer und können uns manche der Aktionen sparen, die die Menschen verärgern und Unruhe schaffen.«

Hundt bedachte ihn mit einem bösen Blick. »Das war ein überflüssiger Kommentar, mein Lieber.«

Sicher, dachte Thönnissen. Solange wir die Leiche des alten Wessels suchen, kommen wir nicht voran und stochern im Nebel.

»Die Leiche«, sagte er leise.

»Es ist nicht notwendig, mich daran zu erinnern.« Dann straffte sich der Hauptkommissar. »Zu Feddersen! Wir arbeiten weiter, wenn auch unter erschwerten Bedingungen.« Er rümpfte die Nase und sog hörbar die Luft ein. »In Ihrem Streifenwagen riecht es muffig. Sie sollten einmal gründlich lüften.«

»Das geht erst bei besserem Wetter. Wenn ich die Fenster öffne, dringt noch mehr Feuchtigkeit ein. Heizung und Lüftung schaffen es auf den kurzen Wegen auf der Insel nicht, das Wageninnere zu trocknen.« Thönnissen startete den Motor und fuhr zu Feddersens Hotel.

Sie waren überrascht, als sie den Hotelier vor dem Eingang seines Hauses stehen sahen. Der Streifenwagen war kaum ausgerollt, da öffnete Feddersen die Beifahrertür und ließ den Hauptkommissar aussteigen.

»Moin, die Herren«, grüßte er im Überschwang. »Ich habe euch schon erwartet.«

Thönnissen verschloss sorgfältig den Streifenwagen und folgte in das Foyer.

»Boy, wir müssen …«, begann er, aber Feddersen winkte ab.

»Kein Problem. Ich habe schon gehört. Ipsen hat mich angerufen. Was wollt ihr zuerst sehen?«

»Dürfen wir einen Blick in Ihre Kühl- und Lagerräume werfen?«, fragte Hundt.

Der Hotelier begann herzhaft zu lachen. »Das ist urkomisch.« Er beugte leicht den Rumpf und schlug sich vergnügt auf die Oberschenkel. »Da werden meine Gäste noch viele Jahre drüber lachen, dass die Polizei meinen Kühlschrank kontrolliert hat, ob ich dort eine Leiche aufbewahre.«

»Der Verdacht, dass jemand ermordet wurde, gibt keinen Anlass zur Heiterkeit.« Hundt war pikiert. Thönnissen hatte sich halb hinter den Kriminalbeamten gestellt, gleichsam als ob er sich verstecken wollte.

»Das ist reine Routine. Du musst verstehen, dass der Herr Hauptkommissar …«

Hundt drehte sich um und öffnete den Mund, unterließ es aber doch, etwas zu sagen. Ihm war anzumerken, dass er verärgert darüber war, dass Thönnissen ihm die Verantwortung zuweisen wollte, um sich selbst reinzuwaschen.

Feddersen lachte immer noch. »Wohlan«, sagte er. »So lasst uns zur Tat schreiten. Reicht es, einen Blick in die Räume zu werfen? Oder wollt ihr auch die Truhen inspizieren, ob ich Wessels vielleicht zerlegt habe?«

Der Hotelier zeigte den Beamten die Räume, in denen er Vorräte aufbewahrte, aber auch die Kammern für Putzmittel und Wäsche. Thönnissen war überrascht, wie sauber und sorgfältig gepflegt es auch hinter der Fassade aussah. Feddersen konnte unmöglich in der kurzen Zeit, die sie für die Fahrt vom Spediteur zum Hotel benötigt hatten, alles geputzt haben.

Wie geistesabwesend strich Thönnissen mit dem Zeigefinger über ein Regal und besah sich die Fingerspitze. Es war kein Staubkörnchen zu erkennen.

»Wir haben hier eine hohe Luftfeuchtigkeit«, erklärte Feddersen. »Aber das weißt du ja.« Dies galt dem Inselpolizisten. »Manche Urlauber kommen, weil wir hier eine fast staubfreie Luft haben. Das ist gesund.«

»Aber nicht für Wessels«, knurrte Hundt.

»Der ist auch nicht an einer Lungenerkrankung gestorben, sondern hat sich selbst erschossen«, erwiderte Feddersen. »Wollen wir noch durch die Hotelzimmer gehen?« Er senkte die Stimme und flüsterte, als würde er etwas Konspiratives von sich geben. »Es könnte ja sein, dass ich dort eine Leiche versteckt habe. Unterm Bett? Im Kleiderschrank?« Er wies auf Hundt. »Sie sind der Experte. Gibt es ein bevorzugtes Versteck für Leichen? Wo finden Sie sie üblicherweise? Ich meine, wenn sie verschwunden sind.«

»Es reicht«, sagte der Hauptkommissar und ließ offen, ob er Feddersens Spötterei oder den Kontrollgang meinte. Hundt drehte sich um, kehrte in die Gaststube zurück und ließ sich an einem Tisch nieder. »Kaffee. Bitte.«

»Was für einen?«, fragte Feddersen, der immer noch vergnügt wirkte.

»Wenn ich *Kaffee* sage, meine ich kein Milchmischgetränk.«

Thönnissen setzte sich neben den Hauptkommissar. »Ich habe es ja gesagt«, begann er. »Die Leute mögen das nicht, wenn …«

»Ihr Kommentar ist unerwünscht«, giftete ihn der Hauptkommissar an. »Es wäre der Sache dienlich, wenn Sie Ihren Dienst verrichten würden. Vernünftig verrichten.«

Thönnissen verzichtete auf eine Erwiderung. »Ich habe keine Idee, wo man Wessels verborgen hält. Den Grund glauben wir zu kennen.« Thönnissen starrte auf seine Finger, die er wie bei einer Klavierübung auf der Tischkante tanzen ließ. »Der Täter muss ja kein Einheimischer gewesen sein.«

»Dann stellen Sie fest, wann die Fähren gegangen sind.«

»Den Fahrplan kenne ich auswendig.« Thönnissen griff zum Mobiltelefon und wählte die Praxis von Dr. Johannsen an.

»Moin, Annemieke. Ist Fiete da?« Er wartete einen Moment, bis sich der Arzt meldete.

»Thönnissen.« Er benutzte seinen Zunamen, um die Frage amtlich klingen zu lassen.

»Was willst du?« Die Stimme des Arztes klang irgendwie singend.

»Wie lange war Wessels tot, als wir ihn in Ihre Praxis brachten? Können Sie das sagen? So ungefähr.«

»Wenn du mich siezt«, antwortete Dr. Johannsen, »dann ist etwas nicht in Ordnung. Woher soll ich das wissen?«

»Sie sind der Einzige mit entsprechender Kompetenz, den wir hier haben«, schmeichelte Thönnissen. Sein Bemühen war erfolgreich.

»Das ist unverbindlich«, stellte der Arzt fest. »Ich kann es nur grob einschätzen, würde aber sagen zwischen zwei und vier Stunden.«

»Vielleicht auch sechs?«

»Nein, eher weniger.«

Thönnissen bedankte sich beim Arzt und trug Hundt seine Überlegung vor.

»Zwischen der vermutlichen Tatzeit, wenn wir dem Doktor glauben, und Nissens Erscheinen auf der Polizeistation sind zwischen eine bis maximal drei Stunden vergangen.« Er sah auf die Armbanduhr, als würde er dort die Antwort finden. »In dieser Zeit ist eine Fähre abgegangen. Wenn wir vermuten – rein hypothetisch«, fügte er an, als ihn Hundts skeptischer

Blick streifte, »dass der Täter sofort von der Insel geflohen ist, müsste er diese Fähre benutzt haben. Ich könnte mit der Besatzung sprechen, ob denen etwas aufgefallen ist. Um diese Jahreszeit herrscht nicht allzu viel Betrieb.«

Hundt nickte. »Gut. Ich werde inzwischen ein paar Erkundigungen einziehen.«

»Es wird eine Weile dauern«, merkte Thönnissen an. »Die nächste Fähre trifft in zwei Stunden ein.« Er hielt inne, als sich sein Magen mit einem lauten Knurren bemerkbar machte. Auch ein Gähnen konnte er nicht unterdrücken.

»Sie scheinen nur aus vegetativen Reflexen zu bestehen«, giftete der Hauptkommissar und entließ ihn.

Der Regen hatte nachgelassen. Der Wind trieb schwere graue Wolken von der See her Richtung Festland. Thönnissen wusste um das Phänomen, dass die Wolken ihre Last häufig erst über dem Festland abluden und der Insel dadurch eine stabilere Wetterlage bescherten. Leider hatte sich diese Hoffnung in den letzten Tagen nicht erfüllt.

Thönnissen war bis fast an die Brücke herangefahren, die sich bei Ankunft der Fähre herabsenkte und Passagieren und Fahrzeugen den Landgang ermöglichte. Er wartete, bis die Fähre sich geleert hatte, und stieg aus. Der Wind zerrte an seinem Parka, und er wurde förmlich auf das Schiff getragen, als eine Böe ihn von hinten erfasste.

Der Decksmann, der am Bug der Fähre stand und den Ladevorgang betreut hatte, griente ihm entgegen. Er hatte eine glimmende Zigarette in seiner hohlen Hand verborgen und nahm gelegentlich einen Zug, wobei er dem Wind den Rücken zuwandte.

»Na? Habt ihr euren Schurken?«

Thönnissen tippte als Gruß mit der Hand an die Schläfe.

»Wenn ich dich jetzt verhafte: Ja. Moin, Peter-Jakob.«

Peter-Jakob hielt ihm die ausgestreckten Hände entgegen. »Mit Handschellen? Oder geht's auch ohne?«

Thönnissen wies mit dem Kopf auf die Tür zum kleinen Aufenthaltsraum der Decksleute auf dem Autodeck.

Peter-Jakob nickte und ging voran. Durch das runde Bullauge fiel nur wenig Licht in den kargen Raum, in dem ein kleiner Tisch und zwei Stühle standen. Auf einem wackligen Regal blubberte eine Kaffeemaschine. Die beiden Kaffeebecher der Decksleute und eine aufgeschlagene Boulevardzeitung nahmen die ganze Tischfläche in Anspruch. Die beiden gegen die Kabinenwand gelehnten Aktentaschen der Männer komplettierten die Einrichtung.

Peter-Jakob, der Mitte fünfzig sein mochte, nahm einen Schluck Kaffee und verzog die Miene. »Kalt«, sagte er. »Das ist ein Job. Alles kalter Kaffee.«

»Ich möchte wissen, wer mit euch abgereist ist.« Thönnissen nannte die betreffende Fähre.

Peter-Jakob lachte. »Glaubst du, das weiß ich?«

»Mich interessieren nur Fremde, nicht die Einheimischen.«

Der Decksmann schob seine Pudelmütze in den Nacken und kratzte sich den Kopf.

»Wart mal. Das waren nicht viele. Ist ja zurzeit keine Saison. Zwei oder drei Autos.«

»Wie sahen die Insassen aus?«

»Meinst du, ich habe Bilder gemacht?«

»So meine ich das nicht. Alleinreisende?«

»Nee. Paare. Alle älter. Rentner, würde ich tippen. In einem Wagen saßen zwei Frauen. Auch ältere.«

»Und Fußgänger oder Radfahrer?«

»Also …«, kam es gedehnt über Peter-Jakobs Lippen. »Radfahrer waren keine an Bord. Kein Wunder. Bei dem Schietwetter. Und zu Fuß? Wenige.«

»Männer? Alleinreisende?«

»Keine Ahnung. So genau habe ich mir die nicht angesehen.«

»Denk nach.«

Erneut kratzte sich der Decksmann den Kopf und grinste dabei verschmitzt. »Oh. Das ist schwierig. Ich meine, das mit dem Denken. Aber einer ist mir aufgefallen. Der ist später wieder zurück. Mit der letzten Fähre. Da war fast gar nichts mehr los. Darum ist er mir aufgefallen.«

»Wie sah er aus?«

»Na – wie ein Mann. Touri. Sprach auch komisch. Nicht von hier.«

»Dialekt?«

Peter-Jakob nickte. »Ja. Wie Millowitsch.«

»Rheinländer?«

»Kann sein.«

»Würdest du ihn wiedererkennen?«

»Sicher. Wir haben doch alles im Griff.«

Thönnissen lachte und bewegte den Zeigefinger wie in einer Drohgebärde. »Besonders das Frischfleisch.«

»Gönn uns doch das Vergnügen.«

»Frischfleisch« war die Umschreibung für alleinreisende Frauen, die auf die Insel kamen und von denen sich manch Einheimischer im Stillen ein wenig Abwechslung erhoffte. Peter-Jakob war bekannt dafür, kaum eine Möglichkeit der Annäherung auszulassen, wenn auch seine Erfolgsquote eher gering war.

»Mach's gut. Und danke.« Thönnissen verließ die Fähre. Auf dem Weg zum Hotel begegnete ihm kein Fahrzeug. Es war Mittwochnachmittag, und die Geschäfte hatten außerhalb der Saison geschlossen. Touristen waren bei diesem Wetter nicht unterwegs. Auch der Parkplatz vor Feddersens Haus war nahezu leer.

Die junge Frau an der Rezeption bat ihn, einen Moment zu warten, bis der Hotelier erschien, die Hand vor den Mund hielt und gähnte. Seine Haare standen vom Kopf ab.

»Insel?«, fragte Thönnissen und wusste, dass er Feddersen aus dem Mittagsschlaf geweckt hatte, den zu dieser Jahreszeit viele Einheimische gerne mal hielten. »Es geht um einen deiner Gäste.«

»Dein Kollege?«

»Nein, ein anderer.«

Feddersen nahm eine Abwehrhaltung an. »Nun mach mir nicht meine Gäste verrückt. Lass die aus dem Spiel.«

»Bleib ruhig. Wir machen das ganz diskret. Die müssen nichts davon erfahren.«

»Der alte Stabendorfer bekommt einen Infarkt, wenn wir ihm die Polizei auf den Hals hetzen.«

»Ist das der alte Herr mit der Gehhilfe? Den können wir außen vor lassen. Wie viele männliche Gäste logieren derzeit bei dir?«

Feddersen legte die Stirn in Falten und nahm die Finger zu Hilfe. Seine Lippen bewegten sich, als er tonlos zählte. »Fünf«.

»Mit Stabendorfer?«

»Ja. Ehepaar Höltlein. Die sind genauso alt. Brunzler. Der kommt seit vierzig Jahren. Der ist schon als Jugendlicher mit seinen Eltern zu Gast gewesen. Heute hat er seine Familie dabei. Nette und ruhige Gäste. Und die beiden, die ihr gesehen habt.«

»Du meinst Niehl und, ähm …«

»Hermann-Josef Marienburg.«

»Danke. Die beiden sind Alleinreisende?«

»Weshalb interessiert dich das?« Bei Feddersen schwang ein aggressiver Unterton mit.

»Lass uns in Ruhe darüber reden. Unter Freunden.«

»Freunde?« Der Hotelier klang empört. »Dabei hast du mich verdächtigt, Wessels erschossen zu haben.«

»Das hast du falsch verstanden.«

»Bin ich denn doof?«

»Ja«, erwiderte Thönnissen, grinste dabei und legte seine Hand beschwichtigend auf Feddersens Unterarm. »Die beiden sind also allein hier. Haben die untereinander Kontakt?« Er erinnerte sich, dass Hundt die These aufgestellt hatte, es müssten mindestens zwei Täter sein, die die Leiche entwendet hatten.

»Hör mal.« Feddersen war ehrlich entrüstet. »Dies ist ein anständiges Haus und kein Schwulentreff.«

»Langsam, Boy. Wenn zwei Männer, die sich zufällig an der Bar treffen, zusammen ein Bier trinken, heißt das noch lange nicht, dass sie homosexuell sind. Dir unterstellt auch niemand, jede Frau zu begrapschen, mit der du ein paar unverbindliche Worte wechselst.«

Feddersen sah sich um, als würde er sich vergewissern wollen, dass niemand lauschte. »Du weißt ja selbst«, fuhr er leise fort. »Viel ist um diese Jahreszeit nicht los. Ältere Gäste finden hier den idealen Ort für Erholung und Entspannung. Aber Alleinreisende suchen ein wenig Abwechslung. Unsere Insel genießt aber nicht den Ruf, der Ort großer Abenteuer zu sein. Da freut man sich, wenn man am Tresen einen Gesprächspartner trifft. Die haben ein paar Bier miteinander getrunken.«

»Hattest du den Eindruck, die würden sich kennen?«

»Dann wären Sie nicht getrennt angereist.«

»Immerhin sind sie am selben Tag gekommen.«

»Spionierst du meinen Gästen hinterher?«

»Hör endlich mit solchen Sprüchen auf. Ich mache nur meine Arbeit. Deine Unterstützung hilft uns, das Ganze zu beschleunigen. Das wäre in unser aller Interesse.«

Feddersen schüttelte den Kopf. »Ich hatte nicht den Eindruck, dass sie sich kannten.«

»Es ist merkwürdig, dass der eine einen rheinisch klingenden Namen hat und der andere einen rheinischen Dialekt spricht.«

»Das ist nicht verwunderlich. Schließlich kommen beide aus Köln.«

Thönnissen stach mit dem Finger in Feddersens Richtung. »Siehst du! Und ausgerechnet hier treffen sich zwei alleinreisende Männer und trinken zusammen ein Bier.«

»Zufall.«

»Ein bisschen zu viele Zufälle. Haben die zwei viel getrunken?«

»Ich führe doch keine Strichliste«, empörte sich Feddersen.

»Du wärst der erste Wirt, der das nicht machen würde. Mich interessiert nicht die exakte Zahl, sondern nur die grobe Menge.«

»Keiner war betrunken, aber zum Durststillen hat es gereicht.«

»Worüber haben sie gesprochen? Nun behaupte nicht, du hättest es nicht mitbekommen.«

An Feddersens Gesichtsausdruck erkannte Thönnissen, dass er recht hatte.

»Über Gott und die Welt.«

»Den Gottesteil kannst du weglassen. Mich interessiert das weltliche Gesprächsthema.«

»Worüber Männer so sprechen. Fußball. Politik. Wetter.«

»Frauen?«

»Nein.«

»Geld?«

»Auch nicht.«

»Langeweile?«

»Hör mal! Die sind freiwillig auf die Insel gekommen, um sich hier zu erholen.«

»Was machen die beiden den ganzen Tag über?«

»Keine Ahnung. Der eine ...«

»Welcher?«

»Marienburg. Der hockt die meiste Zeit auf seinem Zimmer. Ich habe ihn gefragt, ob er nicht mal an die Luft will, das Seeklima genießen. Er wolle ausspannen, hat er gesagt. Kein Handy, kein Computer.«

»Was macht er beruflich?«

»Weiß ich nicht. Ehrlich. Ich glaube, Geschäftsmann.«

»Und Niehl?«

»Ich frage meine Gäste nicht nach dem Beruf. Und jetzt willst du sicher wissen, was der macht. Der ist auch bei schlechtem Wetter unterwegs. Fast den ganzen Tag.«

»Hat er nach interessanten Zielen gefragt? Was man zu dieser Jahreszeit hier unternehmen kann?«

»Der unternimmt alles auf eigene Faust.«

»Gibt es Besonderheiten im Gepäck der beiden?«

»Nun mach aber mal einen Punkt. Du willst uns nicht unterstellen, dass wir in den Sachen der Gäste herumschnüffeln.«

Thönnissen ließ sich durch Feddersens Entrüstung nicht beeindrucken. »Wenn du etwas entdeckst, dann sagst du es mir und nicht dem Hauptkommissar, verstanden? Es ist für uns alle besser, wenn wir selbst entscheiden, was wir an die große Glocke hängen.«

Er brach ab, als Horst Niehl den Gastraum betrat und auf sie zusteuerte.

»Guten Tag«, grüßte er. »Darf ich mich dazusetzen?«

Er fragte nach dem Stand der Ermittlungen.

»Über solche Dinge darf ich nicht sprechen.«

Niehl zeigte sich amüsiert. »Das ist das Hauptgesprächsthema auf Pellworm. Wohin Sie auch kommen. Man spricht nur über den Toten und die verschwundene Leiche.«

»Mich würden Ihre Kontakte interessieren«, sagte Thönnissen und überging das vorwurfsvolle »Frerk«, das Feddersen in seine Richtung schickte. »Das kann noch nicht in aller Munde sein.«

Niehl lachte laut auf. »Sie wissen doch besser als ich, wie schnell sich solche Sachen verbreiten. Selbst Fremde wie ich bekommen das mit. Ganz gleich, ob Sie zum Kaufmann kommen, einen Kaffee trinken oder am Geldautomaten warten.«

»Oder auf der Fähre zum Festland übersetzen?«

»Wieso Fähre?« Niehl stutzte und musterte den Inselpolizisten kritisch.

»Sie sind gestern aufs Festland gefahren.«

Der Kölner fasste sich an den Kopf, als käme die Erinnerung zurück. »Ach ja, richtig. Das habe ich ganz vergessen. Genau. Da habe ich auch davon gehört.«

»Vom Toten und von der verschwundenen Leiche?«

»Genau.«

»Das ist merkwürdig«, sagte Thönnissen gedehnt. »Die Fähre, mit der Sie ans Festland gefahren sind, ist zu einer Zeit abgegangen, als noch keiner vom Tod des alten Mannes wusste. Und die Leiche ist erst heute Morgen verschwunden.«

»Dann bringe ich etwas durcheinander. Ist auch egal. Schließlich habe ich Urlaub.« Er stand auf und ging zum Geldspielautomaten, warf eine Münze hinein und beobachtete das Gerät.

Thönnissen zog sein Smartphone hervor und fotografierte Niehl, ohne dass dieser es mitbekam.

»Bist du jetzt total plemplem?«, raunte ihm Feddersen zu.

Doch der Polizist winkte ab und stellte sich zu Niehl an den Automaten.

»Was machen Sie eigentlich beruflich?«

»Warum?«, fragte der Urlauber, ohne den Blick vom Gerät zu lassen.

»Die Polizei ist neugierig.«

»Ich bin Antiquitätenhändler.« Er legte den Zeigefinger auf die Lippen. »Das behalten Sie aber für sich. Sonst versauen Sie mir mit einer Indiskretion die Preise. Ich suche nach verborgenen Schätzen. Wenn die Leute hören, wer ich bin, verlangen sie mehr für ihren Ramsch.«

»Waren Sie schon erfolgreich bei Ihrer Suche?«

»Vielleicht«, antwortete Niehl ausweichend.

»Dann verstehen Sie auch etwas von Gold? Alten Münzen und so?«

Abrupt drehte sich Niehl um und rückte an Thönnissen heran. »Man sollte schweigen, wenn man keine Ahnung hat. Das Gebiet ist so vielfältig, dass man sich spezialisieren muss.«

Niehl winkte ab und ging zum Tresen zurück, als er sah, dass sein eingeworfener Münzvorrat verbraucht war.

»Man kann nicht immer gewinnen«, rief ihm Thönnissen hinterher.

»Ich glaube, da draußen warten wichtige Aufgaben auf dich.« Feddersen zeigte mit ausgestrecktem Arm Richtung Tür. Dann beugte sich der Hotelier vor und begann ein leises Gespräch mit Niehl, das der Polizist nicht hören konnte.

Thönnissen kehrte zu seinem Streifenwagen zurück und beeilte sich, zur Fähre zu kommen, bevor diese Richtung Nordstrand ablegte.

Peter-Jakob war auf dem Autodeck damit beschäftigt, die

wenigen Fahrzeuge einzuweisen. Er erteilte dem Fahrer des Tanklastzuges, der die Milch der Insellandwirte eingesammelt hatte, um sie zur Meierei auf dem Festland zu bringen, Rangieranweisungen.

»Wirf einen Blick auf das Bild«, bat Thönnissen, doch Peter-Jakob lief weiter.

»Ich habe keine Zeit. Das siehst du doch. Wenn wir nicht rechtzeitig ablegen, wird der Alte sauer.« Dabei zeigte er nach oben, wo unsichtbar von ihrem Standort der Kapitän auf der Brücke stand.

Thönnissen eilte ihm hinterher und hielt ihn am Ärmel fest. »Du siehst dir jetzt das Bild an«, befahl er und musste geradezu schreien, weil das Horn der Fähre erklang, um die Abfahrt anzuzeigen.

Tatsächlich blieb Peter-Jakob stehen und betrachtete das Display des Smartphones. »Kannst du es schärfer einstellen?«

Mit zwei Handgriffen hatte Thönnissen auf das Gesicht von Niehl gezoomt.

»Das ist er«, bestätigte Peter-Jakob. »Da bin ich mir sicher. Der ist gestern zum Festland rüber und mit der letzten Fähre wieder zurück.« Er zeigte auf die Laderampe. »Und nun sieh zu, dass du von Bord kommst. Sonst musst du mit rüber.«

Thönnissen eilte zur Verladebrücke, bevor die in die Höhe schwenkte. Zufrieden fuhr er nach Hause.

Ein leichter Wind kräuselte das Wasser. Er streichelte die Haut und verhalf Uneingeweihten zu einem Sonnenbrand, wenn sie der Versuchung des Lufthauchs erlagen und sich der Sonne aussetzten, die sich unbarmherzig einbrannte. Thönnissen nahm das nicht wahr. Er jagte auf der Deichkrone einem Schafbock hinterher, der es geschafft hatte, aus der Umzäunung des Strandabschnitts auszubrechen und nun harmlose

Spaziergänger attackierte. Er wusste, wie man die schnellen Schafe in die Enge treiben und wieder einfangen konnte. Man musste sich dabei allerdings vorsehen. Ein wütender Schafbock war ein ernst zu nehmender Gegner. Fast hätte er den Bock erwischt, wenn ihn nicht jemand an der Schulter gepackt und festgehalten hätte. Wütend hielt er inne und drehte sich um. Dann … öffnete er vorsichtig die Augen und blinzelte in Hundts Gesicht. Der Hauptkommissar hatte sich über ihn gebeugt und an der Schulter gerüttelt.

»Die Tür war nicht verschlossen«, sagte Hundt. »Außerdem hätte Klingeln und Klopfen nichts genützt.«

Benommen hob Thönnissen seinen Kopf. Er befand sich auf dem Sofa in seinem Wohnzimmer.

»Das ist eine eigentümliche Dienstauffassung«, schalt ihn der Hauptkommissar. »Wir ermitteln in einem Fall, und Sie ziehen es vor, sich zu einem Nickerchen zurückzuziehen. Auch wenn Sie keine Uniform tragen, Sie sind im Dienst.«

Hundt wedelte mit ein paar Blättern Papier. »Haben Sie davon geträumt?« Er hatte die Reiseunterlagen entdeckt, die Thönnissen auf dem Couchtisch abgelegt hatte.

»Was reizt Sie an dieser fernen Insel?«

Thönnissen reckte sich. »Das ist eine ganz andere Welt als hier. Außerdem möchte ich erleben, wie es ist, wenn man auf der anderen Seite der Welt auf dem Kopf steht.«

»Tsss.« Hundt schüttelte den Kopf, als hätte ein kleines Kind etwas für Erwachsene völlig Absurdes von sich gegeben. »Reicht es Ihnen nicht, auf *dieser* Insel zu leben? Erzählen Sie. Sind es die weißen Strände? Die Hulamädchen? Exotische Palmenwälder? Sind Sie Taucher? Wollen Sie Riffe und eine fremde Unterwasserwelt erforschen?«

»Das alles finden Sie nicht auf Tuvalu. Der ganze Staat ist kleiner als unsere Insel und misst nicht einmal dreißig Quadratkilometer auf neun Atollen. Dort leben zehntausend Menschen fernab von jeder anderen Zivilisation. Die nächsten Nachbarn sind die Fidschi-Inseln und Samoa, jeweils weit über tausend Kilometer entfernt. Bis Australien oder Neuseeland sind es sogar dreieinhalbtausend Kilometer. Dazwischen ist nur Wasser.«

Hundt begann tatsächlich, sich für Thönnissens Urlaubsziel zu interessieren. »Welche touristischen Highlights gibt es dort?«

»Keine. Die Menschen leben von den Transferzahlungen der Angehörigen, die sich als Gastarbeiter irgendwo auf der Welt, zumeist in Australien, verdingt haben. Im ganzen Staat gibt es eine einzige Straße, die etwas über acht Kilometer lang ist. Und im Unterschied zu uns schützen keine Deiche die Menschen. Es gibt auch keine Höhenzüge. Für die Bewohner ist es ein Höllenritt. Ein Tsunami und schwups … Alles ist fortgespült. Dann gibt es noch das Problem des ansteigenden Meeresspiegels. Auch ohne Tsunami kann man sich ausrechnen, wann Tuvalu nur noch ein versunkenes Atoll ist, vielleicht auf irgendwelchen Seekarten als Unterwasserhindernis eingezeichnet. Aber warum? Dort kommt ja keiner hin. Wussten Sie, dass sich die Regierung von Tuvalu bemüht, das ganze Volk umzusiedeln? Nach Australien? Dort gibt es genügend Platz. Und zehntausend Menschen? Das ist nicht einmal eine Kleinstadt. Aber niemand will die Leute.«

Hundt musterte den Inselpolizisten, als würde er durch ihn hindurchsehen. »Sie sind ein merkwürdiger Kauz.«

»Das mag in Ihren Augen so sein. Sei's drum. Ein Kauz, der einmal im Leben nach Tuvalu möchte.«

Der Hauptkommissar fuhr mit der Hand durch die Luft, als wolle er einen Schlussstrich ziehen. »Widmen wir uns den wichtigen Themen. Haben Sie etwas erreicht?«

Thönnissen berichtete von seinen Rechercheergebnissen.

»Das ist doch merkwürdig, dass dieser Niehl ausgerechnet nach Wessels' Tod zum Festland gefahren ist. Dafür mag es eine plausible Erklärung geben, aber für einen Urlauber, der vorgibt, die Ruhe zu suchen, ist es ein rätselhaftes Verhalten.«

»Moment«, unterbrach Thönnissen. »Das mit der Ruhe … Das hat Feddersen gesagt. Niehl hat angedeutet, er wäre Antiquitätenhändler. Möglicherweise hat er ein lohnendes Objekt auf dem Festland besichtigt.« Er richtete sich auf. »Mögen Sie einen Kaffee? Oder einen Tee?«

Hundt winkte ab. »Habe ich im Hotel gehabt.«

Bei uns sagt man »Danke«, wenn man etwas angeboten bekommt, dachte Thönnissen und verschwand in die Küche, um sich einen Kaffee aufzubrühen. Während die Maschine vor sich hinblubberte, kehrte er zum Hauptkommissar zurück. »Gibt es bei Ihnen etwas Neues?«

»Während Sie sich fernen Träumen hingegeben haben, war ich aktiv. Ove Petersen von der Sparkasse wusste zwangsläufig von Wessels' Goldkäufen. Ich habe seine finanziellen Verhältnisse durchleuchtet.«

»Und das geht so einfach? Mit einem Anruf?«

Thönnissen hob kurz den Arm, ohne näher darauf einzugehen. »Petersen hat Schwierigkeiten mit seiner Hypothek.«

»Er hat vor zwei Jahren in der Siedlung neu gebaut. Dann das Kind. Das war nicht geplant. Da kann es eng werden. Aber deshalb wird man doch nicht zum Raubmörder?«

»Er hätte viel zu verlieren. Wer eine solche Vertrauensstellung wie Petersen innehat, darf selbst nicht in wirtschaftliche Schwierigkeiten geraten. Darauf achten die Banken. Zu groß wäre die Versuchung, die eigenen Probleme auf illegitime Weise zu lösen.«

»Petersen?«, wiederholte Thönnissen. »Das glaube ich nicht.

Niemals. Das ist einer von uns. Er wäre doch für sein Leben erledigt, wenn er sich ein Eigentumsdelikt leisten würde.«

»Das könnte ein Grund sein, nicht nur zum Dieb, sondern auch zum Mörder zu werden.«

Thönnissen lachte. »Petersen hat sich an Wessels' Goldmünzen zu schaffen gemacht und wurde vom Alten überrascht. ›Nimm dein Gewehr‹, hat er dann gesagt. ›Wir gehen hinaus in die Marsch. Dort lege ich dich um.‹«

»Sparen Sie sich Ihren Zynismus. Unter irgendeinem Vorwand könnte Petersen den Alten hinausgelockt haben. Dort hat er ihn erschossen. Dann ist er ins Haus zurückgekehrt und hat die Goldmünzen mitgenommen.«

»Woher wusste er, wo die sind?«

»Das herauszufinden war nicht schwer«, wies Hundt den Einwand zurück.

»Petersen kann Wessels nicht erschossen haben. Zur fraglichen Zeit war er in der Sparkasse.«

»Das überprüfen wir«, beschloss Hundt und stand auf.

»Und mein Kaffee?«, protestierte Thönnissen. Unausgesprochen fügte er für sich an. *Überprüfen*? Heißt es nicht: Das prüfen wir? Hundt ist eben kein Mensch, sondern ein *Übermensch*. Laut sagte er: »Wann trifft die Verstärkung ein?«

»Welche Verstärkung?« Hundts Frage hatte einen lauernden Unterton.

»Die Kollegen, die uns bei den Ermittlungen behilflich sind. Schließlich suchen wir auch noch die Leiche.«

»Das ist keine Frage der Quantität, sondern der Qualität. Ich glaube nicht, dass wir zusätzliches Personal benötigen. Sie müssten nur ein wenig effizienter arbeiten. Zum Beispiel auf Ihre Schlafeinlagen verzichten.«

Immerhin gewährte Hundt ihm noch die Zeit, den brühheißen Kaffee hinunterzukippen. »Ich muss noch immer an

Ipsen, den Spediteur, denken«, fuhr er wie zu sich selbst fort. »Der wusste auch von den Goldmünzen. Und bei seinem Bruder, dem Bestatter, lag die Leiche. Die beiden hätten Wessels ohne Aufsehen aus der Halle entfernen, auf Ipsens Lkw verladen und zum Festland bringen können.«

»Das ist zutreffend«, bestätigte Thönnissen. »Ipsen hat mitbekommen, wo Wessels die Goldmünzen aufbewahrt hat.«

Hundt kniff die Augen zusammen. »Ist es nicht eigenartig, dass Sie Ipsen zunächst verteidigen und jegliche Tatbeteiligung weit von sich weisen, um jetzt meine Theorie widerspruchslos zu billigen?«

Thönnissen zeigte mit dem Daumen auf sich. »Ich bin nur ein kleiner Polizist, der sich mit unbedeutenden Kleinigkeiten auf dieser Insel beschäftigt. Ein Diebstahl und der Selbstmord, von mir aus auch Unfall … Das übersteigt meine Erfahrungen. Da müssen Sie Ihr Können und Wissen einbringen.«

Der Hauptkommissar ließ ein befriedigtes Grunzen hören, beugte sich vor und warf einen Blick in Thönnissens Tasse. »Können wir endlich?«, fragte er ungeduldig.

Das Neubaugebiet lag etwas abseits des kleinen Inselzentrums hinter dem Kurzentrum mit dem Erlebnisbad »Pelle-Welle« und der Eltern-Kind-Klinik. Hier waren im Laufe der Jahre Einfamilien- und Reihenhäuser entstanden. Es unterschied sich nicht von denen in anderen Orten und wies keine inseltypischen Charakteristika auf. Die Gärten sahen trotz der Jahreszeit gepflegt aus, die Häuser waren sauber und adrett. Es wirkte fast ein bisschen spießbürgerlich.

Auch Petersens Haus unterschied sich nicht von denen seiner Nachbarn. Vor der offenen Fertiggarage stand ein älteres Fahrzeug japanischer Bauart.

Ove Petersen, in legerer Freizeitkleidung, öffnete ihnen die Tür. Er trug seine Tochter auf dem Arm.

»Ja?«, fragte er erstaunt.

»Warst du gestern Vormittag in der Sparkasse?«, wollte Thönnissen ohne Einleitung wissen.

»Ich? Wieso? Verstehe nicht. Wo soll ich sonst gewesen sein. Das weißt du doch, Frerk. Ich bin *immer* in der Zweigstelle. Dort sieht mich die ganze Insel. Täglich.«

»Hätte ja sein können, dass du einen Urlaubstag eingelegt hast. Oder krank warst.«

Statt einer Antwort rief Petersen ins Hausinnere. »Mäuschen? Kommst du mal?«

Kurz darauf erschien seine Frau und grüßte Thönnissen. »Moin, Frerk.« Den Hauptkommissar übersah sie geflissentlich.

»Kannst du Frerk bestätigen, dass ich gestern zur Arbeit gewesen bin. Wie immer.«

»Sicher. Was ist denn los?«

»Nichts«, versicherte Thönnissen, tippte sich an die Schläfe und wünschte einen schönen Abend.

Sie kehrten zum Streifenwagen zurück. »Das hätte ich Ihnen auch sagen können.« In Thönnissens Stimme schwang eine Spur Triumph mit.

»Petersen ist doch nicht allein in der Bank. Da gibt es noch eine Mitarbeiterin. Wissen Sie, wo die wohnt?«

»Inken? Sicher. Haben Sie Zweifel an Petersens Auskunft? Schließlich hat seine Frau es bestätigt.«

»Lassen Sie uns zu dieser Inken fahren.«

»Jeder blamiert sich, so gut er kann«, grummelte Thönnissen und startete den Motor.

Inken Hartmann wohnte im Westertilli, dem Herzen der Insel, wenn es auch nicht die exakte geografische Mitte war. Sie hatte mit ihrem Freund einen Anbau am elterlichen Haus bezogen. Für Thönnissen harmonierten die beiden Bauteile keineswegs miteinander, aber ein Urteil darüber stand ihm nicht zu.

»Frerk, was ist passiert?«, fragte Jan Dankwerth, als er die Tür öffnete.

»Wir haben nur eine kurze Frage.«

Inkens Freund lehnte sich gegen den Türrahmen. »Dann schieß los.«

»An Inken.«

»Ich hol sie«, sagte der stämmige junge Mann und kehrte kurz darauf mit der Sparkassenangestellten im Schlepptau zurück.

»Moin, Inken. Es geht um den gestrigen Vormittag. Wart ihr zu zweit in der Sparkasse?«

»Ich versteh nicht …«

»Du und Ove Petersen. Die ganze Zeit?«

»Eigentlich schon.«

»Was heißt das?«

»Nun ja«, kam es gedehnt über die Lippen der jungen Frau. »Ove war mal kurz weg.«

»Wie lange?«

»Vielleicht eine Dreiviertelstunde. Er wollte zu Lenchen Sustrup. Die hatte Geld abgehoben. Ove hat es ihr gebracht.«

»Wer ist das?«, mischte sich Hundt ein.

»Eine alte Dame«, erklärte Inken.

»Ist das so üblich, dass Sie Ihren Kunden Bargeld ins Haus bringen?«

»Das kommt nicht täglich vor, aber manchmal schon. Ja.« Inken nickte. »Wenn die älteren Herrschaften nicht gut zu Fuß sind und wir nicht zu viel zu tun haben, dann erfüllen wir solche Sonderwünsche. Das ist bei uns so.«

»Danke«, sagte Hundt und wandte sich zum Gehen.

»Was soll das Ganze? Diese merkwürdigen Fragen? Ihr habt

doch nicht Ove im Verdacht?«, rief Inken den beiden Beamten hinterher.

»Sie säen Zwietracht auf der Insel. Wenn Sie hier fertig sind, traut keiner mehr seinem Nachbarn.«

»Ich tue nur meine Arbeit, Thönnissen.« Hundt bewegte den Zeigefinger wie eine Drohung. »Und ich habe recht behalten. Sie in Ihrer Naivität hätten Petersen blind vertraut. Dabei hat er uns belogen. Wo war er? Er hätte auch bei Wessels sein und die Tat verüben können.«

Thönnissen schwieg. Die Beharrlichkeit des Hauptkommissars hatte sie ein Stück weitergeführt.

»Sie haben recht gehabt«, gab er kleinlaut zu.

»Jetzt fragen wir Frau Sustrup, ob Petersen gestern bei ihr war.«

»Das geht nicht«, erwiderte Thönnissen. »Ich habe sie gestern an der Fähre gesehen. Mit Koffern. Sie wollte für eine Weile zu ihrer Tochter.«

»Wie heißt die? Wo wohnt die?«

»Keine Ahnung.«

Hundt sah auf die Uhr. »Das reicht für heute. Setzen Sie mich am Hotel ab.«

»Bitte heißt das«, sagte Thönnissen mit Nachdruck, erhielt aber keine Antwort.

Vier

Es hatte aufgehört zu regnen. Große Wasserlachen standen auf dem Hof. Die Sonne verbarg sich hinter grauen Wolken. Es versprach, ein weiterer trüber Tag zu werden.

Das Wetter passt zu meiner Stimmung, dachte Thönnissen, als er durch das Küchenfenster sah. Und meine Laune dürfte das Spiegelbild vieler Inselbewohner sein.

Wessels' Tod und die Ermittlungen der Polizei hatten Unruhe auf das idyllische Eiland gebracht. Ihm behagte nicht, dass Hundts Methode einen Keil zwischen ihn und die anderen trieb. Sicher, er war Polizist und unterlag damit der Pflicht, an der Aufklärung von Straftaten mitzuwirken. Aber lag wirklich eine solche vor? Oder hatte sich Hundt mit seinen Ideen verrannt. Thönnissen musste zugeben, dass die Thesen des Hauptkommissars Hand und Fuß hatten. Vieles sprach dafür, dass vielleicht doch bei Wessels' Tod nachgeholfen wurde. Erst recht schienen die verschwundenen Goldmünzen dafür zu sprechen.

Nachdenklich betrachtete Thönnissen den Wandkalender und zählte im Geiste die Tage bis zu seinem Urlaub. Auf Tuvalu hatte er sich viele Jahre gefreut. Eine solche Reise konnte man nicht um ein paar Tage verschieben, mit dem nächsten Flugzeug hinterherreisen, sich der folgenden Gruppe anschließen. Es hatte ihn viel Mühe gekostet, seinen Traum zu realisieren. Insofern wuchs der Druck, der auf Thönnissen lastete. Was würde geschehen, wenn sich die Ermittlungen hinziehen würden? Könnte er trotzdem seinen Urlaub antreten?

Würde Hundt darauf bestehen, dass Thönnissen hier bliebe? Oder kämen weitere Beamte, die die Verhältnisse auf der Insel nicht kannten und zur Verwirrung beitragen würden? Solange er hier Dienst tat, war es ein entspanntes Verhältnis zwischen der Bevölkerung und der Ordnungsmacht. Würde man es ihm persönlich nachtragen, dass Hundt Menschen verdächtigte, die mit Thönnissen durch eine langjährige Freundschaft verbunden waren?

Es war bestimmt nicht korrekt, zu denken, dass ihnen allen viele Verwicklungen erspart geblieben wären, wenn Hundt nicht beim leeren Karton Verdacht geschöpft hätte, wenn Tore Ipsen das Goldstück nicht zur Sparkasse gebracht hätte, wenn … Es gab einfach zu viele Wenns in diesem Fall. Obwohl – er schmunzelte – die Menschen über die verschwundene Leiche sicher noch nach Jahrzehnten reden würden. Ob man dabei auch über die beiden Polizisten lachen würde, die keinen glücklichen Eindruck hinterlassen hatten?

Zu gern hätte Thönnissen gewusst, was die Lokalzeitung über den Fall schrieb. Aber die erste Fähre traf heute erst zur Mittagszeit ein. Mit ihr würden die Presseerzeugnisse die Insel erreichen. Bis dahin wäre der Inselklatsch und -tratsch die einzige Informationsquelle.

Er sah auf die Uhr. Hundt ließ sich Zeit. Der Hauptkommissar schien ein Langschläfer zu sein. Er hatte sich noch nicht gemeldet.

Thönnissen trank seinen Tee aus, stellte die Tasse in die Spüle und beschloss, zum Hotel zu fahren.

Unterwegs begegnete er mehreren Inselbewohnern, die nach Inselart durch ein kurzes Anheben des linken Zeigefingers von Fahrzeug zu Fahrzeug grüßten. Thönnissen war froh, dass ihm keiner den Gruß verweigerte.

Das Foyer war verwaist, und auch die Gaststube war leer. Er

ging in die Küche und fand eines der Mädchen, das mit Gläserputzen beschäftigt war.

»Ist der Chef schon unterwegs?«

»Gesehen habe ich ihn. Der muss hier irgendwo herumgeistern.«

»Und die Gäste?«

»Drei haben schon gefrühstückt. Das Ehepaar aus Lüneburg und der aus Nummer 9.«

»Wer ist das?«

»Marienburg heißt der. Ist aber schon weg. Hat sich wetterfest angezogen und ist raus. Ich habe keine Ahnung, wohin.«

»Und mein Kollege?«

»Nummer 12?«, fragte das Mädchen.

»Mir gegenüber spielt er sich auf wie die Nummer 1. Und auf der Insel glaubt man, er wäre Null-Null-Sieben.«

Sie lachte. »Von dem habe ich noch nichts gehört. Aber wenn er den James Bond spielt … vielleicht ist er ja mit Dorothee beschäftigt. Oder so was in der Art.«

Thönnissen fiel in das Lachen ein. Dorothee war eine Seele von Mensch, hilfsbereit und immer fröhlich. Und wenn sie die Heiterkeit übermannte, gerieten einhundertfünfzig Kilo in Bewegung. Nein! Das würde Thönnissen selbst dem Hauptkommissar nicht wünschen.

»Kann ich ein Frühstück haben?«, fragte Thönnissen. »Ich bin im Gastraum.«

Sie nickte. »Gleich. Mach ich fertig.«

Thönnissen löffelte das Ei aus, als Feddersen erschien und auf das Essen zeigte.

»Das geht aber nicht aufs Haus«, sagte er griesgrämig.

»Hätte ich auch nicht angenommen. Schon gar nicht von einem der Verdächtigen.«

Die Gesichtszüge des Hoteliers gefroren augenblicklich. Er setzte sich zu Thönnissen, schob die Kaffeekanne zur Seite und rückte nah an den Polizisten heran.

»Ist das dein Ernst? Habt ihr mich im Visier?«

»Jeder ist verdächtig, solange wir den Täter nicht überführt haben.«

»Das wird ja immer schlimmer. Ipsen. Ach, was sage ich. Beide Brüder. Und bei Inken und ihrem Freund wart ihr auch. Glaubst du wirklich, das Mädchen hat Wessels erschossen? Nissen und der Doktor. Natürlich Petersen von der Sparkasse.«

Thönnissen biss vom Brötchen ab und antwortete mit vollem Mund: »Und vergiss dich selbst nicht.«

»Das ist doch Blödsinn. Erstens kennen wir uns schon lange, und außerdem bin ich Bürgermeister.«

»Na und? In der Geschichte kam es oft vor, dass sogar Kaiser und Könige zu Mördern geworden sind. Und wie du selbst gesagt hast: Du bist *nur* Bürgermeister.«

»Also ist jeder verdächtig?«, fragte Feddersen lauernd.

»Fast jeder.«

Der Hotelier hakte nach, weil Thönnissen zuvor einen herzhaften Bissen zu sich genommen hatte und er den Polizisten nicht verstanden hatte. Thönnissen wiederholte es.

»Stimmt«, sagte Feddersen nachdenklich. »Die Alten kannst du ausklammern. Und die Frauen. Vielleicht noch den Pastor.«

»Und den Polizisten«, ergänzte Thönnissen.

»Guten Morgen«, erklang es mürrisch vom Eingang. Hundt trat zu ihnen und zeigte auf das Frühstück. »Für mich bitte auch.«

Thönnissen begrüßte den Kriminalbeamten. »Wie geht es Dorothee?«, schob er hinterher und erntete dafür einen ratlosen Blick.

Feddersen hielt mitten in der Bewegung inne und drehte sich zu den beiden Männern um. Er hatte vor Staunen den Mund geöffnet und starrte Hundt an, als hätte der sich über Nacht in ein Marsmännchen verwandelt.

»Wer ist Dorothee?«

»Das ist eine Redewendung bei uns auf der Insel«, wich Thönnissen aus. »Wenn jemand schlecht geschlafen hat, liegt es vielleicht daran, dass er von Dorothee geträumt hat. Das war der Name eines heftigen Unwetters, an das sich manche ungern erinnern. So hat sich dieser Spruch bis heute gehalten«, log er und war erleichtert, dass sich Hundt mit dieser Erklärung zufriedengab.

Feddersen war anzusehen, dass er überhaupt nichts mehr kapierte. Achselzuckend ging er in die Küche.

Thönnissen versuchte, ein Gähnen zu unterdrücken. Es gelang ihm nicht.

»Haben Sie noch andere Talente, außer müde zu sein?«, fragte Hundt mit bissigem Ton.

»Ich bin schon ein wenig länger auf den Beinen als Sie.«

»Das macht den Unterschied zwischen uns«, erwiderte der Kriminalbeamte. »Sie gehen nur von dem aus, was Sie sehen. Andere Möglichkeiten bleiben Ihnen offensichtlich verschlossen. Selbst wenn ich erst jetzt zum Frühstück erscheine, heißt es nicht, dass ich nicht schon gearbeitet habe. So habe ich herausgefunden, dass Horst Niehl wirklich mit Antiquitäten handelt. Er hat ein Geschäft in Köln. Er steht im Verdacht, auch Hehlerware zu verkaufen, aber bisher konnte ihm nichts bewiesen werden. Man vermutet, dass er Kontakte zu einschlägigen Kreisen unterhält.«

»Interessant«, murmelte Thönnissen.

»Vielleicht ist der Mann nicht so harmlos, wie er uns weismachen möchte.«

»Haben Sie in Erfahrung bringen können, wie groß der Antiquitätenhandel ist?«

Hundt musterte sein Gegenüber. »Wie meinen Sie das?«

»Wenn es ein eingeführtes Geschäft ist mit guten Kundenkontakten, dann lohnt es möglicherweise nicht, das Risiko eines Raubmordes einzugehen. Außerdem: Woher sollte Niehl von den Goldmünzen wissen?«

Hundt legte die Stirn in Falten. »Wenn er Wessels in dem Glauben aufgesucht hat, der Alte würde in seinem Haus unentdeckte Schätze verwahren?«

»Wessels? Der hatte doch nur alten Krempel.«

»Gerade darunter verbergen sich manchmal Dinge, die einen Wert haben, auch wenn wir zwei Laien das nicht einschätzen können.«

»Sie meinen, Niehl hat einen Tipp bekommen? Von wem denn? Das müsste jemand gewesen sein, der von Wessels' Geheimnis wusste.«

»Leute, die kriminelle Energie haben, haben einen sechsten Sinn für solche Dinge. Es reicht, wenn Niehl zufällig ein paar Gesprächsfetzen aufgeschnappt hat.«

»Dann sollten wir ihn befragen.«

»Nach dem Essen«, entschied Hundt, der erwartungsvoll Feddersen entgegensah. Der Hotelier balancierte geschickt ein Tablett, auf dem alles für das Frühstück arrangiert war.

Thönnissen sah dem Hauptkommissar zu, der es sich munden ließ, ohne das Schweigen zu brechen, in das er verfallen war.

Nachdem Hundt sich den Mund abgewischt hatte, faltete er die Hände zusammen, reckte sich und sagte: »Nun werden wir Herrn Niehl ein paar Fragen stellen.«

»Der schläft noch.«

»Woher wissen Sie das?«

»Auch *ich* bin nicht untätig gewesen.«

Der Hauptkommissar ging ins Foyer, umrundete den Tresen und fuhr mit seinem Finger an der Hakenleiste mit den Schlüsseln entlang.

»Tatsächlich«, sagte er. »Oder unser Vogel ist zu früher Stunde ausgeflogen. Haben Sie an diese Möglichkeit gedacht?«

»Warum sollte er sich nicht an die übliche Gepflogenheit halten, dass man den Schlüssel an der Rezeption abgibt?«

In diesem Moment tauchte Feddersen auf und sah die beiden Beamten hinter dem Tresen.

»He – he«, rief er entrüstet. »Das habe ich gar nicht gern. Da haben Sie nichts zu suchen.«

»Es gibt keinen Grund zur Aufregung«, beruhigte ihn der Hauptkommissar. »Die Nummer 9. Ist der Herr schon außer Haus?«

»Wenn der Schlüssel nicht an seinem Platz hängt, wird er noch im Zimmer sein. Das sehen Sie doch.« Um seine Worte zu unterstreichen, zeigte Feddersen auf den entsprechenden Haken.

»Dann wollen wir uns davon überzeugen, ob die Herren recht haben«, sagte Hundt und ging zur Treppe, die ins Obergeschoss führte.

»Was soll das heißen?«, rief ihm Feddersen hinterher und folgte den beiden Beamten.

Sein Protest half nichts. Beherzt klopfte der Hauptkommissar an die Zimmertür.

»Herr Niehl«, sagte er laut, »hier ist die Polizei. Wir möchten mit Ihnen sprechen.«

»Pst«, bemühte sich der Hotelier. »Wir haben noch mehr Gäste. Was sollen die von uns denken?«

Sie lauschten angestrengt. Nichts rührte sich.

Hundt versuchte es noch einmal. Er klopfte und wiederholte seine Aufforderung, sprach aber leiser.

»Holen Sie den Generalschlüssel«, bat er Feddersen.

»Und wenn der Gast nur ausschlafen möchte? Wir haben es oft, dass Urlauber nach ein bis zwei Tagen an der ihnen ungewohnten Seeluft müde werden. Sie schlafen morgens aus. Manche verbringen den ganzen Tag im Bett.«

»Sie sollen keinen Vortrag halten, sondern den Schlüssel holen«, raunzte ihn Hundt an. »Idealerweise geschieht das noch heute.«

»Und wenn ich …«

Er wurde durch den Hauptkommissar unterbrochen. »Los. Wird's bald.«

»Mach schon«, mischte sich Thönnissen ein. »Könnte doch sein, dass dem Gast etwas passiert ist.«

»Auf eure Verantwortung«, schimpfte der Hotelier und verschwand, um kurz darauf mit einem Schlüssel zurückzukehren, an dem eine große Holzkugel als Anhänger baumelte. Er wollte die Tür öffnen, aber Hundt kam ihm zuvor.

»Überlassen Sie das mir. Dann bekommen Sie keinen Ärger.« Er schloss auf und öffnete die Tür einen Spalt. Dann lugte er in den Raum und rief noch einmal leise »hallo«, bevor er die Tür ganz aufstieß.

Das Zimmer war großzügig geschnitten und modern eingerichtet. Vor dem Fenster stand ein runder Tisch, um den zwei gepolsterte Stühle gruppiert waren. An der Wand ein Schreibtisch, in dessen Seitenteil die Minibar eingelassen war. Natürlich fehlte nicht der moderne Flachbildfernseher. Der Schiebetürenkleiderschrank hatte eine Auslassung, in der sich die Garderobe befand, darunter die Kofferbank. Dort lag ein handelsüblicher Reisekoffer. Den größten Platz im Zimmer nahm das Doppelbett ein. Eine Seite war frisch bezogen, aber unbenutzt. Die zweite Hälfte war noch so hergerichtet, wie das Zimmermädchen die Bettstatt bereitet hatte, es deuteten sich jedoch die Konturen eines Menschen ab. Offensichtlich hatte jemand auf dem Bett geruht, ohne es aufzuschlagen.

Hundt ging zur Tür, die zum Bad führte, und klopfte. »Hallo?«, rief er und erhielt keine Antwort. Er drückte die Türklinke herab und öffnete. Dann warf er einen Blick hinein. Das Bad war leer.

»Der Vogel ist ausgeflogen«, stellte der Hauptkommissar fest.

»Das kann nicht sein«, stotterte Feddersen.

Hundt zeigte auf das Bett. »Wollen Sie darunter nachsehen? Vielleicht Sie? Sie haben es auch nicht für möglich gehalten«, sagte er zu Thönnissen gewandt.

»Wo sollte Herr Niehl denn hingegangen sein?«, fragte Feddersen.

»Das ist eine weitere Frage, auf die wir eine Antwort suchen«, erwiderte der Hauptkommissar und schickte den Hotelier hinaus. »Stellen Sie sich an die Tür, damit Sie mir nicht wieder irgendwelche Spuren zertrampeln«, wies er Thönnissen an und begann, sich im Zimmer umzusehen. Er schlug die Bettdecke zurück, sah in die Nachttischschubladen und in die Minibar. »Er hat gestern nichts getrunken. Jedenfalls nichts hier heraus«, führte Hundt ein Selbstgespräch. In der Halterung mit den Zimmer- und Serviceinformationen sowie den Prospekten aus der Region fand sich ebenso wenig etwas wie auf dem Schreibtisch. Der Koffer enthielt nur Kleidung, die man von einem alleinreisenden Mann erwarten konnte. Auch die Seitentaschen bargen keine Überraschung.

Im Schrank waren Oberhemden und eine Anzugkombination sauber aufgehängt. In der Ecke des Schranks fand Hundt einen Haufen benutzter Wäsche. Mit spitzen Fingern durchwühlte er ihn. Ohne Ergebnis.

Auch im Bad fanden sich nur Hygiene- und Kosmetikartikel, nichts Ungewöhnliches.

Das Notebook, das auf dem Schreibtisch stand, nahm sich Hundt zuletzt vor. »Das werde ich mir in Ruhe ansehen«, sagte er, klemmte es sich unter den Arm und trug es in sein Zimmer. Dann kehrte er zurück und sah Thönnissen an.

»Überrascht es Sie, dass Niehl verschwunden ist? Er hat alle persönlichen Sachen wie Brieftasche, Handy, Schlüssel mitgenommen.« Sein Blick fiel auf das Handyladegerät, das neben dem Fernsehapparat lag und noch in der Steckdose steckte. »Merkwürdig. Wenn jemand das Mobiltelefon auflädt und der Vorgang abgeschlossen ist, zieht man gewöhnlich den Stecker. Es sieht aus, als hätte Niehl das Zimmer in großer Eile verlassen. Aber warum? Er hat seine persönlichen Dinge zusammengerafft, sich wetterfeste Kleidung angezogen und ist hinaus. Wo könnte der Mann abgeblieben sein?« Hundt straffte sich. »Hat heute schon eine Fähre abgelegt?«

»In einer Viertelstunde«, antwortete Thönnissen nach einem schnellen Blick auf die Uhr.

»Kommen Sie«, befahl der Hauptkommissar. »Zum Anleger.«

Es war eine der seltenen Gelegenheiten, bei denen Thönnissen die sogenannten Sonderrechte, nämlich Blaulicht und Martinshorn benutzte. Als sie an der Verladebrücke des Fähranlegers hielten, fuhren gerade die Fahrzeuge auf das Schiff. Peter-Jakob überwachte die Beladung.

»Sind die Fußgänger schon an Bord?«, fragte Thönnissen und verzichtete auf einen Gruß.

»Moin«, antwortete Peter-Jakob gedehnt. »Ja. Die lassen wir immer zuerst rauf.«

»Waren es viele?«

»Nee. Nur eine Handvoll.«

»Fremde?«

»Ein paar. Warum?«

Thönnissen zog sein Smartphone hervor und zeigte Peter-Jakob Niehls Bild. »War der dabei?«

»Nö.«

»Sicher?«

»Na, hör mal. Wenn ich es sage.«

»Ich würde trotzdem gern einen Blick auf die Passagiere werfen.«

»Tun Sie das«, erwiderte Peter-Jakob mit stoischem Gleichmut. »Kaufen Sie sich ein Ticket, und dann können Sie mitfahren. In gut zwei Stunden sind wir wieder hier.«

Hundt schien abzuwägen, ob sein Misstrauen den Zeitaufwand rechtfertigte.

»Peter-Jakob kennt seine Leute. Während der Saison wäre ich auch skeptisch. Wenn die Massen an Bord strömen, haben Sie keinen Überblick. Aber heute ist das unproblematisch, zumal er«, dabei zeigte er auf den Decksmann, »Niehl schon kannte. Ich habe mit Peter-Jakob schon über den Kölner gesprochen. Von ihm kam auch der Tipp, dass der Mann vorgestern auf dem Festland war.«

»Gut, ich verlasse mich darauf«, entschied der Hauptkommissar. »Gibt es eine andere Möglichkeit, die Insel zu verlassen?«

»Wenn Sie ein Boot haben – schon. Aber Niehl ist mit der Fähre gekommen. Wir haben noch wenige Fischer. Ich glaube aber nicht, dass einer den Kölner gefahren hat. So etwas kommt nur in Krimis vor.«

»Das würde heißen …«

»Dass Niehl noch auf der Insel ist«, ergänzte Thönnissen. »Vielleicht gibt es eine ganz harmlose Erklärung, und der Mann taucht in Kürze wieder auf.«

»So wie Wessels' Leiche«, knurrte Hundt. »Mir verschwindet zu viel auf diesem beschaulichen Eiland.«

Thönnissen unterließ es zu antworten. Sie fuhren zum Hotel zurück und fragten Feddersen nach dem Zimmerschlüssel.

»Der passt auch für den Hauseingang. Wir machen unsere Gäste darauf aufmerksam, dass die Rezeption bis zweiundzwanzig Uhr besetzt ist.«

»Das stimmt nicht«, wandte Thönnissen ein.

»Meistens«, gestand Feddersen und strafte den Polizisten mit einem bösen Blick ab. »Mit dem Zimmerschlüssel lässt sich der Nebeneingang öffnen, durch den die Gäste ins Haus kommen können, wenn vorne geschlossen ist.«

»Da kann man aber auch hinaus«, überlegte Hundt laut.

»Schon«, sagte der Hotelier erstaunt. »Aber wo sollte Herr Niehl nachts hingegangen sein? Es gibt bei uns kein Nachtleben, keine Clubs oder Bars.«

»Das ist die Frage«, überlegte der Hauptkommissar und kratzte sich gedankenverloren das Kinn.

Thönnissen beobachtete ihn aus den Augenwinkeln. Der Hauptkommissar schien mit seinem Latein am Ende zu sein. Zu viele Merkwürdigkeiten reihten sich in diesem Fall aneinander. Und Wessels' Leiche war auch nicht wieder aufgetaucht.

»Wollen wir zu Ipsen, dem Bestatter, fahren?«, schlug Thönnissen vor. Er war überrascht, als der Hauptkommissar müde nickte und sich stumm auf dem Beifahrersitz niederließ.

Kurz nachdem sie die Tür geöffnet und der melodische Gong ihr Kommen angekündigt hatte, erschien Liesschen Ipsen. Sie hatte sich ein Tuch um den Kopf gebunden und hielt einen Besen in der Hand.

»Das ist aber kein würdiger Anblick, wenn jemand in Trauer zu euch kommt«, lästerte Thönnissen.

»Da erscheint keiner«, erwiderte sie. »Wenn einer stirbt, erfahren wir es früh genug. Das geht bei uns wie ein Lauffeuer herum. Aber das weißt du doch.«

»Ist Jesper da?«, erkundigte sich Thönnissen nach dem Bestatter.

Sie schüttelte den Kopf. »Der ist mit seinem Bruder unterwegs. Die wollen mit der nächsten Fähre aufs Festland. Material holen. Für die Tischlerei«, ergänzte sie, als sie Hundts ungläubigen Blick gewahrte.

»Wir kommen …«, begann Thönnissen vorsichtig, doch Liesschen Ipsen winkte ab. »Hast du schon einmal eine Leiche laufen sehen? Nee. Wessels ist nicht wieder aufgetaucht.« Sie stellte den Besen gegen die Wand und stemmte die Hände in die Hüften. »Das ist eine merkwürdige Angelegenheit. Ich habe noch nie gehört, dass jemand eine Leiche klaut. Nicht einmal aus Schabernack. Was wollen die damit?«

»Wer weiß, welch merkwürdiges Motiv diesem Streich zugrundeliegt«, sagte Thönnissen ausweichend.

»Das muss doch ein Perverser sein«, ließ die Frau ihren Gedanken freien Lauf.

Die beiden Polizisten beließen es dabei. Sie wollten keine weiteren Gerüchte in Umlauf bringen, schon gar nicht den Verdacht, dass Wessels' Leiche möglicherweise entführt wurde, um Spuren zu verwischen.

»Das gibt es sonst nur im Fernsehen«, erklärte Liesschen weiter. »Man glaubt nicht, dass so etwas auch in der Wirklichkeit vorkommt. Habt ihr schon eine Idee?«

»Wir sind mitten in der Aufklärung des Falls«, sagte Thönnissen ausweichend. »Es wäre für die Täter besser, sich zu melden. Ganz können sie der Justiz nicht entgehen, aber die Folgen ihres Tuns wären nicht so weitreichend, als wenn wir sie überführen würden.«

»Jedenfalls ist es unglaublich.«

»Wenn ihr etwas hört, sei es auch nur ein Gerücht, so meldet euch sofort bei mir«, trug Thönnissen der Frau auf.

»Meinst du, wir wollen Wessels als Andenken behalten?«, erwiderte sie, bevor die Polizisten das Haus verließen.

»Alles verschwindet wie in einem schwarzen Loch«, sagte der Hauptkommissar leise, als er wieder auf dem Beifahrersitz Platz genommen hatte. Dann bewegte er witternd die Nase wie ein Kaninchen. »Zumindest haben Sie den Dienstwagen gelüftet. Es riecht nicht mehr allzu muffig.«

»Das lag an der Feuchtigkeit. Zum Glück hat es aufgehört zu regnen.«

»Eine Erbauung ist das Wetter trotzdem nicht.«

Hundt schien derzeit alles zu missfallen. Von seiner Nervosität zeugte auch, dass er mit den Fingerspitzen auf dem Armaturenbrett trommelte.

»Es hat keinen Sinn, herumzufahren und nach der Leiche zu suchen«, sagte Thönnissen.

»Haben Sie eine bessere Idee? Ich möchte, dass Sie alle möglichen Orte ansteuern, die sich für eine Lagerung des Leichnams eignen. Alleinstehende Feldscheunen, leer stehende Häuser, kühle Räume. Bei der Gelegenheit werden wir auch alle gastronomischen Einrichtungen besuchen und sehen, ob sich Niehl dort aufhält. Ich möchte zum Schwimmbad, Kurmittelhaus, Haus des Kurgastes, Lesesaal und zu den Sehenswürdigkeiten der Insel. Irgendwo muss Niehl ja stecken.«

Thönnissen hielt es für Aktionismus, der sie nicht weiterbringen würde.

»Wenn Niehl irgendwo zu einem privaten Besuch ist, dann wird er wieder auftauchen. Zum Mittagessen. Oder zum Abendbrot. Wir könnten Peter-Jakob bitten, uns zu benachrichtigen, wenn Niehl an der Fähre aufkreuzt.«

»Das wäre eine Maßnahme. Trotzdem möchte ich, dass wir so verfahren, wie ich gesagt habe.«

»Von mir aus.« Thönnissen startete den Motor, und so fuhren sie in den nächsten Stunden kreuz und quer über die Insel, fanden jedoch keine Spur, weder von Niehl noch von der Leiche.

»Wann geht die zweite Fähre heute ab?«, fragte Hundt unterwegs.

»Vor einer halben Stunde weg.«

»Mist«, fluchte der Hauptkommissar. Thönnissen musste nicht raten. Der Hauptkommissar hatte prüfen wollen, ob der Lkw der Brüder Ipsen leer war, als die beiden zum Festland fuhren, um – angeblich – Material zu besorgen. Wenn sie Wessels mitgenommen hatten, war die Leiche dem Zugriff der beiden Beamten endgültig entzogen.

»Wir haben im Augenblick keinen einzigen Punkt, an dem wir anknüpfen können«, stellte Thönnissen fest. Er ärgerte sich, dass Hundt ihnen unterwegs trotz seiner Bitte keine Pause gewährt hatte. Der Hauptkommissar hatte nicht einmal eine spöttische Bemerkung abgegeben, als sich der Magen des Inselpolizisten mit einem lauten Knurren gemeldet hatte. Nur das mehrfache Gähnen hatte er trocken kommentiert: »Ihnen fehlt anscheinend der gewohnte Mittagsschlaf.«

Am Nachmittag fuhren sie zum Hotel. »Ist Niehl aufgetaucht?«, überfiel Thönnissen den Hotelier, nachdem sich Hundt für eine halbe Stunde auf sein Zimmer zurückgezogen hatte.

Feddersen verneinte. »Allmählich bin ich auch ein wenig in Sorge. Um diese Jahreszeit legt man sich nicht an den Strand. Vielleicht ist er mit der Fähre …«

Thönnissen unterbrach ihn. »Ist er nicht«, sagte er knapp. »Dein Gast muss hier sein. Mich macht es nachdenklich, dass das Bett nicht aufgeschlagen ist. Ich kann mir nicht vorstellen, dass Niehl die ganze Nacht über auf dem Bett geschlafen hat, ohne unter die Bettdecke zu schlüpfen. Dafür ist es zu kühl. Und für ein Überlebenstraining ist er sicher nicht zu uns gekommen.«

»Du meinst, er hat das Haus bereits gestern Abend verlassen?«

»Davon würde ich ausgehen.«

»Was sagt dein Chef dazu?«, fragte Feddersen.

»Er ist nicht mein Chef«, antwortete Thönnissen mit Bestimmtheit.

»Das sieht aber so aus.«

»Trotzdem. Wir ermitteln zusammen. Allerdings würde ich vieles anders machen. Er trifft Entscheidungen und veranlasst Dinge, die ich nicht gutheiße.«

»Warum wehrst du dich nicht dagegen, wenn er nicht dein Vorgesetzter ist?«

»Das sind behördeninterne Dinge, von denen verstehst du als Außenstehender nichts.«

Feddersen griente und zog mit dem Zeigefinger das Augenlid ein wenig herunter.

»Aha«, sagte er und zeigte damit, dass er Thönnissens Erklärungsversuch keinen Glauben schenkte.

»Unter uns«, flüsterte Thönnissen. »Als Bürgermeister hörst du auch so manches. Weißt du, ob es in einem der anderen Häuser oder in einem der Privatquartiere Gäste gibt, die sich merkwürdig verhalten?«

»Wir haben derzeit zwar keine Saison, aber da habe ich keinen Überblick. Was willst du damit überhaupt sagen?«

»Man darf keine Eventualität außer Acht lassen. Immerhin stehen wir hier nicht ganz alltäglichen Problemen gegenüber.«

Feddersen griente abermals. »Ich sehe schon die Schlagzeile in der Blödzeitung: ›Wer hat Opa Wessels' Leiche geklaut? Kannibalen auf der Insel?‹«

Thönnissen erwiderte das Lachen, auch wenn es künstlich klang. »Ich freue mich auf die Schlagzeile am folgenden Tag: ›Boy Feddersen – der neue Edgar Wallace. Das Hotel der verschwundenen Gäste.‹«

»Da kann ich nicht drüber lachen.« Feddersen klang empört.

»Dann wäre ich an deiner Stelle etwas zurückhaltender. Immerhin gibt es noch offene Fragen. Ich habe immer noch den ungeklärten Punkt im Hinterkopf, woher du den Platz wusstest, an dem Wessels lag. Wir hatten nicht darüber gesprochen.«

Feddersen wich zurück. »Fängst du schon wieder mit diesem Blödsinn an?«

»Ich bin immer noch mittendrin. Das ist kein lustiges Spiel, das wir hier betreiben. Weder Wessels' Tod noch das Verschwinden seiner Leiche.«

»Und du glaubst, mein Gast könnte damit etwas zu tun haben?«

»Deshalb möchten wir mit ihm sprechen. Dabei ließen sich einige Fragen klären.«

»Überleg doch bitte noch mal. Woher sollte er von Wessels' Gold wissen?«

»Du hast keine Vorstellungen, mit welchen Methoden die Leute arbeiten, die es mit der Gesetzestreue nicht so genau nehmen.«

»Mann, drückst du dich umständlich aus.«

»Erwartest du, dass ich behaupte, du würdest Gangster in deinem Hotel beherbergen?«

»Nun reicht es aber.«

Dieser Meinung war auch Hundt, der aus seinem Zimmer zurückgekehrt war. Thönnissen versuchte, aus der Miene des Hauptkommissars herauszulesen, ob es Neuigkeiten gab. Aber dessen Antlitz war wie versteinert. Erst als Feddersen den Raum verlassen hatte, sagte er zu Thönnissen: »Wenn es etwas gäbe, würde ich Sie informieren.«

Zu gern hätte Thönnissen gewusst, wie der Hauptkommissar die Zeit verbracht hatte, in der sie getrennt waren. Er musterte ihn gründlich, konnte aber nicht erkennen, ob Hundt sich Zeit für einen Mittagsschlaf genommen hatte. Er unterrichtete den Hauptkommissar über sein Gespräch mit dem Hotelier, beschränkte sich dabei allerdings auf die Fakten Horst Niehl betreffend.

»Wie wollen wir weiter vorgehen?«, fragte er zum Abschluss und konnte mit Genugtuung feststellen, dass Hundt ratlos war. »Es gibt eine Frau auf der Insel, die im Allgemeinen als sehr gut informiert gilt. Sie hört auch Dinge, die anderen verborgen bleiben. Wollen wir der einen Besuch abstatten?«

Hundt nickte. Es wirkte nahezu resignierend.

»Ich schlage vor, dass wir zu Martje Ketelhut-Schnurpfeil fahren«, schlug Thönnissen vor.

»Was zeichnet die Frau aus, dass wir sie besuchen?«, wollte Hundt wissen.

»Martje ist eine pensionierte Lehrerin unserer Schule. Sie ist in jungen Jahren aus Hamburg hierhergekommen. Warum, weiß keiner, da sie aus einer angeblich vornehmen Familie stammt. Elbchaussee oder so. Ich habe sie auch als Lehrerin gehabt. Ein zweifelhaftes Vergnügen. Zu unserer großen Überraschung hat sie eines Tages geheiratet, einen gewissen Schnurpfeil. Die Ehe hat aber nur ein Jahr gehalten, dann war der Schnurpfeil wieder weg. Einzig der Doppelname ist geblieben. Martje hat es sich zur Aufgabe gemacht, die Kultur bei uns zu fördern, zumindest das, was sie darunter versteht. Bei ihr gehen viele Leute ein und aus. Wenn jemand etwas weiß, dann sie.«

Das Haus lag in einer Reihe, die sich an einem der Binnendeiche, dem Nordermitteldeich, entlangzog. Zwischen den einzelnen Gebäuden gab es zum Teil Abstände von gut hundert Metern. Der niedrige Bau mit dem Reetdach duckte sich förmlich in die Marsch. In den hell erleuchteten Fenstern standen nachgebildete Petroleumlampen, die ein warmes Licht abgaben und dem Ganzen eine gewisse Gemütlichkeit verliehen.

Thönnissen betätigte die Klingel. Es dauerte eine Weile, bis hinter der Tür eine resolut klingende Stimme fragte: »Wer ist da?«

»Frerk Thönnissen und ein Kollege vom Festland.«

Sie hörten, wie zwei verschiedene Schlösser betätigt wurden, dann öffnete sich die Tür einen Spalt, und sie sahen ein Auge, aus dem sie streng gemustert wurden. Dann wurde die Tür wieder geschlossen, die Sperrkette entriegelt und schließlich ganz geöffnet.

Die hochgewachsene hagere Frau mit sorgfältig gescheitelten, aschblonden Haaren sah die Polizisten an. Das schmale Gesicht wurde von einer langen, spitzen Nase dominiert. Sie trug einen beigefarbenen Rollkragenpullover und einen bis über die Knie reichenden Wollrock mit Schottenmuster. Um den Hals baumelte eine Perlenkette, die bis zu den kaum wahrnehmbaren Erhebungen der weiblichen Brust reichte. Sie hielt die Brille, die ebenfalls an einer Kette um den Hals hing, mit einer Hand in Kinnhöhe.

»Guten Abend, Frau Ketelhut-Schnurpfeil«, sagte Thönnissen und hoffte, Hundt würde nicht bemerken, dass er die

Frau siezte, nicht das allgegenwärtige »Moin« benutzte und dass sie sich in ihrem Haus nahezu verbarrikadiert hatte.

»Frerk.« Die Frau hatte einen herablassend klingenden Tonfall. Es klang immer noch so, als würde sie einen ihrer Schüler zum Sprechen auffordern.

Thönnissen stellte seinen Begleiter vor und war froh, als Hundt die Gesprächsführung übernahm.

»Dürfen wir hereinkommen?« Es war keine Frage, sondern eine Aufforderung, Einlass zu gewähren. »Wir würden Sie gern um Ihre Unterstützung bitten.«

Thönnissen war erstaunt, dass Hundt offensichtlich den richtigen Ton getroffen hatte. Frau Ketelhut-Schnurpfeil gab den Eingang frei. »Bitte. Treten Sie ein.«

Seit den Besuchen als Schüler schien sich in dem Haus nichts verändert zu haben, stellte Thönnissen fest. Die Garderobe im Flur, die Lampe mit dem braun gewordenen Glas, die unter die Decke geschraubt war, der geflochtene Schirmständer und das polierte Holzbrett mit dem geschnitzten Sinnspruch hingen an den gewohnten Plätzen. Auch das Pendel der alten Standuhr bewegte sich noch genauso träge wie in alten Zeiten. »Kommen Sie«, forderte sie die Frau auf. »Du kennst dich ja aus, Frerk.«

»Ja, Frau Ketelhut-Schnurpfeil«, antwortete Thönnissen und ärgerte sich über sein devotes Verhalten.

Auch das Wohnzimmer sah genauso aus, als hätte er es vor wenigen Minuten verlassen. Die dreißig Jahre dazwischen schienen spurlos gewesen zu sein. Mein Gott, dachte er, wer hat heute noch gestreifte Tapeten an der Wand? Alte Ölschinken, die von Seefahrerromantik zeugten? Die dunklen Möbel, die mit Samt bezogenen Stühle und das Sofa mit den weißen Kissen, der rollbare Teewagen und – natürlich – das Klavier. Auf dem Tisch mit der Häkeldecke lag die aufgeschlagene

Lokalzeitung, daneben die »Süddeutsche« und die »Zeit«. Einen Fernsehapparat suchte er vergeblich. Ob ihn die Frau in einem anderen Raum verbarg? Der Anschein der Biederkeit wurde lediglich durch eine kleine Requisite gestört. Thönnissen schmunzelte, als er den geschliffenen Likörkelch aus Kristall sah und die Flasche mit »Klötenköm«, wie man hier den Eierlikör nannte.

Die beiden Polizisten warteten, bis Frau Ketelhut-Schnurpfeil sich gesetzt hatte. Dabei stellte sie die beiden Beine dicht nebeneinander und strich sich dann den Rock glatt.

»Wir sprechen mit verschiedenen Bewohnern der Insel«, begann Hundt, »und verbinden damit die Bitte um Unterstützung. Es ist ein überschaubarer Einzugsbereich, deshalb haben wir diesen Weg gewählt und keinen Aufruf in den Medien gestartet.«

»Sie gehen aber nicht von Tür zu Tür.«

»Wir suchen ausgewählte Persönlichkeiten auf.«

»Sparen Sie sich solche Schmeicheleien. Das verfängt bei mir nicht.« Der Hauptkommissar musste diese Belehrung über sich ergehen lassen.

Hundt zeigte auf die Zeitung. »In der Presse wurde noch nicht über die Ereignisse berichtet.«

»Sie kommen von drüben?« Damit meinte die ehemalige Lehrerin das Festland.

Der Hauptkommissar nickte.

»Es sind die typischen Vorurteile, dass die Menschen, die auf einer Insel leben, weltentrückt sind und nicht wissen, was in der Welt geschieht. Alle Medien, die Sie in den Großstädten finden, verbinden auch uns mit der ganzen Welt. Würden Sie die Einheimischen befragen, welche Flecken der Erde sie schon aufgesucht haben, bekämen Sie alle Erdteile und die entlegensten Winkel der Welt zusammen. Viele meiner ehemaligen Schüler schreiben mir von ihren Reisen. Sie wären erstaunt, wenn Sie die Karten sehen würden.«

Thönnissen war froh, dass Frau Ketelhut-Schnurpfeil nicht anbot, ihnen die Sammlung zu zeigen.

»Daran habe ich auch nicht gezweifelt. Unser Augenmerk richtet sich derzeit mehr auf den Mikrokosmos.«

Die Frau zog eine Augenbraue in die Höhe. »Vermuten Sie, dass sich bei mir Klatsch und Tratsch der Insel konzentrieren?«

Hundt schluckte. »Nein. Daran hat niemand gedacht. Der örtliche Polizeibeamte, der die Gegebenheiten vor Ort kennt, meinte, Sie würden aufgrund Ihrer früheren Stellung viele Einwohner kennen und hätten auch einen Einblick in die Gegebenheiten, über den andere nicht verfügen. Dieses Wissen möchten wir uns gern zunutze machen.«

Frau Ketelhut-Schnurpfeil neigte den Kopf ein wenig. Thönnissen wurde erneut bewusst, dass man früher oft über ihre Herkunft spekuliert hatte, obwohl keiner jemals etwas Konkretes hatte in Erfahrung bringen können. Sprechweise, Gestik und Auftreten der Frau hatten etwas Großbürgerliches oder zumindest das, was Thönnissen sich darunter vorstellte. Was mochte sie bewogen haben, vor Jahrzehnten auf diese damals sehr ländliche Insel zu kommen und die örtliche Jugend zu unterrichten? Er wurde durch ihren Ordnungsruf aus seinen Gedanken gerissen.

»Frerk!« Es war wie damals, wenn sein Geist während des Unterrichts auf Wanderschaft ging.

Er unterdrückte den Reflex, aufzuspringen und Haltung anzunehmen. Fast hätte er erwartet, dass sie ihn aufforderte: »Wiederhole, worüber wir gerade gesprochen haben.« Stattdessen hob er leicht den Kopf und sah sie an. Thönnissen ärgerte sich über das belustigte Aufblitzen in Hundts Augen.

Der Hauptkommissar amüsierte sich, dass Frau Ketelhut-Schnurpfeil ihn immer noch wie einen ihrer Schüler behandelte.

»Was möchten Sie konkret wissen?«

Hundt strich sich mit Daumen und Zeigefinger über die Mundwinkel. Thönnissen deutete die Geste richtig. Deshalb fragte er: »Der alte Wessels «

»*Herr* Wessels«, fuhr die ehemalige Lehrerin dazwischen.

»Hinrich Wessels lebte sehr zurückgezogen. Zu wem pflegte er Kontakte?«

»Zu dir«, kam prompt die Antwort.

Thönnissen registrierte das Erstaunen in Hundts Blick.

»Ich habe aufgrund meiner Position viele Kontakte«, beeilte sich Thönnissen zu versichern. »Hinrich und ich waren nicht befreundet und hatten auch keinen persönlichen Kontakt.«

Frau Ketelhut-Schnurpfeil sah gedankenverloren auf das große Bild, das einen bärtigen Kapitän vor der Häuserzeile, die Thönnissen an Hamburg-Övelgönne erinnerte, zeigte, während im Hintergrund Dampfer mit einer mächtigen Rauchfahne die Elbe abwärts zogen.

»Herr Wessels lebte sehr zurückgezogen, obwohl viele Leute vordergründig den Kontakt zu ihm suchten.«

»Wissen Sie, warum?«, mischte sich Hundt ein.

»Ich kann es mir denken. Hinter vorgehaltener Hand wurde darüber gesprochen.«

»Sie meinen, dass Herr Wessels schwarzgebrannt hat?«

»Über solche Vorkommnisse bin ich nicht informiert.«

Thönnissens Blick schweifte kurz zur angebrochenen Flasche Eierlikör ab.

»Ich habe mich zurückgehalten, wenn es um die persönlichen Belange der Menschen ging«, sagte er. »Ich wollte damit Missverständnisse vermeiden, eine Trennlinie ziehen zwischen meiner Aufgabe als Polizist und dem Mitbürger Frerk Thönnissen.«

»Hoffentlich haben das nicht zu viele missdeutet als mangelndes Engagement«, sagte sie spitz.

»Wenn der Kollege Thönnissen den Spagat wagt zwischen beruflichem Interesse und gebotener Distanz zu den Menschen, ist das in einem abgegrenzten Gemeinwesen wie einer Insel sicher ein schwieriges Unterfangen. Ich entnehme Ihren Ausführungen, dass Sie nicht nur eine gute Beobachterin sind, sondern auch über Wissen verfügen, das uns weiterhelfen könnte.«

Martje Ketelhut-Schnurpfeil nahm das Lob ohne jede Regung entgegen.

»Sie sollten mit Jan Barkendieck sprechen. Die beiden Männer haben gelegentlich Kontakt gepflegt.«

»Wissen Sie etwas über Herrn Wessels' wirtschaftliche Verhältnisse?«

Geistesabwesend sah die Frau auf das goldene Armband an ihrem schmalen Handgelenk. »Die waren offenbar sehr begrenzt. Er hat wie viele ältere Menschen von einer schmalen Rente leben müssen und sein Leben darauf ausgerichtet. Die Generation hat die Notwendigkeit, mit dem auszukommen, was gegeben ist, in frühester Kindheit gelernt.« Mit einem Ruck wandte sie den Kopf in die Richtung des Hauptkommissars. »Herrn Wessels und seiner Generation ist kein großer Dank der Gesellschaft für den Wiederaufbau zuteilgeworden.«

Es klang wie eine Anklage. Nachdenklich musterte Thönnissen seine ehemalige Lehrerin. Sie war sicher in einem ähnlichen Alter wie Hinrich Wessels, vielleicht ein paar Jahre jünger.

Hundt betrachtete das Bild mit dem alten Kapitän. Er

streckte die Hand aus und zeigte auf das Gemälde. »Gab es nicht einmal eine Reederei Ketelhut, alteingesessen in Hamburg, die schon zu Kaisers Zeiten und vor dem Zweiten Weltkrieg mit zu den größten der Welt gehörte?«

»Kann sein«, sagte Martje Ketelhut-Schnurpfeil. »Ich glaube, ich habe Ihnen alles gesagt.« Es war ein deutliches Signal, dass sie das Gespräch als beendet betrachtete. Dann fiel ihr noch etwas ein. »Frerk, wie weit ist deine Idee gereift, andere Inseln dieser Welt zu besuchen? Davon hast du schon als Schuljunge geträumt.«

»Ich werde in Kürze …«, begann Thönnissen, wurde aber durch das Klingeln seines Handys unterbrochen. Er warf einen kurzen Blick auf das Display. »Dienstlich«, sagte er. »Ein dringender Einsatz.« Er sprang auf. »Entschuldigung.« Es tat ihm leid, ohne richtige Verabschiedung die Lehrerin zurücklassen zu müssen, die sich ihm heute in einem völlig anderen Licht gezeigt hatte. Hundts Hinweis auf die Traditionsreederei und Martje Ketelhut-Schnurpfeils ausweichende Antwort hatten ihn nachdenklich werden lassen. Doch jetzt hatte er keine Zeit. Ein dringender Einsatz forderte seine ganze Aufmerksamkeit.

Hundt hatte Probleme, ihm zu folgen. Der Hauptkommissar hatte die Tür des Streifenwagens noch gar nicht ganz geschlossen, als Thönnissen schon anfuhr.

»Warum diese Hektik?«, fragte er.

»Es brennt«, erwiderte Thönnissen. »Wessels' Haus.«

Trotz Dunkelheit jagte Thönnissen über die schmalen Straßen der Insel.

»Sie scheinen mit jeder Kurve Duzfreundschaft geschlossen zu haben und jede Unebenheit im Straßenbeleg zu kennen«, knurrte Hundt, dem die Rolle des Beifahrers nicht behagte.

Am Horizont zeichnete sich jetzt der helle Feuerschein ab.

Flammen schlugen in die Luft. Über der Marsch sah man von weitem das Zucken der Blaulichter.

Als sie am Brandherd eintrafen, waren schon zwei Feuerwehrfahrzeuge am Ort. Die Besatzungen liefen in ihren Schutzanzügen hin- und her, der Angriffstrupp hatte bereits den Schlauch an das Tanklöschfahrzeug angeschlossen und spritzte Wasser in die lodernden Flammen. Es zischte, und an der Stelle, an der das Wasser auf die Glut traf, stieg weißer Dampf in die Höhe.

Andere Feuerwehrleute waren damit beschäftigt, eine Leitung zum nahen Graben zu legen und die Tragkraftspritze in Betrieb zu setzen, um das Feuer weiter bekämpfen zu können, wenn der eintausendsechshundert Liter umfassende Tank leer war. Dessen Inhalt reichte für etwa vier bis fünf Minuten bei dem eingesetzten C-Rohr.

Thönnissen eilte auf einen Mann zu, der lautstark Befehle erteilte.

»Wie läuft's, Claas? Der Wehrführer«, klärte er Hundt auf, indem er auf den Mann zeigte.

»Schlecht«, rief der Angesprochene zwischen zwei Kommandos, mit denen er seine Männer dirigierte. »Da wird nicht viel zu retten sein.«

Es folgten weitere Befehle.

»Sieht aus, als hätte jemand nachgeholfen«, erklärte der Wehrführer hastig. »Anders kann ich es mir nicht erklären.« Er zeigte auf die linke Gebäudeseite. »Da scheint der Brandherd zu sein.«

Thönnissen erinnerte sich. Dort lag das Wohnzimmer, in dem sie den Schrank mit dem geheimnisvollen Karton gefunden hatten.

»Unternehmen Sie alles, um das Haus zu retten«, schrie der Hauptkommissar.

Der Wehrführer warf ihm einen schnellen Blick zu. »Witzbold! Wie wollen Sie das Inferno aufhalten? Da.« Er zeigte auf die schon lange geborstenen Fenster, aus denen Feuer heraussprang und der Flammenüberschlag das überhängende Reetdach erfasste. »Das brennt wie Zunder. Das können Sie nur noch kontrolliert abbrennen lassen.«

Er wurde abgelenkt, als jemand schrie: »Der Schuppen.«

Alle sahen auf den Anbau, in dessen Reetdach fliegende Funken Nahrung fanden. »Haltet da drauf«, rief Claas.

»Und das Haus?«, antwortete einer der Männer an der Spritze.

»Lass es brennen.«

Die Bemühungen waren vergeblich. Auch der Schuppen hatte Feuer gefangen.

»Vorsicht!«, rief Thönnissen dem Wehrführer zu. »Da lagert Explosives.«

»Was denn?«

»Größere Mengen Alkohol.«

Der Wehrführer machte ein paar Schritte zu den Männern des Angriffstrupps.

»Passt auf«, rief er. »Mehr Abstand. Da liegt massiv brennbare Flüssigkeit.«

Trotz der Anstrengung, die ihnen ins Gesicht gezeichnet war, erwiderte einer der Feuerwehrleute fröhlich: »Ist das Wessels' Schnapslager?«

Auch Hundt hatte die Bemerkung gehört.

»Offenbar wusste jeder um Wessels' Nebenjob. Mich wundert, dass Sie nichts mitbekommen haben wollen.«

»Was man vor der Polizei verbergen möchte, gelingt auch«, antwortete Thönnissen. Beide starrten auf die Flammen, die inzwischen das Haus und den Schuppen erfasst hatten.

Das Dach war in Vollbrand geraten. Flammen schlugen zum

Himmel empor. Reetpartikel vermischten sich mit Ruß und setzten sich auf Material und Mensch nieder.

»Vorsicht«, rief Thönnissen und schlug dem Hauptkommissar Funken von der Schulter, die dort gelandet waren. »Wir müssen weiter zurück. Das wird zu gefährlich.« Sie beobachteten, wie glühendes Reet Himmelslaternen gleich emporstieg.

Auch Claas zog seine Männer ein Stück zurück. Die Feuerwehr hatte die Verbindung zum Sielzug hergestellt, die Tragkraftspritze dröhnte, und das Wasser schoss in die Flammen. Es zischte und knisterte, der Feuersturm erinnerte Thönnissen an das Geräusch, das der Gasbrenner einer modernen Heizung bei offener Tür von sich gab.

Kurz darauf standen das ganze Haus und der Schuppen in hellen Flammen.

»Da hat jemand nachgeholfen«, sagte Hundt. »Es galt, Spuren zu verwischen.«

»Wir hätten sofort die Spurensicherung informieren müssen«, erwiderte Thönnissen. »Jetzt ist es zu spät.« Er bemerkte, dass die Feststellung den Hauptkommissar traf. Natürlich hatte er recht. Hundt war an seinem eigenen Ehrgeiz gescheitert. Er hatte sich gesträubt, Verstärkung anzufordern, weil er zunächst geglaubt hatte, alles im Alleingang lösen zu können. Nachdem die Leiche verschwunden war, scheute er sich erst recht und hoffte, schnell und unauffällig dem Schabernack auf die Schliche zu kommen. Er wusste, dass er zum Gespött seiner Kollegen auf dem Festland geworden wäre. Der Hauptkommissar tat Thönnissen ein wenig leid. Alle Maßnahmen, die er ergriffen hatte, hatten noch weiter in das Chaos geführt. Und nach seinen ersten überheblich klingenden Äußerungen dem Inselpolizisten gegenüber konnte sich Hundt jetzt nicht öffnen und kooperativer mit Thönnissen zusammenarbeiten.

»Da ist jemand so klug gewesen, das Haus in Brand zu

stecken«, sagte der Hauptkommissar. »Das hätte man auf dieser Insel gar nicht vermuten können.« Er maß Thönnissen mit einem Seitenblick.

Du hast selber Schuld, dachte der. Jeder Anflug von Mitleid war verschwunden. Wenn Hundt selbst jetzt nicht seine Arroganz ablegen konnte und mit seiner letzten Ausführung ihn, Thönnissen, als Trottel einordnete, dann sollte er auch die Konsequenzen aus seinem Verhalten ziehen. Thönnissen würde künftig nur nach Anweisungen handeln und sich mit eigenen Ideen und Vorschlägen zurückhalten.

»Die Täter sind uns mehrere Schritte voraus«, stellte er fest. »Und das Schnapslager ist auch nicht sichergestellt. Ich sehe schon die Presse, die von schweren Versäumnissen der Polizei spricht. Das wird dem Polizeidirektor gar nicht gefallen.«

Hundt sah ihn wutschnaubend an. Das war zu viel, wurde Thönnissen bewusst. Jetzt hatte er sich den Hauptkommissar vollends zum Gegner gemacht.

Claas trat zu ihnen und zeigte auf das Haus.

»Da war nichts mehr zu machen. Zum Glück gibt es keine Nachbargebäude, die wir schützen müssen. Mensch und Vieh sind auch nicht gefährdet.«

»Da werden Spuren eines Verbrechens vernichtet«, schimpfte Hundt. »Wissen Sie, was das bedeutet?«

»Ich schicke meine Männer doch nicht für irgendwelche Spurensicherungen ins Feuer. Unsere Aufgabe ist der Brandschutz. Wie Sie die Ihren erledigen, interessiert mich nicht. Ich gehe davon aus, dass das Feuer nicht zufällig entstanden ist.«

»Haben Sie eine Idee, wie?«, fragte Hundt.

»Wir bekämpfen Brände, legen sie aber nicht. Darüber habe ich mir noch nie Gedanken gemacht.«

Der Hauptkommissar winkte ab. Aus der Geste leitete Thönnissen ab, dass er Claas ebenfalls in die Kategorie »Inseltrottel« einsortierte.

»Es sieht so aus, als wäre das Feuer im Wohnzimmer entstanden. Es muss eine abrupte Entzündung gewesen sein, kein sich langsam entwickelnder Schwelbrand. Dazu war die Entwicklung zu heftig. In Häusern dieser Bauart besteht der Innenausbau aus Holz. Das ist knochentrocken. Natürlich brennen die massiven Balken kaum. Die kohlen nur an. Aber die Holzbalkendecke besteht aus von unten und oben gegen die Balken genagelten Brettern. Der Zwischenraum ist zur Isolierung mit Bauschutt und – bei diesen alten Kästen – Stroh ausgefüllt. Da zündet es irgendwann durch.«

»Es wäre zweckdienlicher gewesen, wenn Sie statt der theoretischen Erläuterungen das Feuer ganz praktisch in den Griff bekommen hätten.«

»Scherzkeks«, knurrte Claas in Hundts Richtung und wandte sich ab. »Der hat sie doch nicht alle«, hörten ihn die beiden Polizisten zu einem Feuerwehrmann sagen.

Sie sahen noch eine Weile zu, wie das Haus niederbrannte. Das Gebäude und der Anbau waren komplett ein Opfer der Flammen, die hoch aufloderten. Der Feuerschein musste weithin über der Insel zu sehen sein.

Die Ereignisse und Aufregungen der letzten Tage, dachte Thönnissen, würden noch lange Gesprächsstoff auf der sonst so ruhigen und beschaulichen Insel sein.

Für die Polizei gab es am Brandort nichts mehr zu erledigen.

»Ich brauche etwas zu trinken«, brummte Hundt und ließ sich von Thönnissen zum Hotel fahren. Der Inselpolizist folgte ihm in die Gaststube, in der Feddersen mit dem zweiten alleinreisenden Gast saß, der ein Glas Wein vor sich stehen hatte.

»Erzählt, was ist los«, stürzte sich der Hotelier beim Eintreten auf die Beamten. »Wessels' Hütte ist abgefackelt.«

Hundt stutzte. »Abgefackelt? Normalerweise sagt man: abgebrannt. Abgefackelt hört sich nach Brandstiftung an. Das interessiert mich.«

»Das ist nur so dahergesagt«, wich Feddersen aus. »Eine Redewendung.«

»Nein! So etwas ist kein Zufall. Was wissen Sie?«

»Ich?« Der Hotelier zeigte auf seine Brust. »Nichts. Wirklich nicht. Woher sollte ich?«

»Wo haben Sie sich heute Abend aufgehalten?«

»Hören Sie mal? Sie glauben doch nicht im Ernst, dass ich …«

»Überlassen Sie mir die Einschätzung. Also?«

»Ich war hier. Wo sonst?«

»Wer kann das bezeugen.«

»Meine Frau.«

»Noch jemand vom Personal?«

»Sie sehen doch selbst. Im Augenblick ist nicht viel los. Da bin ich allein.«

»Und Gäste?«

Der Mann am Tisch räusperte sich und hob vorsichtig den Zeigefinger, als wäre er ein Schuljunge, der sich meldete.

»Ich kann das bestätigen.«

»Genau«, stammelte Feddersen. »Herr Marienburg war die ganze Zeit anwesend.«

»Ein Bier«, bestellte Hundt und setzte sich zu dem Kölner.

»Mir auch«, fügte Thönnissen an und folgte dem Kriminalbeamten.

Feddersen verschwand hinter den Tresen und zapfte die Getränke. »Was ist nun mit Wessels' Haus?«

»Es hat gebrannt«, erklärte Thönnissen.

»Und? Weiter?«

»Nix weiter. Ein Feuer. Totalschaden.«

»Wie konnte das geschehen?«

»Ich dachte, das können Sie mir erklären«, knurrte Hundt mürrisch.

Feddersen hantierte mit den Gläsern und tat übertrieben geschäftig. Es war ihm anzumerken, dass ihm nicht an einer Fortführung des Gesprächs gelegen war.

»Ach, Boy«, rief ihm Thönnissen zu. »Ist der andere Gast inzwischen wieder eingetroffen?«

»Nein«, sagte der Hotelier knapp.

Sie saßen zu dritt am Tisch und schwiegen, bis Marienburg sein Weinglas anhob und hineinstarrte. »Normalerweise trinke ich Kölsch«, erklärte er. »Das hiesige Pils entspricht nicht meinem Geschmack. So bin ich auf Wein ausgewichen.«

»Aha«, erwiderte Hundt sichtlich desinteressiert. Plötzlich hob er den Kopf und schnupperte. Er rümpfte die Nase, öffnete leicht den Mund und sog hörbar die Luft ein.

»Riechen Sie es auch?«, fragte er Thönnissen.

Der schüttelte den Kopf.

»Merkwürdig«, murmelte Hundt und bewegte den Kopf suchend hin und her. Plötzlich ergriff er Marienburgs Hand und führte sie an seine Nase. »Darf ich?«

Der Kölner war zu überrascht, um reagieren zu können. Erst als der Hauptkommissar gerochen hatte, zog er rasch seine Hand zurück.

»Was soll das?«, fragte er.

»Sie sind mir eine Erklärung schuldig«, erwiderte Hundt. Beiläufig stellte er fest. »Sie sind Raucher.«

»Ist das strafbar?«

»Das nicht, aber der unerlaubte Umgang mit Benzin.«

»Das verstehe ich nicht.« Marienburg hielt seine Hände instinktiv unter der Tischplatte verborgen.

»Sind Sie mit dem Auto hier?«

»Nein. Aber das wissen Sie sicher. Was treiben Sie für ein Spiel mit mir?«

»Haben Sie sich hier auf der Insel ein Auto geliehen?«

»Warum? Hier lässt sich alles wunderbar zu Fuß erschließen.«

Hundt schien nachzudenken. Dabei ließ er Marienburg nicht aus den Augen. »Sicher«, sagte er nach einer Weile. »Oder mit dem Fahrrad. Bis zu Wessels' Haus ist es kein Problem.«

»Zu wem? Ist es der, über den alle sprechen? Der geheimnisvolle Tote, der Ihnen entfleucht ist?«

Thönnissen bemerkte, wie es bei dieser Anmerkung um Hundts Mundwinkel zuckte.

»Sie kennen Hinrich Wessels?«

»Wer hat nicht von dem Mann gehört. Die ganze Insel spricht nur noch von ihm.«

»Sind Sie ihm schon einmal begegnet?«

Marienburg legte die Hände seitlich an den Kopf, als würde er Fledermausohren nachbilden, und bewegte schnell die Finger. Dabei streckte er die Zunge aus. »Hui-buh! Bei meinen Spaziergängen bin ich seinem Geist begegnet.«

»Sie sollten solche Albernheiten unterlassen, zumal in Ihrer Situation.«

»In welcher?«

»Ihre Hände riechen nach Benzin.«

»Ich bin Raucher. Haben Sie doch gerade selbst vermutet.«

»Das ist noch unglaubwürdiger. Benzindünste und eine glimmende Zigarette passen nicht zueinander.«

Marienburg lehnte sich zurück.

»Haben Sie sich einmal gefragt, was mich zu dieser Jahreszeit hierher treibt? Ich habe einen stressigen Job und suche die Entspannung. Ruhe. Natur. Wenn es Ihnen als Widerspruch erscheint – bitte sehr. Darum finde ich es unangemessen, im

Urlaub behelligt zu werden. Ich bin Raucher. Es ist pure Nostalgie, dass ich ein altes Sturmfeuerzeug benutze. Das habe ich vorhin aufgefüllt. Es mag sein, dass dabei ein paar Tropfen auf die Handfläche geraten sind.«

»Zeigen.« Hundt streckte die Hand aus.

Marienburg wies auf den Hauptkommissar und sah Thönnissen an. »Ist der immer so skeptisch?«

Der Inselpolizist ignorierte die Frage. Er mochte sich nicht gegen Hundt wenden, gegenüber Feddersen und dessen Gast aber auch keine Zustimmung zur Vorgehensweise des Kriminalbeamten signalisieren.

»Habe ich im Zimmer. Sagte ich doch, dass mir beim Auffüllen etwas daneben gelaufen ist.«

»Gut«, entschied Hundt und stand auf. »Dann sehen wir uns das an.«

Marienburg zeigte auf sein Weinglas. »Jetzt?«

»Sofort.«

Der Kölner seufzte, stand auf und ging voran.

»Sie auch«, forderte der Hauptkommissar Thönnissen auf.

Das Hotelzimmer glich dem des verschwundenen Horst Niehl. Marienburg hatte Wäsche achtlos auf die unbenutzte Doppelbetthälfte geworfen. Auf dem Schreibtisch lagen eine Packung Tabak, Zigarettenpapier und ein zerbeultes Sturmfeuerzeug. Als Unterlage hatte der Kölner einen Waschlappen aus dem Bad auf den Tisch gelegt.

Hundt führte seine Nase dicht an die Unterlage, dann forderte er Thönnissen auf, es ihm gleichzutun. Tatsächlich war deutlich Benzingeruch wahrnehmbar.

»Wo ist die Nachfüllpackung?«, wollte Hundt wissen.

»Die habe ich in den Schrank gestellt.« Unaufgefordert holte Marienburg einen kleinen Plastikbeutel hervor, in dem eine handelsübliche Dose Feuerzeugbenzin verstaut war.

Der Hauptkommissar ließ sie sich aushändigen, öffnete den Beutel und schnupperte daran. Dann hielt er die Packung gegen das Licht und prüfte, ob er die Füllmenge erkennen konnte.

»Zufrieden?«, fragte Marienburg.

»Es hat den Anschein, als hätten Sie das Feuerzeug befüllt.«

»Es hat den Anschein«, äffte der Kölner nach.

Hundt verzichtete auf eine Antwort und stapfte wortlos die Treppe hinunter, gefolgt von Thönnissen. Die beiden nahmen wieder am Tisch Platz.

Kurz darauf erschien Marienburg, nahm sein Weinglas und erklärte: »Mit solchen Typen will ich nicht zusammensitzen.« Er suchte sich einen weiter entfernten Tisch und ließ sich dort nieder. Dabei rückte er seinen Stuhl so zurecht, dass er den beiden Beamten den Rücken zukehrte.

»Muss das sein?«, schimpfte Feddersen, als er zu den beiden Polizisten herantrat. »Ihr vergrault mir die Gäste. So wie ihr mit denen umgeht, ist das nicht gut für mein Haus.«

»Es ist nicht gut für die Insel, wenn hier Menschen sterben oder Häuser angezündet werden.« Der Hauptkommissar war ungehalten.

Der Hotelier kicherte. »Aber lustig, wenn Leichen verschwinden.«

»Würden Sie uns mit Ihrer Gegenwart nicht weiter belästigen«, knurrte Hundt.

Sichtbar beleidigt zog Feddersen ab.

Hundt nahm einen großen Schluck Bier. Er schien das Glas wieder absetzen zu wollen, sah, dass es nur noch zu einem Drittel gefüllt war, kippte den Rest hinunter und hob es in Richtung Theke, um zu signalisieren, dass er Nachschub wünsche.

»Du auch, Frerk?«, rief Feddersen durch den Raum. Bevor Thönnissen antworten konnte, sagte der Hauptkommissar:

»Obermeister Thönnissen ist mit dem Streifenwagen hier. Er trinkt keinen Alkohol. Das sollten Sie selbst erkennen.« Dann stierte er auf den Bierdeckel und begann, ihn zu drehen.

»So eine merkwürdige Gesellschaft wie die Inselbevölkerung habe ich noch nie erlebt. Hier scheinen sich alle gegen uns verschworen zu haben. Es müsste auch dem Dümmsten klar sein, dass wir einen oder mehrere Straftäter suchen. Es ist kein Spaß, uns an der Nase herumzuführen. Das wird nicht ohne Konsequenzen bleiben für die, die den Täter unterstützen.«

»Ich kann mir nicht vorstellen, dass es Menschen gibt, die das aus den von Ihnen geschilderten Motiven tun. Sicher ist es aufregend, was derzeit bei uns geschieht. Das hat es schon ewig nicht mehr gegeben. Hier kommen keine schweren Straftaten vor, schon gar nicht gegen Leib und Leben. Darum bin ich immer noch nicht von Ihrer Theorie überzeugt, dass Wessels ermordet wurde. Ich würde eher untersuchen, ob es nicht doch ein Unfall war.«

»Wir sind hier nicht in einem Debattierclub. Ihre Meinung ist nicht maßgebend. Schon gar nicht, wenn Sie die Ermittlungen in eine bestimmte Richtung lenken wollen.«

Thönnissen schluckte. »Sie sollten aufhören, mich ständig zu kritisieren, mir vorzuwerfen, ich würde nicht konstruktiv mit Ihnen zusammenarbeiten. Allmählich mag ich Ihre permanente Kritik nicht mehr hören. Wenn es Ihnen nicht passt, dass ich versuche, zwischen Ihrer Art und den Gefühlen und Empfindungen der Inselbewohner zu vermitteln, sollten Sie mich durch einen anderen Kollegen ersetzen lassen. Ich habe ohnehin nicht verstanden, weshalb Sie nicht schon früher Unterstützung angefordert haben. Wir beide scheinen doch überfordert zu sein. Mir werfen Sie es ständig vor. Sie selbst treffen aber zahlreiche Fehlentscheidungen, so dass wir zusätzlichen Spuren hinterherjagen müssen. Ich möchte wetten, dass Sie unserer vorgesetzten Dienststelle drüben auch keinen vollständigen Bericht abgeliefert haben. Ist man dort informiert, dass wir eine Leiche suchen? Eine verschwundene? Eine, die man uns, der Polizei, geklaut hat?«

Thönnissen wunderte sich über sich selbst, dass er den Mut gefunden hatte, seinem Groll freien Lauf zu lassen. Er hatte bisher vieles geschluckt. Hundt war nicht nur ein paar Dienstränge über ihm angesiedelt, sondern hatte auch einen besseren Draht zu den leitenden Beamten der vorgesetzten Dienststelle. Außerdem durfte Thönnissen nie vergessen, dass er unter besonderer Beobachtung stand und sich fast als Almosenempfänger fühlen musste, weil man ihm seine Jugendsünde aus den Anfängen seiner Dienstzeit zwar verziehen hatte, sie aber als ständiges Druckmittel gegen ihn einsetzen konnte. In seiner Akte stand vermerkt, dass er bei jedem weiteren Vergehen umgehend aus dem Polizeidienst entfernt werden würde. Und dann? Er hatte keinen anderen Beruf gelernt, würde in seinem Alter auch keine weitere Chance erhalten, schon gar nicht auf dieser Insel. Thönnissen blieb nur eine Möglichkeit: sich notgedrungen Hundts Launen unterzuordnen und nicht allzu offen gegen die Fehler, die der Hauptkommissar beging, zu opponieren. Es war ein Spagat, sich dienstbeflissen zu zeigen, aber auch gegenüber den Mitbewohnern des Eilandes zu bekunden, dass er mit ihnen Solidarität übte.

»Ich würde es vorziehen, meinen Feierabend nicht in Ihrer Gesellschaft verbringen zu müssen«, blaffte Hundt und hielt es nicht einmal für nötig, einen Abschiedsgruß anzufügen.

Wortlos stand Thönnissen auf, trat an den Tresen, zahlte sein Bier und machte sich auf den Heimweg.

Zu Hause ließ er sich in seinem Wohnzimmer nieder, griff seine Reiseunterlagen und blätterte sie durch, obwohl er nahezu jedes Wort auswendig kannte. Zu oft hatte er es gelesen. Bald würde sein Traum von der Insel am anderen Ende der Welt Wirklichkeit werden. Es war eine fixe Idee gewesen. Nicht die Traumstrände von Waikiki oder Bora Bora reizten ihn. Tuvalu. Niemand würde freiwillig so viele Strapazen auf sich nehmen, um an diesen unbedeutenden Ort am Ende der Welt zu reisen. Aber wer kannte schon Thönnissens Heimat? Ein paar mehr Menschen kamen natürlich schon hierher, Urlaubsgäste, die sich, waren sie erst einmal da, vom Zauber der stillen Landschaft einfangen ließen, vom rauen Klima hinterm Deich und von der Liebenswürdigkeit der Bewohner. Thönnissen war sich sicher, dass er, würde er erst einmal sein Traumziel erreicht, einmal im Leben den Fuß auf das ferne Atoll gesetzt haben, ihn das Heimweh nach *seiner* Insel übermannen würde. Nur wer hier aufgewachsen war und hier leben durfte, der verstand so etwas.

Seine Gedanken schweiften zu den Ermittlungen ab. Es wäre gut, wenn sie bald einen Ansatzpunkt finden würden, an dem man den Faden aufrollen konnte, der sie weiter führen würde als bisher. Er holte sich aus dem Kühlschrank eine Flasche Bier und kehrte ins Wohnzimmer zurück. Nachdenklich schaltete er den Fernsehapparat an, ohne zu registrieren, was über die Mattscheibe flimmerte. Immer wieder geisterten Fragen zum Tod des alten Wessels, zum Verschwinden der Leiche, zum mysteriös anmutenden Verschwinden der Goldmünzen, zum verschollenen Urlaubsgast Horst Niehl und zum Brand des Hauses durch seinen Kopf. Irgendwann sank er auf die Sessellehne zurück und schlief ein. Die letzten Tage waren von einem anderen als dem gewohnten Rhythmus bestimmt gewesen, hatten seinen gewohnten Ablauf durcheinandergebracht. Jetzt übermannte ihn die Müdigkeit. Er verfiel in einen traumlosen Schlaf.

Das Geräusch kam von weit her. Thönnissen benötigte eine Weile, bis er es zuordnen konnte. Schlaftrunken erhob er sich aus dem Sessel und wankte, mehr als er ging, zum Telefon. Mit einem müden »Ja« meldete er sich.

»Mensch, Frerk, wo steckst du denn?« Claas' Stimme klang aufgeregt. »Wir waren noch an der Brandstelle für Nachlöscharbeiten. Es hat eine Weile gedauert, bis wir einen Blick ins Haus werfen konnten.«

»Habt ihr die Ursache für den Brand entdeckt?«, unterbrach Thönnissen.

»Das nicht. Viel schlimmer.« Claas war atemlos. »Da liegt einer.«

»Was?« Thönnissen schrie es fast heraus.

»Doch. Mensch, Frerk, ihr müsst kommen. Das ist ein grauenvoller Anblick. Richtig verkohlt. Sieht aus wie ein Kind.«

»Mach kein Scheiß, Claas. Wer sollte ein Kind verbrennen?«

»Rede nicht so viel. Komm her. Und bring den Doktor mit. Und den Pastor. Ich bin für meine Männer verantwortlich. Schließlich machen wir den Job ehrenamtlich. Da lernst du nicht, wie es ist, wenn du eine verkohlte Leiche findest.«

»Gut. Bleib ganz ruhig. Ich organisiere das.« Mit einem Schlag war Thönnissen hellwach. Er wählte Hundts Handynummer; dort sprang sofort die Mailbox an. Die Durchwahl zum Zimmer des Hauptkommissars kannte er nicht. Unter der Rufnummer des Hotels meldete sich ein Anrufbeantworter. Thönnissen versuchte es auf Feddersens Mobiltelefon. Es schien ihm eine Ewigkeit zu dauern, bis sich Liesschens verschlafene Stimme meldete. »Ja? Wer ist da?«

»Frerk. Ich muss unbedingt mit Boy sprechen.«

Zunächst war nur ein lang gezogenes Gähnen zu hören. »Weißt du, wie spät es ist?«

»Liesschen, mach zu. Es ist dringend.«

»Moment.« Dann hörte er durch die Leitung, wie die Frau sagte: »Eh, Boy. Wach auf! Frerk will was von dir.« Es vergingen ein paar Sekunden, bis Liesschens Stimme etwas lauter wurde. »Eh. Hallo. Frerk ist dran. Er sagt, es ist dringend.« Schließlich war ihre Stimme wieder deutlich wahrnehmbar. »Klappt nicht. Der pennt wie ein Bär. Kein Wunder. Nachdem du weg warst, hat er noch mit deinem Kollegen, dem alten Suffkopp, fast eine Flasche Schimmelreiter geleert. Den bekomme ich nicht wach. Das kenn ich. Wenn der einen intus hat, ist nichts zu machen.«

»Liesschen, ich muss unbedingt Hauptkommissar Hundt sprechen. Geh zu ihm und weck ihn.«

»Wie soll ich das machen? Sag mal, bist du jetzt komplett übergeschnappt?«

»Quatsch nicht so viel. Es ist dringend. Ein absoluter Notfall. Los. Mach schon.«

»Ich muss mir erst etwas überziehen. Du glaubst doch nicht im Ernst, dass ich halb nackt durchs Hotel laufe.«

»Das würde eure männlichen Gäste sicher begeistern.«

»Blödmann!« Durch den Hörer vernahm Thönnissen verschiedene Geräusche, die er nicht einordnen konnte, dann hörte er, wie eine Tür geöffnet wurde. Schließlich drangen leise Klopfgeräusche an sein Ohr. Leise hörte er Liesschen sagen: »Hallo, Herr Kommissar. Frerk ist am Apparat. Er sagt, es sei dringend.« Sie versuchte es noch einmal. Bis sie schließlich ins Telefon sagte: »Das hilft nicht. Der hört mich auch nicht.«

»Dann trommel gegen die Tür. Mach ihn wach. Er muss unbedingt kommen.«

Thönnissen hörte, wie die Frau es ein weiteres Mal versuchte, dann Mut fasste und noch lauter wurde. Schließlich meldete sich eine Stimme aus dem Hintergrund, die er nicht verstand.

»Entschuldigung, Herr Marienburg. Das ist ein Notfall. Ich muss den Kommissar wecken.«

Erneut sagte die Stimme etwas.

»Ich kann auch nichts dafür. Glauben Sie, mir macht es Spaß, nachts an Hoteltüren zu klopfen?«

Marienburg schien das nicht zu beeindrucken. Thönnissen verstand die Worte nicht, aber an der Heftigkeit der Antwort war zu erkennen, dass sich der Gast in seiner Nachtruhe gestört fühlte und sich darüber massiv beschwerte.

»Ach, ihr könnt mich alle mal«, sagte Liesschen, entschuldigte sich bei Marienburg und kehrte zu ihren Privaträumen zurück. Unterwegs fluchte sie ins Telefon: »Kümmert euch selbst um euren Mist. Ich handele mir hier Ärger ein. Für nichts und wieder nichts. Mach deinen Scheiß allein.« Dann legte sie auf.

Thönnissen rief beim Pastor an. Er musste nicht lange warten, bis das Gespräch angenommen wurde. Der Polizist schilderte kurz die Situation und trug die Bitte des Wehrführers um seelsorgerische Hilfe vor.

»Selbstverständlich«, sagte der Mann. »Ich mache mich sofort auf den Weg.«

»Soll ich Sie abholen und fahren?«

»Nicht notwendig.«

Thönnissen setzte sich in den Streifenwagen und fuhr zum Arzthaus. Er legte seinen Zeigefinger auf den Klingelknopf und ließ ihn dort eine Weile ruhen. Nach kurzer Zeit erschien Annemieke Johannsen. Sie hatte sich einen Morgenmantel übergeworfen und ein Handtuch um den Kopf gebunden.

»Mensch, bist du verrückt geworden?« Sie sprach leise, als fürchtete sie, die Bewohner der umliegenden Häuser zu wecken.

»Wir brauchen Fiete. Es ist ein Notfall. Schnell.«

»Jetzt? Mitten in der Nacht?«

»Notfälle haben es an sich, unvorhergesehen einzutreten und dabei nicht auf die Uhr zu sehen.«

»Um was geht es denn?«

»Mach zu, Annemieke. Oder bist du der Doktor?«

»Wäre Fiete doch nur Arzt in der Stadt geworden. Da hätte er ein bequemeres Leben gehabt.«

»Aber nicht so viel saufen können.« Thönnissen deutete mit der Hand die Geste des Trinkens an. »Nur sage nicht, Fiete ist nicht einsatzbereit.«

»Bring keine Gerüchte in Umlauf«, schimpfte die Frau des Arztes. »Nur weil er abends ein Glas Rotwein zum Feierabend trinkt.« Sie verschwand ins Hausinnere und kehrte nach fünf Minuten mit Dr. Johannsen im Schlepptau wieder zurück. Beide hatten sich notdürftig angekleidet.

»Du bleibst hier«, bestimmte Thönnissen und zeigte auf die Frau.

Ihr Protest fruchtete nicht. Der Polizist blieb hart.

Auf dem Weg zur Brandstelle berichtete Thönnissen kurz, was er erfahren hatte.

»Seit dieser Festlandspolizist hier ist, geht es drunter und drüber«, fluchte der Arzt. »Der soll sehen, dass er wieder rüber kommt.«

»Zunächst müssen die Fälle geklärt werden«, erwiderte Thönnissen. »Je eher, desto besser.« Er war froh, dass der Arzt keine weiteren Fragen stellte und sich am Ort des Geschehens sofort um die Betreuung der Feuerwehrleute bemühte, unterstützt vom Pastor, der bereits vor ihnen eingetroffen war. Fiete Johannsen, dachte Thönnissen, war sicher ein Mensch mit Kanten und Ösen, hatte seine Schwächen, besonders für alkoholische Getränke, aber mit seiner Erfahrung und seinem Einsatz für die Menschen auf der Insel war er unersetzlich. Ob ein möglicher Nachfolger den Doktor so ersetzen könnte, wie es die Insulaner gewohnt waren, müsste sich noch herausstellen.

Claas erwartete ihn etwas abseits. Der Wehrführer war kreidebleich, auch wenn er sich bemühte, gefasst zu wirken.

»Das ist ein Ding«, sagte er leise. »So etwas haben wir noch nicht erlebt. Hier bei uns. Da liegt ein Kind.« Er führte Thönnissen über den vom Regen und Löschwasser aufgeweichten Boden. Im Vorbeigehen warf der Polizist einen Blick auf die Ruine. Das Mauerwerk war geschwärzt. Dort, wo die Fenster waren, blickten ihnen dunkle Löcher entgegen. Rund um die Fensteröffnungen hatte sich Qualm und Ruß festgesetzt und einen schwarzen Rand gebildet. Um während der Löscharbeiten an die Brandnester heranzukommen, hatten die Feuerwehrleute das Reetdach herunterrutschen lassen. Jetzt lag es zum großen Teil vor dem Mauerwerk und glimmte an einigen Stellen immer noch vor sich hin. Über den Mauern ragten die verkohlten Dachbalken in den Nachthimmel. Es sah gespenstisch aus. Ein beißender Geruch lag in der Luft, vermischt mit dem durchdringenden Gestank verbrannten Holzes.

Claas stieg über die Reste der eingeschlagenen und verkohlten Haustür hinweg und leuchtete mit einer starken Handlampe in den Flur. Von der zum Teil verbrannten Holztreppe und den Dachbalken tropfte das Löschwasser herab. An einigen Stellen hatte sich das Feuer durch die Decke gefressen und gab den Blick in den Nachthimmel frei.

»Vorsicht«, sagte der Wehrführer und umrundete Teile des Mobiliars, das im Weg lag. Im Wohnzimmer blieb er in der Tür stehen und ließ den Strahl der Handlampe durch den Raum wandern. Der Lichtschein erfasste die leere Fensteröffnung, glitt von ihr zum Boden herab, kletterte am Tischbein empor, schwenkte zur Seite, fiel wieder auf den Fußboden und verharrte schließlich bei einem verkohlten, zusammengekrümmten Paket, das die Konturen eines Menschen aufwies.

»Da«, sagte Claas tonlos.

Es war ein grauenvoller Anblick. Wie gebannt betrachtete Thönnissen das, was einmal ein Mensch gewesen war. Überschlägig schätzte er die Größe auf ein Meter fünfzig.

»Das ist kein Kind«, sagte er.

»Sieh doch selbst, wie klein der ist.« Claas leuchtete die Stelle ab. Dabei zuckte der Strahl auf und ab. Es lag daran, dass der Wehrführer zitterte.

»Das war ein Erwachsener.«

»Wie kommst du darauf?«

»Die Menschen schrumpfen bei großer Hitzeeinwirkung. Ich glaube, das liegt daran, dass wir zu einem Großteil aus Wasser bestehen.«

Claas wandte sich ab. »Das sind Bilder, die man sein Leben lang nicht vergisst. Hast du so etwas schon einmal gesehen?«

Thönnissen verneinte.

»Wer mag das sein?«, fragte Claas.

»Darüber möchte ich keine Spekulationen anstellen. Das wird die Rechtsmedizin nachweisen.«

Vorsichtig drängte er den Wehrführer hinaus und sog vor der Tür tief die rauchgeschwängerte Luft ein, die ihm trotz des Geruchs wie eine Ladung reinen Ozons vorkam.

»Wie lange habt ihr hier noch zu tun?«

Claas warf einen Blick zurück auf die Ruine. »Schwer zu sagen.«

»Habt ihr eine Brandwache vor Ort?«

»Möglich.«

»Das wäre gut. Der Kamerad sollte darauf achten, dass niemand die Stätte betritt, bis die Spurensicherung da ist.«

»Wir sind die Feuerwehr«, beklagte sich Claas. »Das ist eure Aufgabe.«

»Stimmt, aber du weißt, dass ich Einzelkämpfer auf der Insel bin.«

»Dann soll man Verstärkung herschicken.«

»Sei froh, dass man uns noch einen Polizeiposten belassen hat. Das Land ist pleite. Die sparen an allen Ecken.«

»Da ist doch noch einer da. Der vom Festland.«

Thönnissen sah sich um, ob jemand lauschte. »Wir sind doch alle froh, wenn der wieder abzieht. Ich möchte ihn ungern hier herumschnüffeln lassen. Wir kommen auch ohne das Festland zurecht. Deshalb lass ihn schlafen. Andererseits will niemand Unrechtes tun. Wir wollen uns nicht dem Vorwurf aussetzen, Gesetzesverstößen Vorschub zu leisten oder Straftaten vereiteln zu wollen. Das hier«, dabei zeigte er mit dem Daumen über die Schulter, »ist vermutlich Brandstiftung. Hinzu kommt, dass wir einen Toten haben. Schlimmer geht es nicht. Da müssen Experten ans Werk. Das kann man von dem, der bei Feddersen wohnt, nicht behaupten. Also?«

»Ist in Ordnung«, grummelte Claas. »Wir passen auf.«

Thönnissen warf noch einen letzten Blick auf die rauchenden Trümmer, bevor er nach Hause fuhr und sich ins Bett legte. Binnen kürzester Zeit übermannte ihn der Schlaf. Die letzten Tage forderten ihren Tribut.

Fünf

Es war nur eine kurze Nacht gewesen. Thönnissen fiel es schwer aufzustehen. Zu gern wäre er der Versuchung erlegen, den versäumten Schlaf der letzten Tage nachzuholen. Warum sollte er sich um die Aufklärung des Falls bemühen? Schließlich lag die Verantwortung bei Hauptkommissar Hundt. Mühsam wälzte er sich aus den Federn und schleppte sich ins Bad. Im Spiegel blickte ihm sein müdes Gesicht entgegen. Um die Augen hatten sich tiefe Ringe eingegraben, die Bartstoppeln warfen Schatten, die Wangen wirkten eingefallen, die Haare hingen wirr in die Stirn. »Mein Gott«, entfuhr es ihm. »Und so willst du den Urlaub antreten?« Er würde den ganzen Flug über schlafen, dabei hatte er sich auch auf diesen Teil der Reise und auf einen wolkenlosen Himmel gefreut, darauf, den halben Erdball unter sich vorbeihuschen zu sehen.

Er drehte die Dusche weit auf und wartete, bis brühheißes Wasser herauslief. Dann sprang er unter den Duschkopf und ließ den Wasserstrahl über Kopf und Körper laufen. Nachdem er sich auch für die anderen Verrichtungen im Bad Zeit gelassen, einen starken Kaffee gebraut und ihn heiß hinuntergestürzt, dazu ein kerniges Vollkornbrot mit kräftigem Käse zu sich genommen hatte, fühlte er sich wieder einigermaßen fit.

Der Regen hatte sich verzogen, die graue durchgehende Wolkendecke war geblieben.

Thönnissen fuhr zunächst zum abgebrannten Haus. Als er sich der trostlosen Ruine näherte, von der nur die Grundmauern und das Dachgebälk übriggeblieben schienen, stieg ein gähnender Feuerwehrmann aus seinem privaten Pkw.

»Wird Zeit, dass du kommst. Was bildet ihr euch bloß ein? Soll ich euren Job machen? Ich habe was anderes zu tun, als hier zu hocken. Verdammte Scheiße! Das ist überhaupt nicht unsere Aufgabe.«

»Moin, Klaus«, begrüßte Thönnissen den Feuerwehrmann, der zu recht ungehalten war.

»Nix, moin. So was mach ich nie wieder. Ich bin doch nicht der Dorfdepp. Meinst du, ich hab nichts anderes zu tun? Du bekommst für den Job ordentliches Geld.«

»Nun beruhige dich, Klaus. Das war eine Ausnahmesituation. Ich bin auch seit Tagen auf den Beinen. Ich mach das schließlich für euch. Es ist nicht gut für die Insel, wenn wir unaufgeklärte Dinge vor uns herschieben.«

»Mann, das sieht man doch. Wessels hat sich selbst umgebracht. Wer ist so bekloppt und erschießt einen alten harmlosen Irren?«

»Und seine Leiche? Wo ist die geblieben?«

»Da will euch jemand auf den Arm nehmen.« Trotz seines Ärgers huschte ein Lächeln über Klaus' Gesicht.

»Das ist kein guter Scherz. Und dies hier?« Thönnissen zeigte auf die Ruine.

»Tja«, sagte Klaus und stieg ins Auto. »Viel Erfolg. Ich muss jetzt. Auf mich wartet Arbeit. Ich bekomme kein Geld vom Staat fürs Rumsitzen.«

»Moment«, protestierte Thönnissen. »Wer soll hier aufpassen?«

»Mir egal. Ich nicht.« Klaus ließ mit Schwung die Tür ins Schloss fallen, startete den Motor und fuhr davon.

»So'n Mist«, fluchte Thönnissen und rief im Hotel an.

»Beamter müsste man sein«, begrüßte ihn der Hotelier. »Rufst du aus dem Bett an?«

»Spare dir deinen Kommentar. Ist dein Gast schon wach?«

»Welcher?«

»Dein Saufkumpan von gestern.«

»Eh. Sei vorsichtig mit deinen Äußerungen.«

»Liesschen hat heute Nacht vergeblich versucht, dich oder Hundt wach zu bekommen. Ihr müsst euch ordentlich einen gegönnt haben.«

»Weißt du was«, fiel ihm Feddersen ins Wort. »Quatsch mich nicht voll. Sag das deinem Boss. Okay?«

»Er ist nicht mein Chef«, protestierte Thönnissen ins Leere, weil Feddersen mit dem Telefonhörer weitergelaufen war.

»Verdammt noch mal, wo stecken Sie«, hörte er Hundt schimpfen. »Was ist das für eine Dienstauffassung? Hier steht alles Kopf, und was machen Sie? Tauchen einfach ab.«

»Moment mal«, erwiderte Thönnissen heftig. »Gestern Abend wurde ich alarmiert, weil Wessels' Haus brannte. Ich habe Sie zu erreichen versucht, aber vergeblich.«

»Dann waren Sie nicht gründlich genug. Wenn Sie es ernsthaft versucht hätten, hätten Sie mich auch informieren können. Darüber wird noch zu sprechen sein. Was haben Sie in der Zwischenzeit veranlasst?«

»Ja – was denn? Dafür sind Sie zuständig. Was ergibt das für ein Bild, wenn ich drüben in Husum anrufe und sage, die Spurensicherung soll antreten. Sie sollen auch die Rechtsmedizin mitbringen, weil im abgebrannten Haus eine Leiche liegt und ich Sie nicht erreichen kann, da Sie betrunken im Bett liegen.« Thönnissen erschrak über sich selbst. Er wusste, dass er sich im Ton vergriffen hatte, aber er wollte sich nicht länger von diesem aufgeblasenen Festlandskriminalisten demütigen lassen.

»Reicht Ihr Blick nur bis zur Kaimauer?«

»Ich habe ein Telefon, mit dem ich für die Suche nach der

Leiche Unterstützung anfordern kann«, erwiderte Thönnissen. »Abgesehen davon gibt es einen weiteren Toten.«

»Was?« Hundt schaffte es, das Fragewort endlos zu dehnen. »Das sagen Sie mir erst jetzt?«

»Sie lassen mir ja keine Möglichkeit, Wesentliches zu berichten.«

»Kommen Sie sofort hierher und holen mich. Dann fahren wir zu Wessels' Haus.«

»Das geht viel einfacher. Sie kommen hierher. Ich bin schon da.«

Für einen Moment war es tot in der Leitung.

»Wie soll ich dort hinkommen?«

»Was haben Sie mir gesagt? Man muss es nur ernsthaft versuchen. Ich kann hier nicht weg. Ich muss den Tatort sichern.«

»Wieso Tatort?«

»Wollen Sie, dass wir zwei Leichen suchen müssen, weil eine weitere verschwunden ist?«

»Warten Sie dort«, sagte Hundt und legte auf.

Thönnissen grinste und besah sich dabei im Innenspiegel des Streifenwagens. »Etwas anderes hatte ich auch nicht vor.« Er bleckte seine Zähne.

Es dauerte eine Viertelstunde, bis er einen Radfahrer bemerkte, der gegen den Wind anstrampelte. Ein paar Minuten später hatte der Hauptkommissar die Brandstätte erreicht. Seine Wangen waren gerötet, die Augen tränten vom Gegenwind. »Sparen Sie sich jeden Kommentar«, sagte Hundt zur Begrüßung. »Die Leute hier sind nicht sehr kooperativ. Ihr Freund Feddersen hat sich geweigert, mich zu fahren.«

»Und das, obwohl Sie gestern gemeinsam mit ihm eine Flasche geleert haben?«

Als Antwort erhielt Thönnissen lediglich einen giftigen Blick. Hundt stiefelte voraus. Thönnissen folgte. Bei Licht wirkte die Ruine noch unheimlicher. Hatte in der Nacht der Strahl der Handlampe nur Ausschnitte erfasst, sah man jetzt das ganze Ausmaß des Brandes. Alles war vom Ruß und Rauch geschwärzt. Das Löschwasser hatte sein Übriges dazu beigetragen. Es roch nach verbranntem Holz. Angesenkte Bilder hingen schief an der Wand, Möbel waren zum Teil zerstört, die Treppe ins Obergeschoss glich einem Torso.

Hundt steuerte ohne Zögern das Wohnzimmer an. Thönnissen wunderte sich über das Orientierungsvermögen des Hauptkommissars. Dafür, dass er Wessels' Haus nur einmal betreten hatte, fand er sich in den Trümmern erstaunlich gut zurecht.

Hundt stutzte kurz im Türrahmen, dann tastete er sich mit Mäuseschritten vorwärts, dabei vorsichtig aud den Boden achtend und seine Füße bedächtig an ausgewählte Stellen setzend.

»Bleiben Sie draußen«, befahl er Thönnissen. »Nicht, dass Sie auch hier Spuren verwischen.«

»Da waren schon ein paar Leute im Raum.«

»Wollen Sie mir sagen, dass hier wieder die halbe Insel durchgetrampelt ist? Haben Sie wieder eine Hammelherde bestellt, um möglichst die letzten verwertbaren Hinweise zerstören zu lassen?«

»Die Hammelherde nennt sich hier Feuerwehr. Die müssen beim Löschen das Schild an der Tür übersehen haben: ›Vorsicht! Leiche im Haus. Nicht betreten. Komme selbst, wenn ich wieder nüchtern bin.‹«

Hundt vergaß alle Vorsicht, als er sich ruckartig umdrehte und Thönnissen böse anfunkelte. »Sie nehmen sich entschieden zu viel heraus.«

»Bin ich abgelöst?«, fragte Thönnissen und versuchte, eine Spur Triumph in seine Stimme zu legen. »Vielleicht ist es besser, wenn die weiteren Ermittlungen nur von Festlandsexperten ausgeführt werden.«

Hundt öffnete den Mund und holte tief Luft für eine heftige Erwiderung, verzichtete dann aber auf eine Replik. Thönnissen zollte dem Hauptkommissar im Stillen Anerkennung, dass er trotz des schlimmen Anblicks der verkohlten Leiche nicht zauderte oder Erschrecken zeigte. Richtig. Er war Sachbearbeiter für Todesfallermittlungen und hatte schon viele Leichen begutachtet. Obwohl er kein Mediziner war, hatte er einen geschulten Blick dafür, ob eine natürliche Todesursache vorlag.

»Ziemlich klein«, warf Thönnissen ein.

»Das Opfer war normal groß.« Es klang belehrend, während sich Hundt über den Toten beugte und ihn aufmerksam betrachtete. »Ein Erwachsener. Vermutlich kein Jugendlicher.«

»Sind Sie Hellseher?«

»Ich kann logisch denken. Hier ist Zahngold zu erkennen.«

»Hätte ich heute Nacht danach suchen sollen?«

»Zum Glück sind Sie nicht auf die Idee gekommen«, stellte Hundt fest. »Mehr kann ich nicht erkennen, ohne die Spurenlage zu zerstören.« Er reckte sich und ließ seinen Blick durch den Raum oder das, was davon übriggeblieben war, schweifen. »Sehen Sie das?«, fragte er nach einer Weile.

»Was meinen Sie?«

»Dort. Die blanken Drähte.«

Thönnissen sah in die angezeigte Richtung. Jetzt erkannte er auch zwei nebeneinanderliegende Drähte, die an einigen Stellen hervorlugten und kupferfarben schimmerten. »Das sieht aus wie eine Stromleitung.«

»Das ist vermutlich ein Kabel, das zu einer Steckdose führte. Das andere Ende ist …« Hundt unterbrach seine Ausführungen und versuchte, der Spur zu folgen. Dabei nahm er seinen Finger zu Hilfe. »Dort«, sagte er und zeigte auf den Tisch. »Das sieht aus wie ein kleiner Motor.« Er legte den Zeigefinger gegen die Lippen. »Was mag das gewesen sein? Daneben, dieser Klumpen. Mit ein wenig Fantasie könnte man vermuten, dass das ein Kunststoffbehälter war. Aber der Motor? Was hat der für einen Zweck erfüllt?«

»Wollen Sie sich das aus der Nähe ansehen?«, fragte Thönnissen, der immer noch in der Tür stand.

»Dafür gibt es Experten.« Vorsichtig tastete sich der Hauptkommissar zur Tür zurück. »Kommen Sie.« Er schob Thönnissen aus dem Haus heraus. Dann rief er seine Dienststelle an, schilderte den Fall und forderte Unterstützung durch die Spurensicherung und die Rechtsmedizin an. Anschließend musterte er Thönnissen: »Wer ist der Tote? Denken Sie das Gleiche wie ich?«

»Möglicherweise«, stimmte der Inselpolizist zu. »Wessels. Die Täter haben ihn zurück in sein Haus gebracht und es anschließend angezündet.«

»Na – endlich. Das war das erste Mal, dass ich etwas Logisches aus Ihrem Mund gehört habe.« Es klang nicht wie ein Lob.

»Das würde erklären, warum das Opfer nicht geflüchtet ist bei Ausbruch des Feuers.«

Hundt schüttelte den Kopf, als würde er das eben angedeutete Lob wieder zurücknehmen.

»Falsch. Es kann zum Beispiel auch Niehl sein, von dem bis jetzt jede Spur fehlt. Wenn Sie das Opfer fesseln, kann es nicht fliehen und stirbt einen entsetzlichen Tod.«

»Ich kann mir nicht vorstellen, dass es Menschen mit einer solch sadistischen Veranlagung bei uns gibt«, sagte Thönnissen.

»Sie müssen noch viel lernen, Obermeister. Glauben Sie wirklich, auf diesem Eiland ist die Glückseligkeit zu Hause?«

»Davon bin ich überzeugt. Ich würde beschwören, dass kein Insulaner dazu fähig wäre.«

Hundt gab ein kehliges Lachen von sich. »Das könnte ein Meineid werden. Lassen Sie es lieber. Noch ein Dienstvergehen vom Kaliber Ihres ersten, und Sie werden umsatteln und am Fähranleger Fischbrötchen und Ansichtskarten verkaufen müssen.«

»Von mir aus«, knurrte Thönnissen so, dass der Hauptkommissar es nicht verstand, »aber erst nach meiner Rückkehr von Tuvalu.« Laut sagte er: »Soll ich hier warten, bis die Verstärkung vom Festland eingetroffen ist?«

»Wann kommt die nächste Fähre?«

Thönnissen sah auf die Uhr. »In vier Stunden.«

Der Hauptkommissar schüttelte den Kopf. »Wir würden kostbare Zeit verlieren. Der erste Angriff ist immer der wichtigste. Lassen Sie uns losfahren.«

Scherzkeks, dachte Thönnissen. Den hast du vertan, während du mit dickem Kopf deinen Rausch ausgeschlafen hast.

»Wer ist Jan Barkendieck?«, wollte Hundt wissen, als sie im Auto waren. »Die Lehrerin meinte doch, er könne uns Informationen über Wessels geben.«

»Jan gilt als Sonderling. Er ist harmlos, hat niemandem etwas zuleide getan, findet aber keinen Kontakt zur übrigen Bevölkerung. Dabei stammt er von der Insel.«

»Ist er … Alkoholiker?«

»Nein. Jan ist nicht auffällig. Er lebt sehr zurückgezogen, man meint, er wäre ein wenig schmuddelig. Das drückt sich in der ungepflegten Kleidung und Erscheinung aus. Unrasiert, nicht geduscht, Trauerränder unter den Fingernägeln, schief gelaufene Hacken.«

»Deshalb wird er von den anderen gemieden?«

»Beide Seiten scheinen eine stille Übereinkunft geschlossen

zu haben, einander nicht zu begegnen.« Thönnissen ließ den Streifenwagen vor einem heruntergekommenen Haus ausrollen, auf dessen Dach sich Moos festgesetzt hatte. Die Regenrinnen waren verbeult und hingen an einigen Stellen herab, Ziegel waren abgesplittert und die Fensterrahmen ohne Farbe. Der Grauschleier der ungewaschenen Gardinen schimmerte durch die fast blinden Fenster.

Thönnissen pochte gegen die morsche Eingangstür und öffnete sie. Das Quietschen der Pforte in den Angeln hätte zur Alarmierung des Hausbewohners durchaus gereicht. »Jan!«, rief er dennoch laut. Nichts rührte sich. »Jan«, wiederholte Thönnissen, klopfte gegen eine grau gestrichene Tür und drückte die Klinke hinab. Eine Wolke muffiger Luft schwappte ihnen entgegen. Thönnissen stöhnte und sah, dass Hundt die Nase kraus zog. Es war ein übler Gestank.

Barkendieck schien das Zimmer als Multifunktionsraum zu nutzen. Ein alter Tisch mit zwei Stühlen davor war mit einer fleckigen Decke belegt, auf der ein überquellender Aschenbecher stand. Eine zerknitterte Zigarettenpackung und ein verbeultes Feuerzeug verrieten den Raucher. Die Kaffeetasse wies Spuren mehrmaligen Gebrauchs auf, ohne dass sie zwischendurch abgewaschen worden wäre. Auf dem Teller wellte sich eine trocken gewordene Scheibe Brot, die dort ebenso achtlos liegen gelassen war wie der offene Topf mit Margarine oder die angebrochene Packung Leberwurst, deren offene Seite angelaufen war. Die Möbel sahen aus wie vom Sperrmüll und passten nicht zueinander. Am weiß lackierten Küchenschrank, der den Platz eines Wohnzimmermöbels einnahm, stand eine Tür offen. Auf einem mächtigen Fernseher lief eine Sendung, deren Zielpublikum eher Hausfrauen waren.

Barkendieck lugte unter einer fleckigen Steppdecke hervor.

Auf einen Bettbezug hatte er verzichtet. Seine Lagerstatt war ein zerschlissenes Sofa.

Der alte Mann war unrasiert. Die ungewaschenen Haare hingen ihm wirr in die Stirn. Er hatte den Mund leicht geöffnet und zeigte dabei sein lückenhaftes Gebiss.

»Warum antwortest du nicht?«, fragte Thönnissen in einem vorwurfsvollen Ton.

»Muss ich?«

»Wir haben ein paar Fragen an dich.« Er unterließ es, den Hauptkommissar vorzustellen.

»Will nicht.«

»Danach wirst du nicht gefragt. Es geht um deinen Kumpel Wessels.«

»Der ist hin.«

»Deshalb sind wir hier. Ihr wart ziemlich dick miteinander?« Thönnissen verknotete Zeige- und Mittelfinger der rechten Hand.

»Geht das jemand was an? Wessels ist tot.«

»Eben. Deshalb untersuchen wir den Fall.«

»Macht ihn nicht wieder lebendig.«

Barkendieck hatte sich beim Eintreten der Polizisten ein wenig aufgerichtet. Jetzt ließ er wieder den Kopf in das Kissen sinken.

»Wir wollen herausfinden, wie Wessels gestorben ist.«

Die Hand des alten Mannes tauchte unter der Bettdecke auf. Er formte sie zu einer Pistole und hielt sie an seine Schläfe. »Bumm.«

»Hast du ihn erschossen?«

Barkendieck ließ ein kehliges Lachen hören. »Ich? Warum denn?«

»Vielleicht habt ihr Streit miteinander gehabt.«

»Ausgerechnet mit Hinrich? Hinrich war ein guter Mensch.

Das war einer der wenigen, mit denen man sprechen konnte. Die anderen sind doch alle abgehoben. Der hat zugehört. Und geholfen, wenn er sah, dass Hilfe nötig war. Schade, dass er tot ist.«

»Wenn Wessels so gutherzig war, warum hat er sich erschossen?«, fragte Thönnissen.

»Du spinnst doch.« Barkendieck zog die Decke bis ans Kinn, als wäre ihm kalt. »Nie im Leben hat Hinrich Selbstmord begangen. Der hatte doch große Pläne. Er wollte weg von hier. Runter von der Insel.«

»Erzähl keinen Blödsinn«, versuchte Thönnissen den Alten zu bremsen. »Wo hätte Wessels hingewollt?«

»Rüber. Aufs Festland. Er wollte es noch einmal guthaben auf seine alten Tage, sich in einem Altersheim pflegen lassen. ›Seniorenresidenz‹ heißt das ja wohl heutzutage. Davon hat er oft gesprochen.«

»Er hat Pläne geschmiedet? Wohin wollte er?«

»Das hat er nicht verraten.«

»Wovon hätte er das bezahlen sollen? Wir wissen, dass Wessels von einer schmalen Rente gelebt hat.«

Barkendieck lachte laut auf. »Der hat euch alle an der Nase herumgeführt. Wessels hatte es faustdick hinter den Ohren. Von wegen kein Geld.«

Die beiden Beamten wechselten einen raschen Blick, während Barkendieck in sich hineinkicherte.

»Hat er mit Ihnen darüber gesprochen?«, mischte sich Hundt ein.

Der alte Mann zog ein Augenlid herab. »So blöd war Hinrich nicht, dass er groß darüber gequatscht hat. Manche haben es geahnt. Schließlich hat er sich nichts gegönnt. Aber ein paar wussten schon davon. Der Doktor, vielleicht auch Ipsen.«

»Der Spediteur?«

»Mit dem hat Wessels oft zu tun gehabt. Ich würde auch Nissen fragen. Der ist wie ein altes Waschweib und steckt überall seine Nase hinein. Man munkelt, dass der überall herumschnüffelt. Für ein Bier verkauft der seine Informationen an Feddersen.«

»Was soll der damit anfangen?«

»Na ja. Als Bürgermeister ist es wichtig, mehr zu wissen als andere. Das kann manchmal hilfreich sein.«

»Wissen Sie etwas von Goldmünzen?«

Wieder erklang das kehlige Lachen. »Ich und Gold?« Er öffnete den Mund und zeigte sein Gebiss mit dunkelbraunen Zahnstümpfen und Zahnlücken. »Ich habe nicht mal Gold im Mund.«

»Ich meine, dass Wessels irgendwo im Haus Geld oder Gold aufbewahrt hat«, präzisierte Hundt.

»Unterm Kopfkissen? Einem losen Dielenbrett? Im Tresor?« Barkendieck begann offensichtlich Gefallen am Gespräch zu finden. Er ließ seiner Fantasie freien Lauf. »Ihr müsst den Garten umgraben. Vielleicht hat er da seinen Schatz verbuddelt.«

Thönnissen wollte antworten, wurde aber vom Hauptkommissar zurückgehalten.

»Eine Schatztruhe?«

Der Alte lächelte verschmitzt. »Das ist doch keine Kindergeschichte. Wenn Wessels etwas aufbewahrt hat, dann bestimmt im Haus. In einer Kiste im Schrank.«

»Eine Zigarrenkiste?« In der Frage des Hauptkommissars lag etwas Lauerndes.

Barkendieck blinzelte ihn an. »Wessels hat keine Zigarren geraucht. Vielleicht war es auch ein Karton.«

»Kannten Sie den?«

»Ich? Woher denn? Wessels war ein anständiger Kerl. Wir haben gelegentlich miteinander gesprochen. Manchmal auch gesoffen. Aber über Intimes haben wir nicht gequatscht.«

»Intimes?«, horchte Hundt auf. »War da was mit Frauen?«

Der alte Mann schüttelte sich aus vor Lachen, das in ein zunächst lautes, dann röchelndes Husten überging. »Mit Frauen? Da wissen weder Wessels noch ich, was das ist. Mit Intimes meine ich Persönliches. So ganz Privates. Geld und Krankheit, wenn Sie verstehen, was ich meine.«

»War Wessels krank?«

Plötzlich wurde Barkendieck ernst. »Irgendein Zipperlein haben wir Alten doch alle. Wessels hat zwar immer behauptet, es würde ihm blendend gehen, aber ich habe einen Blick dafür. Auch wenn Sie es nicht glauben. Früher habe ich es einer Gans oder einem Huhn angesehen, wenn es hin war. Da war auch was mit Wessels, auch wenn er es immer geleugnet hat. Nee – nee. Wenn Sie mich fragen, so glaube ich, dass Wessels auch deshalb von hier weg wollte, weil er drüben besser versorgt worden wäre.«

Mehr war vom alten Barkendieck nicht zu erfahren.

»Ich will jetzt weiterschlafen«, sagte er und drehte sich mit dem Gesicht zur Wand. »Macht die Tür hinter euch zu.«

Vor dem Haus empfing sie ein zögerlicher Sonnenstrahl, der irgendwie den Weg durch die Wolkendecke gefunden hatte. Hundt verharrte einen Moment, schloss die Augen und hielt sein Antlitz der Sonne entgegen. Er behielt diese Haltung bei, als er sagte: »Ein merkwürdiger Knabe.«

»Das schon, aber es klang nicht unglaubwürdig.«

»Wissen Sie, was das für uns bedeutet?«

Thönnissen nickte. »Ja. Es gibt weitere Verdächtige. Und bei anderen ist der vage vorhandene Verdacht wieder verstärkt worden.«

»Feddersen. Ipsen. Und was ist mit diesem Nissen, dem Bruder Neugier?«

»Und der Arzt?«

Hundt schien das kurze Sonnenbad genossen zu haben. Er öffnete wieder die Augen. »Und einer von denen hat unter Umständen die Leiche gestohlen.«

Während ihn der Hauptkommissar fragend ansah, wählte Thönnissen die Rufnummer des Hotels an und fragte, ob Horst Niehl wieder aufgetaucht war.

»Nein. Keine Spur«, berichtete er Hundt, nachdem er aufgelegt hatte.

Der Hauptkommissar wies ihn an, noch einmal zum Arzt zu fahren.

Annemieke Johannsen beschied ihnen, im Wartezimmer Platz zu nehmen, da ihr Mann gerade eine Untersuchung vornahm, bei der er nicht gestört werden durfte.

»Hoffentlich ist es keine Magenbittertherapie«, brummte Hundt und unterließ es, die Arztfrau aufzuklären, dass sie den Arzt beim letzten Besuch dabei überrascht hatten, wie er mit einem Patienten mit einer Miniflasche Magenbitter anstieß.

Die beiden Beamten schwiegen, während sie neugierig von anderen Wartenden beäugt wurden. Es war auffällig, dass jedes Gespräch erstorben war, als sie das Wartezimmer betreten hatten. Selbst das Tuscheln unterblieb. Eine ältere Frau hatte die Zeitschrift zur Seite gelegt und musterte die Polizisten.

»Ist was nicht in Ordnung, Lotte?«, fragte Thönnissen.

»Das würde ich gerade dir erzählen«, antwortete die Frau. »Man kann sich nicht sicher sein, ob ihr daraus was macht.«

»Wenn ihr alle«, dabei schwenkte Thönnissen seinen Arm im Halbkreis, »ein wenig kooperativer wärt, wäre das für die Aufklärung hilfreich. Stimmt euch das nicht nachdenklich, dass jemand aus euren Reihen tot aufgefunden wurde? Ist das nicht in eurem Interesse, den Grund zu erfahren? Wäre es nicht gut, zu wissen, dass es ein Unfall war? Oder Selbstmord? Solange daran Zweifel bestehen, bleibt eine Spur Ungewissheit, ob jemand unter euch ist, der zum Mörder geworden ist.«

»So ein Quatsch«, ergriff ein bärtiger Mann mit zerfurchtem Gesicht das Wort. »Wem willst du Angst machen? Hier gibt es doch niemanden, der andere erschießt. Seid doch ehrlich, ihr wollt doch nur die Bürger bespitzeln. Eine ganz raffinierte Methode ist das.«

»Nun mach aber mal halblang«, protestierte ein anderer Mann. »Du leidest ja unter Verfolgungswahn. Du glaubst doch nicht im Ernst, dass die Polizei Fragen stellt, weil Wessels Selbstmord begangen hat. Wenn das alles so klar wäre, würden wir davon gehört haben. Bei uns wird nicht in den Häusern herumspioniert. Nun lass die beiden ihre Arbeit machen. Also«, dabei sah er nacheinander die beiden Beamten an, »wenn ihr was wissen wollt ... Mich könnt ihr jederzeit befragen. Das ist Bürgerpflicht.«

»Im Prinzip stimmt das«, pflichtete ihm eine Frau bei. »Aber ...«

Die beiden Beamten wurden von Annemieke ins Sprechzimmer gebeten, und konnten demnach der sich entfachenden Diskussion der Patienten nicht weiter beiwohnen.

Dr. Johannsen saß hinter seinem Schreibtisch. Er hatte seinen Arztkittel korrekt bis oben zugeknöpft, um seinen Hals baumelte das obligatorische Stethoskop, in der Brusttasche steckte die Optik, das Gerät zum Betrachten des Gehörgangs. Es sah aus, als hätte sich der Arzt für ein Fotoshooting unter dem Titel »Der Landarzt« zurechtgemacht.

»Im Allgemeinen verstehe ich unter ›Sprechstunde‹ etwas anderes.« Es klang unwirsch. »Meine Zeit sollte den Patienten gehören. Oder übernehmt ihr jetzt meine Arbeit?«

»Würde ich schon machen«, entgegnete Thönnissen. »Stundenweise arbeiten, das auch nur gelegentlich einmal … Das könnte mir gefallen.«

Der Arzt unterdrückte eine Erwiderung. Er wusste, dass diese Bemerkung nicht ernst gemeint war.

»Fiete«, fuhr Thönnissen fort und war erstaunt, dass Dr. Johannsen nicht gegen diese Anrede protestierte. »Wir kommen noch einmal wegen Wessels.«

»Die Leiche ist immer noch nicht bei mir abgegeben worden.«

»Dürfen wir uns setzen?«, fragte Thönnissen und zeigte auf die beiden Stühle vor dem Schreibtisch.

»Ungern.«

Die beiden Beamten nahmen dennoch Platz.

»Hatte Hinrich Wessels Kronen aus Gold?«, fragte Hundt.

»Bin ich Dentist?«

»Sie sind Arzt. Das müssten Sie doch wissen«, sagte Hundt.

»Der Veterinär schaut seinen Patienten ins Maul. Fragen Sie den.«

»Alle Leute sagen, Sie wären ein ausgesprochen gründlicher Mediziner. Daher nehme ich an, dass Sie wissen, ob Hinrich Wessels Kronen aus Gold im Mund hatte.«

»Wir haben keinen Zahnarzt auf der Insel. Wer auf diesem Gebiet Hilfe benötigt, muss aufs Festland.«

»Das habe ich schon verstanden. Trotzdem. Hatte Wessels Kronen?«

»Meinen Sie, er hätte seinen Braten mit einer Holzprothese zerkleinert?«

»Warum sagen Sie es nicht gleich.«

Dr. Johannsen stöhnte auf. »Ihre Art geht mir langsam auf den Sack.«

»Es wäre hilfreich, wenn Sie präzise antworten würden.«

»Die meisten Menschen in dem Alter haben bereits prothetische Maßnahmen über sich ergehen lassen müssen.«

»Also trifft es zu.«

Dr. Johannsen drehte sich ein wenig zur Seite, dass er im Profil zu sehen war.

»Ich sehe den Sinn Ihrer Frage nicht.«

»Wir benötigen ein paar Informationen, die uns eine Identifikation erleichtern würden.«

Plötzlich zeigte sich der Arzt interessiert. »Haben Sie Wessels gefunden? Auch einem Toten gebührt die nötige Achtung.«

»Vielleicht«, wich der Hauptkommissar aus. »Dazu brauchen wir aber verlässliche Angaben.«

»Wessels hatte Goldkronen«, bestätigte Dr. Johannsen nach einigem Zögern.

Hundt warf Thönnissen einen Seitenblick zu. Der verstand, worauf der Hauptkommissar hinauswollte.

»Wir haben inzwischen herausgefunden, dass Hinrich Wessels gar nicht so minderbemittelt war, wie er es vorgespielt hat.«

»Woher wollt ihr das wissen?« Der Arzt hatte die Stirn gerunzelt. Er sah Thönnissen an.

»Darüber können wir nicht reden«, erwiderte der anstelle des Hauptkommissars. »Aus deiner Reaktion erkenne ich aber, dass du informiert warst. Nun zieh dich nicht auf die Position zurück, es gäbe die ärztliche Schweigepflicht. Niemand will dir etwas entlocken, das dich in Gewissensnöte bringt. Alles, was wir wissen möchten, erfahren wir auch auf andere Weise. Nur dauert es länger. Du hast auch gegenüber den anderen Insulanern eine Verpflichtung. Und wenn du Informationen zurückhältst, dauern unsere Ermittlungen länger, vielleicht werden Leute verdächtigt, die unschuldig sind.«

Dr. Johannsen dachte ganz offenbar angestrengt nach.

»Gut. Ich nehme an, ihr habt seine Goldmünzen gefunden, die er sich im Laufe vieler Jahre mühsam erarbeitet hat.«

»Das klingt gut«, schmunzelte Thönnissen. »Das war illegal. Schließlich ist Schwarzbrennerei kein Kavaliersdelikt.«

»Ich bin Arzt, nicht Richter. Wessels hat sich mir anvertraut, aber nur insoweit, als dass er davon sprach, ein paar Goldmünzen im Haus zu haben. Woher er sie hatte …? Keine Ahnung.« Johannsen zuckte mit den Schultern. Dann faltete er die Hände und legte sie auf die Schreibtischkante. Nachdenklich besah er seine Finger. »Ich wage mich jetzt sehr weit vor, wenn ich erzähle, dass Wessels krank war.«

»Ach. Was hatte er denn? Auf mich machte er einen ausgesprochen vitalen Eindruck. Gut. Er war nicht mehr der Jüngste, aber bei jedem Wetter unterwegs. Ich habe kein Anzeichen eines Gebrechens wahrgenommen«, wunderte Thönnissen sich.

»Es gibt Krankheiten, Frerk, die sieht man nicht.«

Thönnissen gab keine Ruhe. »Ein wenig mehr könntest du andeuten. Alzheimer? Die Sache mit dem Zittern … Ich komm da nicht drauf.«

»Parkinson«, half Hundt aus.

»Genau.« Thönnissen wies mit dem Zeigefinger auf den Arzt. »War es so etwas?«

Dr. Johannsen hob die Hände wie zu einer Abwehrbewegung. »Mehr kann ich nicht sagen.«

»Hm«, überlegte Thönnissen laut. »Wenn er so krank war, könnte es doch sein, dass er sich deshalb erschossen hat. Dann war es doch Selbstmord. Gib uns einen kleinen Tipp. Du siehst, wir spielen bei unseren Überlegungen auch mit offenen Karten.«

»Ich habe mehr gesagt, als ich verantworten kann.« Der Arzt sah demonstrativ auf seine Armbanduhr. »Jetzt muss ich mich wieder den Lebenden zuwenden. Sonst leisten die Wessels noch Gesellschaft. Und wenn deren Leichen auch noch geklaut werden ... Dann habe ich wirklich etwas zu tun.«

»Es gibt Dinge, die ich nicht in die Kategorie Humor einstufen würde«, brummte Thönnissen beim Verlassen des Ordinationszimmers.

Vor der Tür blieb Hundt stehen. »Ein merkwürdiger Kauz, der Doktor«, sagte er. »Statt Fragen zu klären, sind neue aufgetaucht.«

»Dafür haben wir in einem anderen Punkt eine fast traurige Bestätigung erhalten.«

»So weit würde ich nicht gehen«, widersprach der Hauptkommissar. »Nur weil der Tote in der Brandruine Goldkronen hat, muss es nicht Wessels sein.«

Thönnissen kratzte sich den Hinterkopf und zog die Stirn kraus. »Es klingt vielleicht makaber, aber wenn der Verbrannte Wessels ist, hat sich eines unserer Probleme gelöst. Wir müssen keine Leiche mehr suchen.«

»Irrtum«, korrigierte Hundt. »Wir haben zwar die Leiche, aber nicht den Dieb. Das Stören der Totenruhe ist auch eine Straftat. Da können wir nicht drüber hinwegsehen.«

Der Hauptkommissar hatte recht. Doch die Ermittlungen waren in diesem Fall nicht so brisant wie das Hinterherspüren hinter einer verschwundenen Leiche.

»An welcher Krankheit mochte Wessels gelitten haben?«, überlegte Thönnissen laut. »Vielleicht gibt die Untersuchung der Rechtsmedizin hierüber Aufschluss.«

»Das ist abhängig vom Zustand der Leiche. Nach dem Brand ...«, gab Hundt zu bedenken.

»Da kennen Sie sich besser aus«, stimmte Thönnissen zu. »Schließlich ist der Umgang mit Toten Ihre Profession.

Barkendieck hat erzählt, dass Wessels sich nach einer Pflegestelle auf dem Festland umgesehen hat. Ich hätte es nie für möglich gehalten, dass er jemals freiwillig *seine* Insel verlässt. Dann muss es schlimm um ihn bestellt gewesen sein.«

»Wenn es wahr ist, was der Doktor erzählt hat.« Hundt sah einen Moment in die Ferne. »Wie sicher ist Dr. Johannsen in seinen Diagnosen? Schließlich ist sein Erfahrungsspektrum das eines Landarztes.«

»Sie sollten nicht so schlecht über unseren Doktor reden«, protestierte Thönnissen. »Im Unterschied zu den Großstadtärzten ist er hier ganz allein auf sich gestellt.«

»Ist schon gut. Aber niemand ist unfehlbar. In diesem Fall erscheint mir nichts unmöglich, auch nicht die abwegigste Theorie. Was ist, wenn der Doktor die Krankheit zu spät bemerkt hat? Wenn er Wessels von seinem Leiden erlösen wollte? Durch den Leichenraub und das anschließende Feuer Spuren verwischen? Die Goldmünzen wären ein kleiner angenehmer Nebeneffekt.«

»Das ist absurd«, empörte sich Thönnissen. »So eine hanebüchene Geschichte habe ich noch nie gehört.«

Der Hauptkommissar gebot ihm mit der Hand Einhalt. »Woher hat Tore Ipsen die Goldmünze? Die Geschichte, dass Wessels ihn damit für seine Fuhrdienste entlohnt hat, klingt jedenfalls unglaubwürdig. Was ist, wenn Dr. Johannsen Hilfe benötigte beim Beiseiteschaffen von Wessels. Was ist naheliegender, als den örtlichen Spediteur einzuschalten?«

»Was heißt denn jetzt ›Beiseiteschaffen von Wessels‹? Meinen Sie den Leichnam oder die Beförderung von den Lebenden ins Reich der Toten?«

»Sowohl als auch.«

»Noch wissen wir nicht, ob der Tote in der Ruine überhaupt Wessels ist. Vergessen Sie nicht, dass wir noch nach einer anderen Person Ausschau halten. Niehl, der Hotelgast, ist auch noch nicht wieder aufgetaucht.«

»Es ist zum Mäusemelken«, fluchte Hundt. »Wann kommt eigentlich die Fähre?«

Thönnissen sah auf die Uhr. »Herrje. Die ist vor einer halben Stunde eingetroffen.«

Sie sprangen in den Streifenwagen und rasten zum Fähranleger. Der lag verlassen da. An die Flutmauer waren ein paar Fahrräder von Inselbewohnern gelehnt, die auf dem Festland arbeiteten und mit den Zweirädern die Distanz zwischen Fähre und Wohnung zurücklegten. Ein halbes Dutzend Pkws wartete ebenfalls auf ihre Fahrer.

»Die sind schon am Schadensort«, sagte Hundt. »Los, jetzt aber fix.«

Tatsächlich trafen sie auf eine Handvoll Männer, die dort tätig waren. Die Mehrheit war in weiße Ganzkörperschutzanzüge gekleidet.

Der Golf war noch nicht ausgerollt, als Hundt heraussprang und losstürmte. Weit vor der Ruine stellte sich ihm ein bulliger Zivilist in den Weg.

»Wohin?«, sagte er unfreundlich.

»Dorthin.« Hundt zeigte auf das Haus.

»Wer sind Sie überhaupt?«

»Hauptkommissar Hundt. Ich bin der zuständige Sachbearbeiter für Todesfallermittlungen.«

»Gibt Ihnen das das Recht, hier zu stören?«

»Ich leite die Ermittlungen. Und wer sind Sie?«

»Hauptkommissar Ahlbeck. Leiter der Spurensicherung.« Er musterte Hundt abschätzig. »Sehr professionell sieht das nicht aus. Ich habe noch nie erlebt, dass ein Schadensort, zumal mit einem Opfer, unbewacht zurückgelassen wird. Warum haben Sie keinen Ihrer Leute dort postiert?«

»Welche Leute?«

»Es wird hier doch eine Polizeistation geben.«

»*Ich* bin die Polizei«, sagte Thönnissen, der hinzugetreten war.

»Kripo?«, fragte Ahlbeck ungläubig. »Die gibt es hier?«

»Schutzpolizei.«

Der Leiter der Spurensicherung wiederholte das Wort. »Wo ist Ihre Uniform?«

Thönnissen ersparte sich eine Erklärung. Er war froh, dass Hundt sich einmischte, weil er seine Kompetenzen davonschwimmen sah.

»Gibt es erste Erkenntnisse?«

Ahlbeck nickte und zeigte mit dem Daumen über die Schulter. »Ja. Wir sind schon ein ganzes Stück vorangekommen. Da ist ein Haus abgebrannt. Drinnen liegt ein Toter.«

»Wollen Sie mich veräppeln?«, fluchte Hundt.

Der Spurensicherer nickte. »Das ist die Retourkutsche. Ich komme mir blöd vor, dass ich mich nach dem Verlassen der Fähre durchfragen musste, wo das niedergebrannte Haus ist. Hier scheint alles drunter und drüber zu gehen.«

Thönnissen schien es, dass Hundt froh war, als ein kleiner schmächtiger Mann aus der Ruine herauskam und Ahlbeck ansteuerte. Er warf einen kritischen Blick auf Hundt und Thönnissen.

»Das ist die Ortspolizei«, stellte Ahlbeck vor.

Ein erstaunter Ausdruck huschte über das Gesicht des Mannes.

»Eine scheinbar komplizierte Geschichte, die ich auch nicht verstanden habe.« Aus Ahlbecks Stimme troff der Hohn. »Was gibt es, Herr Doktor?«

»Der Tote hat keine Schmerzen erleiden müssen.«

»Wie kommen Sie darauf?«, fragte Hundt.

Der Rechtsmediziner sah den Hauptkommissar kurz von der Seite an, richtete seine Antwort aber an Ahlbeck. »Weil Leichen kein Schmerzempfinden haben, wenn sie verbrennen. Sonst gäbe es keine Feuerbestattungen.«

»Geht es ein wenig genauer?«, wollte Hundt wissen.

Der Rechtsmediziner straffte sich und drückte das Kreuz durch. »Klar doch. Der Mann war siebenunddreißig Jahre und vier Monate alt, dunkelhaarig, ist mit sechzehn am Blinddarm operiert worden und hat als letzte Mahlzeit Krabbenrührei zu sich genommen. Zufrieden?«

Thönnissen stellte mit Genugtuung fest, dass Hundt die Zornesröte ins Gesicht stieg.

»Viel ist nicht mehr zu erkennen«, erklärte der Rechtsmediziner. »Dafür ist aber das Einschussloch im Schädel unübersehbar. Das hat den halben Schädel weggerissen. Das Geschoss muss noch im Kopf sein. Ich habe keine Ausschussöffnung feststellen könne. Zumindest nicht bei der ersten oberflächlichen Untersuchung. Mehr kann ich erst nach der Obduktion sagen. Das gilt auch für das Kaliber.«

Thönnissen räusperte sich. »Das ist eine Jagdflinte.«

»Hellseher?«, fragte der Arzt.

»Ich glaube, den Toten zu kennen. Und seine Waffe.«

»Donnerwetter«, spottete der Mediziner. »Ich kann aus dem Aschehaufen da drinnen nicht viel herauslesen.«

»Dazu gibt es eine Vorgeschichte …«, begann Thönnissen, wurde aber rüde von Hundt unterbrochen.

»Das ist für die Erhebung des Sachstandes unerheblich, Obermeister.« Mit der Nennung der Dienstbezeichnung hatte der Hauptkommissar gegenüber Ahlbeck und dem Rechtsmediziner auch gleich geklärt, wer das Wort führte.

Hundt war daran gelegen, die ganze Verkettung der Umstände vor den anderen nicht ausbreiten zu müssen. Er würde ohnehin noch hinreichend Probleme bekommen, wenn er den abschließenden Bericht verfassen würde, überlegte Thönnissen.

»Können Sie beim Zustand des Brandopfers bei der Obduktion noch feststellen, ob eine lebensbedrohliche Krankheit vorlag?«, erkundigte sich Thönnissen.

»Welcher Art? Klumpfuß? Erkältung?«

»Das wissen wir auch nicht. Es wäre aber bedeutsam für die Frage, ob eine Selbsttötung vorliegt.«

Der Rechtsmediziner musterte Thönnissen, als wäre der aus dem Landeskrankenhaus ausgebrochen. »Selbstmord, ja? Erst erschießt er sich, dann zündet er das Haus an. Zwischendurch entsorgt er aber noch das Gewehr. Auf dieser Insel scheinen Künstler zu leben.«

»Moment«, mischte sich Ahlbeck ein. »Das Feuer kann auch so vorbereitet gewesen sein, dass es erst später ausgebrochen ist. Das wäre kein Indiz, das gegen eine Selbsttötung spricht. Aber – wo ist das Gewehr?«

»Das, ähm … also. Das ist auf der Polizeistation.«

Der Rechtsmediziner und der Spurensicherer starrten Thönnissen an. Jetzt verstanden sie gar nichts mehr.

»Wie war das mit der Erkrankung?«, hakte Thönnissen nach.

»Das kommt darauf an«, wich der Arzt aus. »Das kann ich hier nicht mit Bestimmtheit sagen.«

Hundt gewann wieder die Oberhand. »Dann verrichten Sie Ihre Arbeit genauso gründlich wie wir«, sagte er nachdrücklich. »Das ist das Mindeste, was wir erwarten können.«

Der Rechtsmediziner winkte ab und kehrte ins Haus zurück, während Ahlbeck einen seiner Männer heranrief und ihn beauftragte, nach einer zeitverzögerten Brandvorrichtung zu suchen.

Der Hauptkommissar scharrte mit dem rechten Fuß im Sand. Ob ich ihn fragen soll, ob er in den Startlöchern hockt?, überlegte Thönnissen, entschied sich aber dagegen. Hundt wirkte zu angespannt. Sicher, er hatte vieles verschuldet und versäumt. Das musste er seinen Vorgesetzten selbst erklären. Natürlich spielte die Insellage eine Rolle. Wessels' verschwundene Leiche hätte man auf dem Festland möglicherweise durch den Einsatz eines Spürhundes, eines Mantrailers, verfolgt und kontrolliert, ob er auf Ipsens Lkw transportiert worden war. Ebenso hätte man den Hund auf die Fahrzeuge anderer Verdächtiger ansetzen können. Und wenn das Tier schon mal auf der Insel gewesen wäre … Warum hätte er nicht auch die Spur des verschollenen Hotelgastes Horst Niehl aufnehmen können?

»Herr Ahlbeck«, rief Hundt, als der Leiter der Spurensicherung auftauchte. »Mir ist noch etwas aufgefallen. Im Wohnzimmer, dort, wo der Brand anscheinend ausgebrochen ist, führen zwei teilweise blanke Drähte von der Steckdose zu einem elektrischen Gerät, das auf dem Tisch stand. Ich wollte keine Spuren verwischen und habe es deshalb nur aus der Distanz sehen können. Richten Sie Ihr Augenmerk einmal darauf. Vielleicht hängt es mit der Brandstiftung zusammen.«

Ahlbeck zeigte nicht einmal durch eine Geste, dass er Hundts Anregung aufgegriffen hatte. Er verschwand wieder ins Haus und ließ die beiden wie dumme Jungs stehen.

»Die sind nicht sehr kooperativ«, beschwerte sich der Hauptkommissar. »Dabei sollte man meinen, dass wir ein gemeinsames Interesse an der Aufklärung haben.« Dann besah er seine Schuhspitzen. »Wie kommt die Leiche ins Haus? Irgendwer muss sie hierher transportiert haben. Aber warum? Klar. Damit sollten Spuren verwischt werden. Ist Wessels doch ermordet worden? Oder war es eine Selbsttötung, und jemand wollte mit dem Leichenraub und der Brandstiftung den Goldraub vertuschen?«

»Bleibt immer noch der Unfall«, warf Thönnissen ein. »Aber auch dann hätten wir einen Dieb und Brandstifter.«

Ein plötzlicher Ruck durchfuhr Hundt. »Wer hat von Wessels' Schwarzbrennerei profitiert?«

»Die Kunden. Die sind billig an Schnaps gekommen.«

»Gut. Aber keiner hat so viel verdient, dass er dafür einen Mord in Kauf genommen hätte. Das scheidet aus. Meine ich wenigstens.«

»Ein Großabnehmer, dem die Zollfahndung auf die Spur gekommen ist?«

»Einzelverbraucher können wir vernachlässigen, Thönnissen. Und selbst schwarze Schafe wie ihr Freund Feddersen würden darin nie einen Grund für einen Mord sehen. Nein! Das ist der falsche Ansatz. Und auch Ipsen mit seinem Fuhrgeschäft hat nicht so viel Umsatz mit Wessels gemacht, dass dort eine Abhängigkeit entstanden ist. Für mich bleibt ein einziges Motiv: Habgier.« Er drehte sich zu Thönnissen um. »Wenn Sie und die anderen nicht so unbedacht gehandelt hätten nach der Entdeckung des Toten, dann hätten wir viel mehr Möglichkeiten gehabt. Aber so ... Die halbe Insel hatte Wessels' Gewehr in der Hand. Wie hieß noch gleich der, der den Toten entdeckt hatte und das Gewehr zu Ihnen brachte?«

»Wilken Nissen.«

»Dann stellen wir dem Herrn noch ein paar Fragen.« Hundt meldete sich zuvor bei Ahlbeck ab, versicherte jedoch, dass sie umgehend wieder zurückkehren würden.

Wenig später fuhren sie vor der windschiefen Kate, nahe der stillgelegten alten Mühle, vor. Nissen erwartete sie in der Tür. Er hatte die Ankunft der Polizisten bemerkt und war vor das Haus getreten.

»Wir möchten noch etwas über dich und Wessels wissen«,

sagte Thönnissen zur Begrüßung. Er betrat das Haus auch ohne Aufforderung und ging direkt bis in das schmuddelig wirkende Wohnzimmer durch.

»Wessels war krank«, begann er ohne Umschweife. »Wusstest du davon?«

Nissen zeigte sein lückenhaftes Gebiss. »Hast du schon den Doktor gefragt? Dafür ist Fiete zuständig.«

»Wir befragen alle. Ohne Ausnahme. Und jetzt bist du dran. Also.«

»Ich war doch nicht Wessels' Busenfreund.«

Während die beiden Beamten Platz genommen hatten, wanderte Nissen unruhig in der kleinen Stube auf und ab.

»Ihr habt oft zusammengehockt.«

»Na schön«, gestand Nissen ein. »Das ist manchmal vorgekommen.«

»War Barkendieck auch dabei?«, mischte sich Hundt ein.

»Gelegentlich«, antwortete Thönnissen.

Der Hauptkommissar war unzufrieden. »Würden Sie das Antworten dem Zeugen überlassen«, sagte er scharf.

Nissen grinste. Er schien Gefallen am Disput der Polizisten zu haben.

Thönnissen zog sich in den Schmollwinkel zurück. Sollte der Hauptkommissar es allein versuchen.

»Sie waren eng mit Wessels befreundet.« Es klang wie eine Feststellung.

»Wir haben manchmal miteinander geschnackt.«

»Worüber?«

»Über Gott und die Welt.«

»Geht es ein wenig genauer«, forderte Hundt den Mann auf.

Der grinste und unterbrach seine Wanderung. »Wenn Sie es wissen wollen. Bitteschön.« Er trat näher an den Hauptkommissar heran, so dass sich fast die Fußspitzen berührten.

Dann beugte er sich herab und legte die Hände auf die Armlehnen des Sessels. »Wir haben darüber gesprochen, ob Gesas Unterwäsche wirklich rosa ist oder nur bei der Wäsche verfärbt wurde. Und dass Erwins Frau wieder zugenommen hat. Deshalb will auch keiner mehr mit ihr fremdgehen.«

»Wollen Sie mich verarschen?«, fragte Hundt erbost.

»Ja.« Nissen lachte. »Wer blöde Fragen stellt, erhält dumme Antworten. Wir haben gelegentlich gesprochen, auch schon einmal miteinander gesoffen. Ja, das ist richtig. Aber deshalb waren wir noch lange keine intimen Freunde.«

»Niemand hat Ihnen sexuelle Motive unterstellt«, sagte der Hauptkommissar ernst.

Nissen hielt sich beide Hände an die Wangen und starrte Thönnissen an. »Sag mal, ist der so bescheuert? Glaubt der wirklich, dass wir schwul sind? Muss ich mir das gefallen lassen?«

»Beruhige dich, Wilken. Das war nicht so gemeint. Mehr symbolisch. Wir haben es begriffen. Ihr habt manchmal zusammengesessen, wart aber keine engen Freunde.«

»Warum begreift der das nicht?« Dabei zeigte er auf Hundt. »Genauso war das.«

»Habt ihr dabei auch über Persönliches gesprochen, so unter Männern. Ich weiß, ihr seid beide keine Plaudertaschen oder Tratschtüten.«

»Ist schon vorgekommen.«

»Hat Wessels mal erwähnt, dass er krank ist?«

Nissen wurde ernst. »So etwas hat er mal gesagt.«

»Weißt du auch, was er hatte?«

»Da musst du Doc Johannsen fragen.«

»Ich würde es aber gern von dir hören, menschlich ausgedrückt. Vom Doktor würden wir nur etwas Lateinisches hören. Das verstehen wir Laien nicht.«

Nissen bohrte sich im Ohr. »Tja. War was Ernsthaftes. Wundert mich aber nicht. Das musste ja so kommen.«

»Wenn ich einmal laut nachdenke«, sagte Thönnissen, »dann kann das kein Parkinson oder Alzheimer sein. Dafür können die Menschen nichts. Du willst sagen, dass Wessels ein Mitverschulden an seiner Krankheit trifft.«

»So habe ich das nicht gemeint«, wehrte Nissen ab.

Thönnissen machte eine Trinkbewegung mit der Hand.

»Ich hab nichts gesagt«, wehrte Nissen ab und bekundete gleichzeitig mit dieser Antwort, dass Thönnissen recht hatte.

»Also hier.« Jetzt legte Thönnissen die flache Hand auf seine linke Brustseite unterhalb des Herzens.

»Nix da«, protestierte Nissen. »Das Herz war in Ordnung.«

»Da sitzt die Leber«, belehrte ihn der Inselpolizist.

»Da magst du recht haben.«

Thönnissen legte eine kleine Kunstpause ein. »Wessels hatte also eine Leberzirrhose.«

»Ich bin kein Doktor. Nee. Das war wohl was mit Krebs.«

»Das hat er gesagt?«

»Nicht so richtig.« Plötzlich ging Nissen zum Fenster und wandte den beiden Beamten den Rücken zu. »Frerk, du weißt selbst, was es bedeutet, hier zu leben. Sieh hinaus! Der klare Himmel, auch wenn es leicht bewölkt ist. Die reine Seeluft. Wohin du siehst: satte grüne Wiesen, zufriedene Kühe und glückliche Menschen. Wir leben hier im Paradies. Glaubst du wirklich, Hinrich Wessels wollte das freiwillig verlassen? Wenn du mich fragst: Der war am Ende. Gesundheitlich. Auch wenn man es ihm nicht angesehen hat. Der Krebs ist bösartig. Das sieht man nicht, wie der in einem Menschen wütet. Das muss ihm Dr. Johannsen erklärt haben. Kein Wunder. Schließlich musste er von seinem Selbstgebrannten immer probieren. Und wenn du an der Quelle sitzt, dann naschst du eben öfter. Das hält auf Dauer keine Leber aus.«

»Herr Nissen, Ihre Aussage ist für uns von entscheidender Bedeutung. Sie würden das, was Sie uns eben gesagt haben, auch unterschreiben?«

»Sehe ich aus, als wäre ich der Andersen von der Insel? Ich erzähle doch keine Märchen. Frag doch Feddersen. Wir haben mal zusammengesessen und ordentlich gebechert. Du weißt«, dabei sah Nissen den Inselpolizisten an, »dass Wessels kein Schwätzer war, aber an dem Abend hatte er ordentlich einen intus.«

»Und da hat er euch erzählt, dass er Krebs hat.«

Nissen drehte die Hände im Handgelenk. »Nicht so direkt. Aber plötzlich ging es ihm richtig dreckig. ›Na, bist du besoffen?‹, hat Feddersen gelästert. ›Das ist erst der Anfang. Das kommt noch viel schlimmer‹, hat Wessel geantwortet. Als Feddersen weiterbohrte, hat er aber keine Antwort mehr bekommen.«

»War Barkendieck an diesem Abend dabei?«, mischte sich Hundt ein.

»Nein.«

»Haben Sie noch bei einer anderen Gelegenheit über Wessels' Krankheit gesprochen?«

Nissen nickte. »Zusammen mit Barkendieck. Wir waren zu dritt.«

»Hat Wessels dabei mehr über seine Krankheit erzählt?«

Nissen hielt sich die Ohren zu. »Ich wollte davon nichts wissen. Verdammt. Wir alle haben manchmal getrunken. Wessels. Barkendieck. Ich. Hundert andere. Das ist die Krankheit auf den Inseln. Da wird mehr gesoffen als anderswo. Ich habe nicht zugehört. Ich will keinen Krebs. Hört ihr?« Er schrie die letzten Worte heraus. »Außerdem … Wenn ich so etwas bekomme, dann kann ich es mir nicht leisten, mich auf dem Festland zu Tode pflegen zu lassen. Ich muss hier krepieren. Allein. In dieser Hütte.«

»Und davor haben Sie Angst?« Thönnissen war überrascht, wie behutsam Hundts Stimme klingen konnte.

Nissen sah den Hauptkommissar aus weit aufgerissenen Augen an. »Ja. Sicher.«

»Wessels hätte es besser gehabt. Er hätte sich eine teure Pflege leisten können.«

»Der hat rechtzeitig etwas zurückgelegt.«

»Sie wussten davon?« Hundt schaffte es, erstaunt zu klingen. »Wessels hat Sie ins Vertrauen gezogen?«

»Das nicht. Na ja. Nicht so direkt. Es war klar, dass er seinen Schnaps nicht verschenkt hat. Bei den Mengen, die er brannte, musste ordentlich etwas übrigbleiben. Man sah ja, dass er das Geld nicht zum Fenster rausgeworfen hat. Und in den Puff ist er auch nicht gefahren. Er war so gut wie nie drüben. Erst in der letzten Zeit ist er ein paar Mal auf dem Festland gewesen. Später ist mir klar geworden, dass er dort bei Ärzten war, bei Spezialisten.«

»Und als Wessels tot war, haben Sie sich die Goldmünzen angeeignet.«

»Ich?« Nissen schrie es förmlich heraus.

»Immerhin leugnen Sie nicht, dass Sie von den Goldmünzen wussten.«

Nissen baute sich vor dem Hauptkommissar auf. Seine Stimme überschlug sich fast. »Woher sollte ich wissen, dass der blöde Kerl Goldmünzen gesammelt hat? Ich sagte gerade, dass er fast nie drüben war. Wo soll er das Gold herbekommen haben?«

»Sparkasse.«

»Da kann man so etwas kaufen?« Nissen schüttelte den Kopf. »Keine Ahnung. Darum habe ich mich nie gekümmert.«

»Ob Gold oder Geld. Sie wussten, dass Wessels etwas versteckt hatte.«

»Ja – nein. Also …«, stammelte Nissen. »Da musste etwas sein.«

»Das haben Sie sich angeeignet.« Es war keine Frage. Hundt konstatierte.

»Aber weshalb denn?«

»Weil Sie auch etwas von Wessels' Reichtum haben wollten«, fuhr der Hauptkommissar unerbittlich fort. »Sie haben nicht einsehen wollen, dass nur Wessels das Geld zustand. Zumal Sie wussten, dass er krank war. Was sollte er noch mit dem Geld. Gibt es eigentlich Erben?« Die letzte Frage galt Thönnissen.

»Mir sind keine bekannt.«

»Bevor sich andere Wessels' Vermögen unter den Nagel reißen, haben Sie es sich geholt.«

Nissen ließ die Schultern sinken. Er stand wie ein Häufchen Elend mitten im Zimmer.

»Ja – ja – ja«, schrie er plötzlich und ruderte wild mit den Armen in der Luft herum. »Ich gebe zu, bei ihm gewesen zu sein. Ich habe nach dem Geld gesucht.«

»Wo haben Sie es gelassen?«

»Da war nichts. Ich habe in die Schränke hineingesehen. Nix. Wessels muss es woanders versteckt haben.«

Hundt legte eine Kunstpause ein, bevor er fortfuhr: »Sie geben zu, in Wessels' Haus gewesen zu sein.«

»Ja – verflixt noch mal.«

»Wann war das?«

»Am Abend, nachdem wir die Leiche beim Doktor abgeliefert hatten.«

Der Hauptkommissar sah den Alten lange an. »Ist es nicht merkwürdig, dass Sie Wessels angeblich gefunden haben wollen? Dass ausgerechnet Sie mit der Flinte in der Hand bei der Polizeistation aufgetaucht sind? Wäre es nicht normal gewesen, alles so liegen zu lassen und sofort die Polizei zu alarmieren?«

»Wie denn«, rief Nissen aufgebracht. »Man findet doch nicht täglich einen Toten. Ich habe zuerst ja gar nicht gewusst, dass er sich erschossen hatte. Ich dachte, ihm wäre schlecht geworden. Erst als ich versucht hatte, ihn aus dem Sielzug zu ziehen, habe ich es gesehen.«

»Und das Gewehr?«

»Das lag da.«

»Warum haben Sie es angefasst und mitgenommen?«

Nissen stampfte auf den Boden auf. »Mensch, ich weiß es nicht! Das war ein Reflex. Wer denkt in einer solchen Situation nach.« Er ging auf Thönnissen zu. »Mensch, Frerk, sag doch auch mal was.«

Der Inselpolizist hob bedauernd die Hände und wies auf den Hauptkommissar.

»Wo waren Sie gestern Abend?«

»Wann?«

»Vom Dunkelwerden an.«

»Bei mir. Wo sonst?«

»Hat Sie jemand gesehen? Hatten Sie Besuch? Haben Sie telefoniert?«

»Ich habe ferngesehen.«

»Was gab es?«

Nissen zog die Stirn kraus. »Irgendwas.«

»Das würde ich schon ein bisschen genauer wissen wollen.«

»Ach, was weiß ich. Ich habe nicht darauf geachtet. Der Kasten lief so nebenbei.«

Der Hauptkommissar stand auf. »Sie sollten die Insel nicht verlassen und sich für uns zur Verfügung halten«, sagte er und verließ das Haus ohne weiteren Abschied.

Thönnissen folgte ihm, klopfte beim Hinausgehen Nissen aber noch einmal kameradschaftlich auf den Oberarm, bevor er sich nachdenklich hinters Lenkrad setzte.

»Ich kann mir nicht vorstellen, dass Nissen den alten Wessels getötet haben soll.«

»Sie können sich nie etwas vorstellen«, fauchte ihn Hundt an. »Sie sind nicht als Gutmensch hier, sondern als Polizeibeamter.« Dann griff er zum Handy und rief seine Dienststelle an. Er beauftragte einen Mitarbeiter, Erkundigungen über Wilken Nissen und Hermann-Josef Marienburg aus Köln einzuholen. Wenig später hielten sie erneut vor der Brandstelle. Es dauerte eine Weile, bis Ahlbeck Zeit für sie fand. Thönnissen hatte den Eindruck, der Leiter der Spurensicherung übersah sie absichtlich und spielte den überaus Beschäftigten. Sympathien schien er für die beiden Ermittler nicht zu hegen.

»Wir haben einen Draht entdeckt, der von einer Steckdose zum Tisch führte«, begann Ahlbeck. Das war eine Spitze gegen Hundt, da der den Spurensicherer darauf aufmerksam gemacht hatte. Jetzt tat Ahlbeck, als wäre das eine Erkenntnis seiner Leute. »Die Ummantelung ist zum überwiegenden Teil durchgeschmort. Es handelt sich aber einwandfrei um ein Stromkabel. Das kann man an der Steckdose erkennen.« Er wartete darauf, dass Hundt nachfragte, aber der Hauptkommissar tat ihm diesen Gefallen nicht.

»Das Kabel führte zum Tisch.«

»Das haben Sie schon gesagt.« Hundt klang ungeduldig.

»Ich will es Ihnen genau erklären, damit Sie sich ein Bild davon machen können.« Deutlich war der belehrende Ton herauszuhören. »Auf dem Tisch haben wir ein Gerät gefunden. Es könnte sich um eine Arbeitsmaschine zur Förderung inkompressibler Fluide handeln.« Auf Ahlbecks Gesicht zeigte sich eine überlegen wirkende Miene. »Der Laie nennt so etwas auch profan Pumpe.«

»Und was ist damit gefördert worden? Vermutlich der Brandbeschleuniger.«

Ahlbeck spitzte die Lippen. Er wippte leicht auf den Zehenspitzen. »In unserem Kommissariat raten wir nicht und stellen auch keine Spekulationen an. Wir verlassen uns ausschließlich auf Fakten.«

»Dann liefern Sie die«, entgegnete Hundt ungehalten.

»Bitte.« Ahlbeck zeigte auf das niedergebrannte Haus. »Dort finden Sie alle Fakten. Wenn Sie klüger sind als wir … Unser Team benötigt noch etwas Zeit für die Auswertungen. Außerdem bedarf es der Analyse der Kriminaltechnik im Landeskriminalamt. Hier vor Ort lässt sich gar nichts mit Bestimmtheit sagen.«

Thönnissen räusperte sich. Als die beiden Hauptkommissare ihn ansahen, fuhr er sich mit dem Finger am Halskragen entlang. »Ich bin nur ein einfacher Landpolizist. Solche Dinge, die Sie hier besprechen, kommen hier gewöhnlich nicht vor. Könnten Sie, Herr Ahlbeck, ein wenig aus dem Schatzkästchen Ihrer Erfahrungen plaudern. Für mich wäre es ungemein lehrreich«, schmeichelte er dem Spurensicherer.

Das schien bei Ahlbeck zu verfangen.

»Wie gesagt«, begann dieser weitschweifig, »das Ganze muss noch durch die Kriminaltechnik bestätigt werden. Ich könnte mir vorstellen – vorstellen! Nicht wissen, meine Herren! –, dass der Brandstifter eine Kerze entzündet hat. Die stand vermutlich auf dem Tisch. Er hat im Raum einen Kanister platziert. So wie es aussieht. Man könnte es aus den Schmelzresten vermuten, auf dem Tisch. Dort war eine brennbare Flüssigkeit enthalten. Am einfachsten funktioniert da Benzin. Die Pumpe hat das Benzin aus dem Kanister herausbefördert. So ist der Brand entstanden.«

»Wenn Benzin in die Kerze geblasen wird, entsteht doch eine Stichflamme. Das muss doch gefährlich für den Brandstifter gewesen sein.«

»Denken Sie an Marienburg, dessen Hände nach Benzin gerochen haben«, warf Hundt ein. Doch die beiden ignorierten ihn.

»Das ist richtig.« Ahlbeck war anzumerken, dass er sich ein wenig in der Rolle des Experten sonnte. »Der Strahl, den die Pumpe gefördert hat, durfte nicht direkt auf die Flamme gerichtet sein.«

»Aha.« Thönnissen tat seine Bewunderung für den Fachmann kund.

»So entsteht allmählich ein Benzin-Luft-Gemisch, das sich bei einer entsprechenden Sättigung entzündet. Sie müssen es sich wie in einem Vergasermotor vorstellen. Da wird ein Luft-Gas-Gemisch erzeugt, in dem Benzin zerstäubt wird. Durch den Funken der Zündkerze entzündet es sich. Und: Bumm.«

»Der Brandstifter muss also etwas von Technik und Physik verstanden haben.«

»Sie sollten nach jemandem Ausschau halten, der nicht allzu dumm ist«, bestätigte Ahlbeck.

»Das grenzt den Kreis möglicher Täter ein«, dachte Thönnissen laut und amüsierte sich, als er in Hundts Antlitz las, dass der Hauptkommissar mit seinen Vorurteilen damit einen Teil der Inselbevölkerung als Urheber ausschloss. »Gibt es grobe Anhaltspunkte dafür, wie lange es dauert, bis sich das Luft-Benzin-Gemisch entzündet? Kann man das in Minuten ausrechnen?«

»Dazu bedarf es sehr weitreichender Kenntnisse«, erwiderte

Ahlbeck. »Praktisch gesehen würde ich vermuten: Das ist hier nicht geschehen.«

»Also haben die Täter doch ein Restrisiko in Kauf genommen?«

»Könnte man vermuten.« Es schien, als würde Ahlbeck Spaß an diesem Gespräch finden.

Thönnissen legte seinen Kopf ein wenig zur Seite. »Wie würden Sie vorgehen? Ich meine, mit Ihrem Expertenwissen, über das die Täter mit Sicherheit nicht verfügten.«

»Puh, gute Frage.« Ahlbeck zögerte. »Man könnte das Ganze zeitversetzt starten.«

»Also mit einer Zeitschaltuhr.«

Der Spurensicherer nickte versonnen. »Moment«, sagte er und verschwand ins Haus.

Als er außer Hörweite war, schüttelte Hundt den Kopf. »Ich verstehe, dass es Ihnen an Wissen und Erfahrung mangelt. Aber müssen Sie das so offen kundtun und sich so devot verhalten?«

»Ich bitte um Entschuldigung, aber das alles ist eine Nummer zu groß für mich. Mit solchen Dingen bin ich noch nie konfrontiert worden. Es ist doch nicht verwerflich, wenn ich Dinge hinterfrage, die Ihnen und Ahlbeck selbstverständlich sind.«

»Schon gut.« Thönnissen streifte ein mitleidiger Blick des Hauptkommissars. Sie warteten stumm, bis Ahlbeck nach einigen Minuten wieder ins Freie trat.

»Das habe ich mir gedacht«, erklärte er. »Eine Zeitschaltuhr war das nicht. Zumindest nicht an der Steckdose. Es sieht so aus, als wäre die Zeitschaltung mit der Pumpe verbunden gewesen.«

»Wo gibt es so etwas?«, überlegte Thönnissen.

»Das werden wir herausfinden.« Ahlbeck klang selbstbewusst.

»Es müsste ein Gerät sein, das auf den Benzinkanister passt.«

»Nicht unbedingt«, wandte Ahlbeck ein. »Es reicht, wenn ein Ansaugstutzen in den Kanister hineingeführt wird.«

»Aber dann verdunstet Benzin, und es kann zu einer unkontrollierten Reaktion kommen.«

»Schon«, erwiderte Ahlbeck gedehnt und verschaffte sich dadurch eine zusätzliche Phase für Überlegungen. »Man müsste das Einfüllloch des Kanisters abkleben. Dazu reicht einfaches Paketklebeband.« Er zog sein iPhone hervor und begann, seine Ideen zu protokollieren. Schließlich sah er auf. »Mehr lässt sich im Augenblick nicht feststellen.« Er gab Thönnissen die Hand. Es war ein kräftiger Händedruck. Anschließend zögerte er, reichte dann aber auch Hundt die Hand. Ein schneller Händedruck, der nicht von Worten begleitet wurde.

»Das war ein erfolgreicher Vormittag«, stellte Thönnissen fest, als die Beamten wieder im Streifenwagen saßen.

»Das sehe ich nicht so. Wir sind kein Stück vorangekommen.«

»Wir haben eine Vorstellung, wie der Brand gelegt wurde. Es scheint sicher, dass Wessels dort lag. Die Täter haben die Leiche gestohlen und mit dem Feuer alle Spuren verwischt.«

»Damit wird es noch schwieriger, herauszufinden, ob es ein Unfall, Selbstmord oder ein Tötungsdelikt war.« Hundt war unzufrieden.

»Die Brandstiftung scheint vorsätzlich gewesen zu sein. Und für den Goldmünzendiebstahl gibt es bisher zwei Verdächtige. Nissen hat gestanden, danach gesucht zu haben, und Tore Ipsen hat angeblich eine Goldmünze erhalten.«

Hundt schüttelte missbilligend den Kopf. »Sie vergessen Petersen von der Sparkasse, der von allen Goldkäufen wusste und dem es wirtschaftlich nicht gutgeht. Und Ihr Freund Feddersen hat auch davon gewusst, wenn man Nissen Glauben schenken darf.«

»Das sind aber alle keine Mörder. Das kann ich mir zumindest nicht vorstellen. Sie übersehen dabei die beiden Hotelgäste Niehl und Marienburg.«

»Wir müssen systematisch vorgehen«, entschied Hundt.

Du bist gut, dachte Thönnissen. Ich bin davon ausgegangen, dass unsere Ermittlungen von Beginn an strukturiert betrieben wurden. Die Erkenntnis, dass dem nicht so war, kommt sehr spät. Zu spät. Er stieß einen Seufzer der Erleichterung aus, dass die Verantwortung nicht in seinen Händen lag.

»Ist irgendetwas?«, fragte der Hauptkommissar und beäugte ihn kritisch von der Seite, bevor er durch das Läuten seines Handys abgelenkt wurde. Er hörte eine Weile aufmerksam zu, ohne den Anrufer durch Zwischenbemerkungen oder Fragen zu unterbrechen. Nachdem er aufgelegt hatte, sah er Thönnissen an.

»Meine Dienststelle«, erklärte er. »Wussten Sie, dass Wilken Nissen eine Bewährungsstrafe wegen Körperverletzung erhalten hat?«

Das war Thönnissen nicht bekannt.

»Es bestätigt meinen Eindruck, dass der Mann zu Jähzorn neigt.«

»Den Eindruck kann man gewinnen.«

»Ist er hier schon einmal gewalttätig geworden?«

»Nein. Solange ich ihn kenne, ist nichts vorgefallen. Um was handelt es sich bei seinem Vergehen?«

Der Hauptkommissar ging nicht auf Thönnissens Frage ein. »Hermann-Josef Marienburg ist ebenfalls kein unbeschriebenes Blatt. Man verdächtigt ihn, sich ungerechtfertigt bereichert zu haben.«

»Betrug«, murmelte Thönnissen.

»Und Raub. Ihm konnte nie etwas nachgewiesen werden, aber der Verdacht ist an ihm haften geblieben.«

»Da sehen Sie es: Alle Leute, die etwas auf dem Kerbholz haben, sind importiert.«

»Und die Leichendiebe? Der Brandstifter? Ich gehe davon aus, dass das ein und derselbe Täter ist.«

»Sie sprachen bisher immer in der Mehrzahl. Täter im Plural«, gab Thönnissen zu bedenken.

»Weil ich davon ausgehe, dass einer allein die Leiche nur schwer transportieren konnte. Nissen erscheint mir dazu kaum in der Lage.«

»Und wenn die beiden Hotelgäste sich doch kennen, obwohl sie es leugnen? Beide kommen aus Köln, sind am selben Tag angereist, und einer der beiden ist bereits mit dem Gesetz in Konflikt geraten.«

»Das ist alles zu vage«, wiegelte der Hauptkommissar ab.

»Aber andere Hinweise haben wir nicht«, widersprach Thönnissen.

Er konnte es Hundt ansehen, dass der Hauptkommissar mit seinem Latein am Ende war. Was auch immer sie bisher unternommen und hinterfragt hatten, hatte sie nicht weitergeführt. Thönnissen startete den Motor und fuhr in Richtung des alten Leuchtturms. Es wunderte ihn nicht, dass der Hauptkommissar nahezu apathisch neben ihm hockte und schwieg. Er schien gar nicht wahrzunehmen, wohin sie fuhren. Hundt unterließ es auch, zu fragen, warum Thönnissen vor einem Haus mit der Werbetafel »Lars Klawidder – Elektromeister« hielt und ausstieg.

Als Thönnissen nach wenigen Minuten zurückkehrte, fand er Hundt in der gleichen Position vor.

»Wir müssen zu Lund.« Thönnissen bog von der Hauptstraße auf einen besseren Feldweg ein und hielt schließlich vor einem Neubau. Zahlreiche Fahrzeuge von Handwerkern standen am Straßenrand.

Hundt folgte dem Inselpolizisten, der gleich nach dem Betreten des Hauses einen Mann in blauer Latzhose nach Klawidder fragte.

»Versuch es mal weiter durch«, erwiderte der Handwerker.

In einem Durchgang war Jesper Ipsen mit zwei Gesellen damit beschäftigt, eine Zarge zu montieren. Er sah kurz auf. »Wollt ihr schon wieder etwas von mir? Ich habe keine Zeit. Das seht ihr ja.« Dann widmete er sich wieder seiner Arbeit, als wären die Polizisten Luft.

»Wir suchen Klawidder«, sagte Thönnissen.

Ipsen ging in die Knie, wies einen Mitarbeiter an, die Zarge in einer bestimmten Weise zu halten, und schlug mehrfach kräftig mit einem Gummihammer auf das Holz. »Jetzt hat er verspielt«, sagte der Tischlermeister zufrieden, um fortzufahren, ohne dabei aufzublicken: »Den hattet ihr noch nicht auf eurer Liste, oder? Versucht es einmal bei Helene Meibohm. Jeder weiß, dass Wessels der an den Rock wollte. Deshalb hat sie ihn abgemurkst.«

»Wer ist Helene Meibohm?«, erwachte Hundt aus seiner Lethargie.

»Eine unserer ältesten Mitbürgerinnen. Sie ist letztes Jahr hundert geworden und ist seit langem ans Bett gefesselt.«

»Sag ich doch«, mischte sich Ipsen ein. »Ist doch ideal für einen alten Knacker wie Wessels. Die kann nicht weglaufen. Und dann ist sie auf geheimnisvolle Weise doch hinter Wessels her und hat ihn abgeknallt.«

»Halt doch die Schnauze, Ipsen«, blaffte Thönnissen und zwängte sich zwischen dem Tischler und einem seiner Gesellen hindurch.

»So nicht«, schimpfte Ipsen und machte sich im Türrahmen breit.

»Davor habe ich gewarnt«, wisperte Thönnissen dem Hauptkommissar zu. »Jetzt stellt sich die Bevölkerung gegen uns.«

»Vergessen Sie nicht, dass Ipsen gemeinsam mit seinem Bruder einer unserer Verdächtigen ist. Noch gibt es triftige Gründe, ihn weiter unter Beobachtung zu halten. Oder glauben Sie an die Mär mit dem Krügerrand als Entlohnung für die Transportdienste? Fehlt nur noch, dass uns aufgetischt wird, der Gutmensch Wessels hätte sich als Wohltäter erwiesen und seine Goldmünzen unter das Volk gestreut.«

»Mit Sicherheit nicht«, brummte Thönnissen kaum verständlich und steuerte einen schmächtigen Mann mit dünnem Haupthaar an, dessen Brust ein Aufnäher mit einem Blitz zierte und ihn als Elektriker auswies.

»Moin, Lars.« Thönnissen tat, als wäre der Hauptkommissar nicht zugegen. Er stellte ihn weder vor noch überließ er ihm das Wort. »Du hast davon gehört, dass Wessels' Haus niedergebrannt ist.«

Lars Klawidder nickte ernst.

»Die Leute von der Spurensicherung haben am Brandherd ein Gerät gefunden, dass eine Pumpe sein könnte.«

»Wofür das denn?« Es klang interessiert, aber nicht neugierig.

»Das wissen wir noch nicht.« Thönnissen verschwieg die Theorie mit den Benzindämpfen, die Ahlbeck vorgetragen hatte. »Wozu benutzt man eine elektrische Pumpe?«

»Tja. Eine elektrische Pumpe?«, wiederholte Klawidder für sich. »Da gibt es unzählige Einsatzmöglichkeiten. Die Feuerwehr, draußen auf den Feldern, Behrens hat welche in seinen Gewächshäusern im Einsatz, im Schwimmbad. Und an Tausend anderen Stellen. Ach ja«, fiel ihm noch ein, »nicht zu vergessen die Pumpen, mit denen Grundwasser gefördert wird.«

»Das sind alles große Pumpen, oder?«

»Groß ist relativ.« Klawidder sah die beiden Beamten an. Ihm war anzumerken, dass er unsicher über den Zweck der Befragung war.

»Wie groß?«, hakte Thönnissen nach.

»Von bis.« Thönnissen streckte seinen linken Arm nach unten und winkelte die Handfläche an. Die rechte Hand hielt er in Höhe seines Gesichts.

»So groß?«

»So etwas gibt es«, bestätigte der Elektriker.

Jetzt verringerte Thönnissen die Distanz und fragte jedes Mal nach, ob es auch eine solche Größe gäbe. Klawidder quittierte es mit einem Nicken. »Sag mal, was soll das? Was ist das für ein Spiel?«

»Das sind Brandermittlungen«, antwortete Thönnissen ernst.

»Eine merkwürdige Art.«

Als die Distanz schließlich weniger als zehn Zentimeter betrug, stoppte Thönnissen. »Wofür verwendet man Pumpen in dieser Größe?«

»Die, mit denen ich es zu tun habe, sind größer«, wich Klawidder aus.

»Lars«, beschwichtigte Thönnissen den Elektriker. »Ich frage dich als Fachmann. Du kennst dich auf diesem Gebiet besser aus als wir.«

»Ich habe eher mit den großen Pumpen zu tun und werde gerufen, wenn die ausfallen. Die kleinen Dinger … Die lässt man nicht reparieren. Tut mir leid.«

»Und wenn man dich als Freund um deinen Rat fragt?«

In Klawidders Augen blitzte es kurz auf. »Dann will man

wissen, ob eine Pumpe für diesen oder jenen Zweck geeignet ist.«

»Bist du gefragt worden?«

Der Elektriker schüttelte den Kopf. »Nee. Noch nie.« Plötzlich kam ihm eine Idee: »Eine kleine Pumpe … Die könnte in einem Zimmerspringbrunnen stecken.«

»Wir suchen ein Gerät mit einer integrierten Zeitschaltuhr.«

»Das würde passen. Die Pumpe springt zu einer bestimmten Zeit an und stellt sich irgendwann wieder aus. Manche machen das, um die Raumluft anzufeuchten.«

»Kennst du Häuser bei uns, in denen so etwas installiert ist?«

»Nicht wirklich.«

»Danke, Lars. Das war hilfreich.«

»Hä?« Der Elektriker sah den beiden Beamten mit großen Augen hinterher.

Hundt schien mehr und mehr aus seiner Apathie zu erwachen.

»Das war ein hoffnungsvoller Ansatz, auch wenn es uns nicht weitergebracht hat«, sagte er.

Du könntest mich zumindest loben, dachte Thönnissen. Nur ein einziges Mal. Mit deinen Methoden sind wir nicht weitergekommen, sondern haben uns im Kreis gedreht. Doch Hundt dachte nicht daran, Streicheleinheiten zu verteilen. Er schrak zusammen, als sich sein Handy meldete.

»Ja – ja – interessant. Gut. Ja. Doch, war gut«, vernahm Thönnissen die eine Seite des Telefonats.

Nachdem der Beamte sein Handy wieder in der Tasche verstaut hatte, grunzte er zufrieden. »Na bitte«.

»Darf man wissen, welch neue Information Sie erhalten haben?«

»Zur Sparkasse«, sagte Hundt knapp und rekelte sich auf dem Beifahrersitz zurecht. Thönnissen registrierte, dass der Hauptkommissar zufrieden aussah.

In der Sparkasse herrschte Betrieb. Nicht nur am Geldautomaten im Vorraum standen Kunden und warteten geduldig darauf, an die Reihe zu kommen, auch drinnen waren beide Schalter umlagert.

Inken und Petersen sahen auf, als die beiden Polizisten den Raum betraten und sich im Hintergrund hielten.

»Zu wem wollen wir?«, fragte Thönnissen leise.

»Petersen.«

Als der Zweigstellenleiter das nächste Mal zu ihnen herüberblickte, signalisierte ihm Thönnissen, dass sie ihn sprechen wollten. Ohne zu verstehen, was er mit dem Kunden besprach, war Petersen anzumerken, dass er plötzlich fahrig wurde und unkonzentriert. Immer wieder sah er zu den beiden Polizisten. Schließlich hatte er seine zwei Kunden bedient und wartete darauf, dass die beiden Beamten an den Tresen traten.

»Können wir irgendwo in Ruhe mit Ihnen reden?«, fragte Hundt.

»Ja. Natürlich.« Petersen ging in einen kleinen Raum, der karg mit einem Tisch und vier Stühlen möbliert war und schloss die Tür hinter sich. »Hier führen wir vertrauliche Gespräche«, erklärte er und zeigte auf die Milchglasscheibe, die sie vom Kassenraum trennte. Erwartungsvoll sah er Thönnissen an. Der zeigte auf den neben ihm sitzenden Hauptkommissar.

Hundt ließ sich Zeit. Er hatte die Augen zu schmalen Schlitzen zusammengepresst und ließ seinen Blick nicht von Petersen, der immer nervöser wurde.

»Herr Petersen«, begann der Hauptkommissar schließlich und legte erneut eine Pause ein, »Ihre finanzielle Situation ist angespannt.«

Der Zweigstellenleiter knetete seine Finger. »So würde ich es nicht nennen«, sagte er kaum hörbar.

»Sie haben eine junge Familie. Ein kleines Kind. Arbeitet Ihre Frau?«

»Nein«, hauchte Petersen.

»Wie auch.« Es klang, als würde Hundt zu sich selbst sprechen. »Da ergeht es Ihnen wie vielen anderen. Es ist schwer als Alleinverdiener. Was zahlt Ihnen die Sparkasse im Monat?«

»Ich habe mich nie beklagt.«

»Trotzdem. Sie müssen nicht nur Ihre Familie durchbringen, sondern haben sich auch noch ein Haus ans Bein gebunden.«

Petersen breitete die Hände aus. »Die Familie …«, erklärte er. »Die muss irgendwo wohnen.«

»Da muss es gleich ein Haus ein? So ein Neubau ist bestimmt um einiges teurer als drüben auf dem Festland. Jeder Ziegelstein muss mit der Fähre rübergebracht werden, die Bauarbeiter wohnen hier. Bekommen Auslöse. Das alles zahlt der Bauherr.«

»Ja, aber … Das geht nicht anders. Dafür bin ich Zweigstellenleiter. Drüben hätte ich nicht so schnell Karriere gemacht.«

»Sie kommen von hier.«

Er nickte.

»Hätten Sie nicht bei Ihren Eltern unterkommen können?«

»Das ist zu eng. Das wäre nicht gutgegangen. Frerk weiß das.« Er sah den Inselpolizisten an. »Mensch, Frerk, sag doch auch mal was.«

Thönnissen schwieg. Petersen tat ihm leid. Hundt hatte den jungen Mann in die Enge getrieben. Gern hätte er ihm geholfen, aber das hätte ihn der Hauptkommissar büßen lassen.

»Was soll Ihnen Obermeister Thönnissen erzählen? Dass Sie Probleme hatten, Ihren laufenden Verpflichtungen nachzukommen? Wie reagiert Ihr Arbeitgeber, wenn ihm eine Gehaltspfändung vorgelegt wird?«

»Das war alles zu viel. Dabei haben wir uns eingeschränkt, soweit es ging. Wir leben doch nicht auf großem Fuß.« Es klang fast schon weinerlich.

»Ich sitze hier nicht als Moralapostel«, belehrte ihn Hundt. Der Hauptkommissar zeigte keine Spur Verständnis. Er wirkte wie ein Bluthund, der die Fährte aufgenommen hatte.

»Und plötzlich kommt der große Geldsegen. Ihre Probleme lösen sich in Luft auf.«

Petersen hatte den Blick gesenkt und malte unsichtbare Figuren auf der Tischplatte.

»Können Sie mir das erklären?« Hundt klang unerbittlich. Er ließ dem jungen Mann ein wenig Zeit, dann wiederholte er seine Frage und klopfte dabei zu jedem Wort mit den Knöcheln auf das Holz.

»Ja – nein«, stammelte Petersen.

»Es gibt keinen Ausweg. Sie müssen die Herkunft des Geldes begründen. Klug gemacht. Neuntausend Euro. Das bedeutet keine Meldung nach dem Geldwäschegesetz. Ich bestaune Ihre Dreistigkeit. Den Betrag haben Sie persönlich eingezahlt. Auf Ihr Konto. In bar. Also!« Es klang wie ein Donner, unter dem Petersen zusammenzuckte. »Woher kommt das Geld?«

Der Zweigstellenleiter sackte in sich zusammen. Sein unsteter Blick wanderte durch den Raum, als würde er einen Fluchtweg suchen. Er vermied es, einen der beiden Polizisten anzusehen.

»Das … kann … ich … nicht … sagen«, stammelte Petersen und fuhr sich mit dem Ärmel seines Hemdes über die schweißnasse Stirn.

»Dann sage ich es Ihnen. Es ist Wessels' Geld. Sie wussten,

wie viel der alte Mann in seinem Sparstrumpf hatte. Ihnen hat er vertraut. Als Einzigem. Er konnte ja nicht ahnen, dass er Judas begegnet war. Und Sie konnten sicher sein, dass niemand von Ihrem kleinen Geheimnis erfuhr. Wenn es nicht die kleine Panne mit dem Karton gegeben hätte, Sie nicht vergessen hätten, den Pappkarton mitzunehmen, als Sie die Krügerrand entwendet haben, hätten wir keinen Verdacht geschöpft. Und nachdem Sie Wessels erschossen hatten und der erste Schrecken überwunden war, kam Ihnen die Idee, die Leiche zu entführen, vorübergehend zu verstecken und dann zusammen mit Wessels' Haus niederzubrennen. Tolle Idee mit der Pumpe.«

»Welche Pumpe?«, fragte Petersen tonlos.

»Spielen Sie nicht den Ahnungslosen! Ich habe schon einige Inselbewohner kennengelernt. Da waren nicht viele Leuchten dabei.« Wie zufällig streifte sein Blick Thönnissen. »Nehmen Sie es als zweifelhaftes Kompliment, dass ich Sie für klüger halte. Das ist aber ein Danaergeschenk.«

»Ich verstehe jetzt gar nichts mehr.« Petersen klang verzweifelt.

»Wollen Sie ein Geständnis ablegen?«

»Ja – aber. Was soll ich denn gestehen?«

»Den Raubmord an Wessels, die Störung der Totenruhe und die Brandstiftung.«

Petersen ließ die Hände seitlich vom Körper herabfallen.

»Ich habe nichts getan. Wirklich nichts.«

»Und die Bareinzahlung?«

»Darüber kann ich nicht sprechen.«

Es klopfte, und Inken steckte ihren Kopf zur Tür herein. Das Erschrecken war ihr anzumerken, als sie sah, in welcher Verfassung sich ihr Vorgesetzter befand.

»Ove«, bat sie. »Der Laden ist voll. Ich schaffe das nicht

allein. Die Kunden werden unruhig. Kannst du nicht helfen kommen?«

»Nein. Raus«, brüllte Hundt. Dann griff er zum Telefon, rief Ahlbeck an und beorderte die Spurensicherung zur Sparkasse. »Die Leute sollen Petersens Fingerabdrücke nehmen und eine DNA-Probe, und ich möchte kontrolliert wissen, ob der Mann in der letzten Zeit mit Benzin in Berührung gekommen ist.«

Dann trommelte er auf die Tischplatte. »Und Sie sagen mir jetzt, woher das Geld stammt, das Sie bar eingezahlt haben.«

Doch Petersen schwieg beharrlich.

Noch einmal erschien Inken und bat eindringlich um Unterstützung bei der Bewältigung des Kundenansturms, doch Hundt wies sie abermals barsch ab. Die paar Männeken würde sie ja wohl allein bedienen können.

Hauptkommissar Ahlbeck und seine Männer erschienen mit viel Gepolter. Ihr Auftritt war alles andere als diskret.

»Wo ist der Delinquent?«, fragte Ahlbeck lautstark quer durch den Kassenraum.

»Geht's nicht noch lauter?«, schimpfte Thönnissen.

»Doch«, dröhnte Ahlbeck. »Aber ich denke, das hat gereicht.«

Dann sah er zu, wie einer seiner Mitarbeiter Petersens Fingerabdrücke und einen Abstrich von der Gaumeninnenseite nahm sowie mit einem Klebeband sorgfältig die Finger und den Handrücken abzog.

»Nun können Sie Ihrer überforderten Kollegin wieder helfen«, sagte Hundt. »Richten Sie Ihr aber aus, dass Sie sich auf einen anderen Mitarbeiter einstellen muss, wenn wir hier fündig werden.« Dabei zeigte er auf die Beweissicherungen, die der Spurensicherer in seinem Koffer verstaute. Im Gänsemarsch verließen die Beamten die Sparkasse. Thönnissen schämte sich über den Auftritt der Polizisten vom Festland. Das hatte Petersen nicht verdient, zumal Thönnissen von seiner Unschuld überzeugt war. Warum verschwieg der Zweigstellenleiter so hartnäckig die Herkunft des Geldes? Es musste einen Grund geben, der Petersen Nachteile bringen würde.

Nach einer frostigen Verabschiedung von den Spurensicherern schlug Thönnissen vor, die einzige Tankstelle der Insel aufzusuchen.

Sie lag unscheinbar am Straßenrand und hatte pro Sorte Benzin nur eine Tanksäule. Ein Preisschild oder einen Markennamen suchte der Kunde vergeblich. Es fehlte eine Überdachung. Kameras oder einen attraktiven Shop gab es ebenfalls nicht. Dafür drangen aus einer geöffneten Falttür Werkstattgeräusche.

»Kein Wunder, dass man Goldmünzen rauben muss«, staunte Hundt, als er einen Blick auf den Abgabepreis an der Säule warf.

»Hier gibt es nur kurze Wege, deshalb ist die Kilometerleistung nicht mit der auf dem Festland vergleichbar. Hinzu kommt, dass allein die Anlieferung durch die Fähre mit höheren Kosten verbunden ist.«

»Man sollte die ganzen Inseln unbewohnbar machen und als Wellenbrecher nutzen«, murmelte Hundt halblaut vor sich her. »Dann hätten wir das ganze Dilemma nicht, in das wir hineingeraten sind. Die Leute hier sind nicht viel klüger als die Seehunde auf den Sandbänken.«

»Die Menschen auf den Inseln und Halligen opfern viel, um für Leute wie Sie als Wellenbrecher zu agieren.« Nur ein Ignorant, der keinen Blick für die Schönheit der Landschaft, die Erhabenheit der Natur hat, äußert sich in dieser Weise, dachte Thönnissen. Entbehrungen der Bewohner werden aber durch ein Vielfaches an gewonnener Lebensqualität ausgeglichen. Das versteht aber ein Blindfisch wie du nicht.

Niemand rührte sich, obwohl ein kleines verwittertes Blechschild an der Hauswand darauf hinwies: »Keine Selbstbedienung.«

Sie gingen in die Werkstatt, in der ein älteres Modell eines VW-Variants auf der Hebebühne aufgebockt war und zwei Männer in verschmierten Overalls mit Schraubenzieher und Hammer das Bodenblech abklopften.

Der Ältere sah die beiden Beamten eintreten, ließ den großen Schraubenzieher sinken, griff ein schmuddeliges Tuch von einem Wagen, auf dem Werkzeuge und Kleinteile lagerten, und kam ihnen ein paar Schritte entgegen.

»Sieh nicht hin«, sagte er, zu Thönnissen gewandt. »Das kriegen wir wieder hin. Die Mühle hält noch ein paar Jahre. Du weißt selbst, dass sie nur auf der Insel gefahren wird.«

»Moin, Lutz. Das ist nicht mein Thema.«

»Ach.« Es klang erleichtert. Der Mechaniker zeigte mit dem Schraubenzieher auf Hundt. »Hat er ein Problem?«

»Ja, aber nicht mit dem Auto, sondern mit Brandstiftung.«

»Ist er auch von eurem Verein?« Der Mechaniker stutzte. »Sag mal, hat das Land nicht einmal mehr Geld für Uniformen?«

»Der Hauptkommissar ist ein Spezialermittler und untersucht die merkwürdigen Ereignisse auf unserer Insel.«

»Ach was. Klingt spannend. Und was habe ich damit zu tun?«

»Wir möchten gern von dir wissen, Lutz, wer in der letzten Zeit Benzin gekauft hat?«

Der Mechaniker lachte. »Alle, die ein Auto haben.« Er sah Hundt an. »Ich bin nämlich Monopolist.«

»Nein, Lutz. Wir möchten nur wissen, wer es in Kanistern abgefüllt hat.«

»In welchem Zeitraum?«

»Die letzten zwei Tage.«

»Nur in Kanistern?«

»Ja, erst mal nur das.«

»Wart mal. Tja – Spreckelsen war hier. Der hat gleich vier Kanister abgefüllt.«

»Benzin?«

»Nee. Diesel. Ihr meint … nur Benzin?«

»Ja.«

»Das waren nur zwei. Heini hat zwanzig Liter gebunkert. Er hat mir erzählt, dass demnächst der Ölpreis steigt. Da wollte er seine Vorräte auffrischen. Und dann war da nur noch ein anderer.«

»Wer war das?«

»Ipsen.«

»Welcher von beiden.«

»Jesper.«

»Der Bestatter.« Das galt Hundt zur Erklärung. Dann sah Thönnissen den Mechaniker an. »Wann war Jesper hier?«

Der Mechaniker kratzte sich mit der ölverschmierten Hand den Hinterkopf. »Eigentlich gar nicht.«

»Mensch, Lutz, eben hast du ihn doch genannt. Lass dir doch nicht jedes Wort aus der Nase ziehen!«

»Er war ja nicht selbst da, sondern Liesschen. Die hat zwei Fünfliterkanister gefüllt.«

»Wann war das genau?«

»Gestern Vormittag.«

»War in den letzten Tagen ein Urlaubsgast hier und hat Benzin in einem Kanister getankt?«, mischte sich Hundt ein.

»Nö.«

»Oder mit einem Auto?«

»In den letzten Tagen nicht.«

»Da sind Sie sich ganz sicher?«

»Absolut. Hier herrscht keine Rushhour. Und Fremde kommen fast überhaupt nicht. Die knallen sich den Tank drüben noch mal voll, und mit den letzten Tropfen rollen sie nach dem Urlaub wieder an die Tankstelle, nur um ein paar Cent zu sparen.«

»Könnte jemand an der Tankstelle gewesen sein, während Sie abwesend waren?«

»Ich bin immer hier. Wissen Sie, wie groß die Insel ist? Da kommen Sie nicht weit.«

»Immerhin verschwinden manchmal welche«, brummte Hundt.

»So? Wer denn?« Lutz war neugierig geworden und sah abwechselnd die beiden Polizisten an.

Diese Bemerkung war unklug, dachte Thönnissen. »Das ist nur so dahergesagt«, warf er schnell ein. »Denn man tau«, verabschiedete er sich und tippte sich an die Stirn. Der Hauptkommissar folgte ihm.

»Das ist wie beim Flaschendrehen«, sagte Thönnissen, als sie wieder im Auto saßen. »Jedes Mal, wenn wir glauben, einen Anhaltspunkt zu haben, wird die Flasche bewegt und zeigt auf einen anderen. Jetzt ist sie von Petersen zu Ipsen weitergewandert.«

»Ipsen war nie von der Liste der Verdächtigen gestrichen.«

Thönnissen seufzte. »Wäre es nicht einfacher, sich von der Gemeindeverwaltung eine Einwohnerliste drucken zu lassen. Wenn wir die ergänzen um eine Übersicht der gemeldeten Feriengäste, dann haben wir eine komplette Übersicht der Verdächtigen.«

»Statt Sarkasmus sollten Sie endlich einmal etwas Konstruktives einbringen. Eine Hilfe sind Sie nicht. Ist Niehl wieder aufgetaucht?«

»Woher soll ich das wissen? Sie wohnen im Hotel Feddersen. Wäre es nicht naheliegend, dass Sie Feddersen fragen?«

»Ich bin mit vielen anderen Dingen beschäftigt, da kann ich doch erwarten, dass Sie mitdenken und in eigener Verantwortung etwas unternehmen.«

Thönnissen verdrehte die Augen und zog die Mundwinkel hoch, ohne dass Hundt es sah, kramte sein Handy hervor und rief im Hotel an. »Niehl bleibt verschwunden. Im Hotel ist er noch nicht wieder gesehen worden.«

»Wie ist Niehl von der Insel runtergekommen?«, fragte der Hauptkommissar. »Wenn wir das wüssten, wären wir ein Stück weiter.«

»Er muss noch hier sein. Mit der Fähre ist er nicht weg. Das hätte Peter-Jakob uns wissen lassen. Auf den ist Verlass. Und Bootsverleiher gibt es nicht.«

»Und wenn Niehl eines der Sportboote entwendet hat?«

»Dafür müsste er etwas davon verstehen, außerdem muss er den Weg kennen. Und wenn er ein Wasserfahrzeug widerrechtlich benutzt hätte, wäre ich informiert worden. Schließlich bin ich die Polizei.«

»Schöne Polizei«, stöhnte Hundt.

»Ich habe aber noch eine andere Neuigkeit.«

Der Hauptkommissar drehte sich neugierig zu Thönnissen um. »Da schau her. Und?«

»Marienburg, der andere Gast bei Feddersen, will abreisen. Ganz überraschend. Eigentlich hat er bis zum Wochenende gebucht. Boy …«

»Herr Feddersen«, unterbrach Hundt.

Thönnissen nickte. »Boy sagte, dass Marienburg sich beschwert hätte. Hier könne man sich nicht erholen. Das wären

Stasimethoden, die die Polizei anwendet. Und das bei harmlosen Urlaubern, die nichts weiter als ein paar ruhige Tage gesucht haben. Das würde er, Feddersen, nicht hinnehmen. Er will Rabatz machen, sich höheren Orts beschweren, da wir die Touristen vergraulen.«

»Wenn Ihr Freund sich mehr eingebracht hätte, wären die Ermittlungen möglicherweise schon abgeschlossen. Aber hier scheint jeder unsere Arbeit zu boykottieren. Ich komme noch dahinter, warum.« Es klang wie eine Drohung.

»Viel Erfolg«, murmelte Thönnissen und startete den Motor.

Beim Betreten der Diele zum Bestattungsinstitut erklang die vertraute Melodie. Thönnissen schenkte dem großen Aquarium keine Beachtung, sondern ging direkt Richtung Küche, aus der laute Musik drang. In der Tür stieß er mit Liesschen zusammen. Ipsens Frau erschrak. »Hoppla. Nicht so stürmisch. Wollt ihr zu mir?«

»Du warst gestern bei Lutz und hast Benzin in Kanister gefüllt?«

»Ist das jetzt auch verboten?«

Selbst Liesschen klingt schon aggressiv, dachte Thönnissen. »Was hast du damit gemacht?«

Sie fuhr sich mit der flachen Hand an der Schläfe entlang, als müsse sie die Haare andrücken. »Jesper wollte wieder einmal eine scharfe Suppe haben. Da habe ich Benzin gekauft und damit gekocht.«

»Liesschen! Veräppeln können wir uns allein.«

»So?«, fragte sie spitz. »Wie ihr euch derzeit aufführt … Da helfe ich mit. Weißt du eigentlich, Frerk, dass das ganze Dorf über euch spricht?« Sie verwandte den Begriff »Dorf«, den Einheimische untereinander gelegentlich verwendeten. »Ihr macht euch lächerlich mit euren Verdächtigungen.«

»Sie sollten sich mäßigen«, fuhr Hundt die Frau an. »Es geht hier schließlich um Kapitalverbrechen.«

»Dass ich nicht lache.« Der Heiterkeitsausbruch hörte sich allerdings sehr gequält an. »Die Ipsens sind schon seit Generationen Bestatter auf der Insel. Noch nie ist es vorgekommen, dass eine Leiche geklaut wurde.«

»Die ist nicht uns, sondern euch gestohlen worden«, gab Thönnissen zu bedenken.

Liesschen Ipsen stemmte die Fäuste in die Hüften. »Und? Wer ist hier der Polizist? Kannst du noch mehr als Strafmandate an Touristen verteilen? Dann hättest du jetzt Gelegenheit, das zu zeigen.«

Hundt schob sich in den Vordergrund. »Was haben Sie mit dem Benzin gemacht?«

Die Frau bemerkte, dass die Schwelle von Spaß zu Ernst überschritten war. »Unser Rasenmäher hat noch keinen Solarantrieb.«

»Und dann haben Sie gleich zehn Liter getankt?«

»Ich bin kein Beamter und habe nicht die Zeit, ständig zur Tankstelle fahren zu können.«

»Wir möchten die Benzinkanister sehen«, sagte Hundt barsch.

»Ich habe etwas anderes zu tun«, erwiderte Liesschen Ipsen und führte die Polizisten durchs Haus in den angrenzenden Gartenschuppen. Sie zeigte auf ein Regal an der Wand. »Da.«

Auf dem Bord stand ein Kunststoffkanister, durch den schwach der Füllgrad zu erkennen war. Der Behälter war etwa zur Hälfte leer.

»Und der zweite Kanister?«

Liesschen Ipsen zeigte auf den Platz daneben. »Da.«

»Da ist nichts«, stellte Thönnissen fest.

»Da habe ich ihn aber hingestellt«, behauptete sie. »Ehrlich.«

»Siehst du«, belehrte Thönnissen sie, »genau deshalb haben wir die Ermittlungen noch nicht abgeschlossen. Solche Leute wie du erschweren uns das Leben. Oder siehst du einen zweiten?«

Die Frau starrte auf die leere Stelle. »Das verstehe ich nicht«, sagte sie kleinlaut. »Ich bin doch nicht doof. Genau da habe ich ihn abgestellt.«

»Wo kann er abgeblieben sein?«, fragte Hundt. Sein Tonfall klang belehrend.

»Wenn ich das wüsste …« Die Frau sah abwechselnd die beiden Polizisten an. »Das ist ja mal ein Ding«, staunte sie.

»Wo ist der Rasenmäher?«

»Kommen Sie.« Sie ging zur Garage voraus und zeigte auf einen großen Benzinmäher.

Hundt schraubte den Tankverschluss ab und steckte seinen Zeigefinger hinein. »Voll«, sagte er. »Das könnte den halb leeren Kanister erklären.« Er richtete sich wieder auf und musterte Liesschen Ipsen. »Haben Sie oder Ihr Mann gestern viel gemäht?«

»Die Familie Ipsen hat einen großen Garten«, fuhr Thönnissen erklärend dazwischen.

»Habe ich Sie gefragt?«, maßregelte ihn der Hauptkommissar.

»Nein. Dazu sind wir nicht gekommen, obwohl es notwendig gewesen wäre.«

Thönnissen machte einen Schritt auf Liesschen zu. »Wo ist Jesper?«

»Wie immer. Auf der Baustelle bei Lund.«

Jesper Ipsen empfing sie mit einem breiten Grinsen. »So oft, wie ihr hier erscheint … Da könntet ihr euch eigentlich nützlich machen.« Er zeigt auf einen Stapel Verpackungsmaterial, in dem Fertigtüren transportiert worden waren. »Das muss weg.«

Thönnissen ging nicht darauf ein. »Wir waren eben bei Lieschen.«

»Hört«, tönte Ipsen in die Runde. »Während die Ehemänner arbeiten, statten die Herren von der Polizei den Hausfrauen einen Besuch ab.« Er ließ seinen Blick an Hundt provokativ auf und ab wandern. »Wenn ihr allerdings immer zu zweit antreten müsst, um einen von uns zu ersetzen, muss man keine Befürchtungen haben.«

Der Hauptkommissar machte zwei schnelle Schritte auf Ipsen zu. »Jetzt reicht es aber! Ihre Albereien können Sie woanders anbringen. Wann haben Sie den Benzinkanister zu Wessels' Haus gebracht und das Feuer entzündet?« Dabei sah er Ipsen fest in die Augen. Der verlor augenblicklich seine Selbstsicherheit, zumal seine beiden Mitarbeiter dem Geschehen neugierig dreinblickend folgten.

»Ich soll Wessels' Haus angezündet haben?« Die Worte kamen ihm nur stockend über die Lippen.

»Ich habe nicht gefragt, *ob,* sondern *wann*!« Hundts Anschuldigungen trafen Ipsen wie Peitschenhiebe. Der Mann wich zurück und stolperte, mit den Armen rudernd, über die Verpackungen.

»Das ist ja wohl ein Scherz«, stammelte er. »Ich habe doch kein Haus angezündet.«

»Erst verschwindet der Leichnam aus Ihrer Kühlkammer, dann der Benzinkanister. Finden Sie nicht, dass das zu viele Zufälle sind?«

Ipsen war blass geworden. »Man darf doch einen Scherz machen«, sagte er. Die Worte tröpfelten gleichsam aus seinem Mund.

»Störung der Totenruhe, Brandstiftung, Raub und Mord

sind keine Scherze, nicht einmal, wenn man von der Derbheit lebt, wie Sie es offenbar lieben.«

Ipsen öffnete wie ein Fisch auf dem Trockenen mehrfach den Mund und schloss ihn wieder, brachte aber kein weiteres Wort heraus.

»Mir reicht es. Ich lasse mich nicht länger für dumm verkaufen«, sagte Hundt entschlossen. »Sie kommen mit.«

Der Mann hob hilflos die Hände in die Höhe. Er hatte jede Kontrolle verloren. »Ich kann doch nicht«, brachte er mühsam hervor. »Lund macht mir die Hölle heiß, wenn wir nicht fertig werden. Sie sehen selbst, was hier auf der Baustelle los ist.«

»Das wird Sie nicht belasten, wenn Sie für die nächsten Jahre aus dem Verkehr gezogen sind. Oder glauben Sie, das Gericht wird sich Ihrer Ulkerei anschließen?«

Ipsen machte einen Schritt auf Thönnissen zu. »Frerk, du weißt doch, dass ich zu solchen Dingen nicht fähig bin.«

Der Inselpolizist zuckte nur mit den Schultern. »Komm, Jesper«, sagte er. »Lass es uns ohne weitere Aufregung über die Bühne bringen.« Er fasste Ipsen am Ärmel und zog ihn mit. Der Mann wollte sich losreißen, aber Thönnissen hielt ihn fest. »Sei vernünftig, oder möchtest du, dass ich dich in Handschellen abführe?«

Stumm ergab sich Ipsen seinem Schicksal. Mit gesenktem Haupt ließ er sich zum Streifenwagen bringen. Er wich den Blicken der anderen Handwerker aus, die auf der Baustelle beschäftigt waren und schlagartig ihre Arbeit liegen ließen, um der Aktion beizuwohnen.

Thönnissen wusste, dass Hundts Aktion weitreichende Folgen für Jesper Ipsen haben würde. Das hatte es noch nie gegeben, dass ein Insulaner von der Polizei unter Mordverdacht verhaftet worden war. Mit Sicherheit würde es nicht nur Gerede geben, es würde sich auch negativ auf Ipsens geschäftliche Aktivitäten auswirken. Wer mochte seine Verstorbenen schon einem Bestatter anvertrauen, dem unterstellt wurde, er hätte eine Leiche entführt und verbrannt.

Sie fuhren zu Thönnissens Haus. Dort führte der Inselpolizist Ipsen ins Wohnzimmer. »Setz dich«, forderte er ihn auf, während Hundt in einem der Sessel Platz nahm, einen Taschenkalender hervorzog, umständlich den Kugelschreiber aus der Lasche zog und Ipsen nach seinen persönlichen Daten fragte.

»Warum haben Sie Wessels' Haus angezündet?«

»Das habe ich nicht.«

»Es gibt Beweise, dass Ihre Frau gestern zwei Kanister Benzin von der Tankstelle geholt hat. In Ihrem Schuppen haben wir nur noch einen vorgefunden. Wo ist der zweite?«

»Welcher zweite?«

Hundt schlug mit der flachen Hand auf den Tisch. »Verdammt noch mal. Was haben Sie mit dem zweiten Benzinkanister gemacht?«

»Ich weiß von keinem zweiten.« Dann schien er sich zu besinnen. »Doch. Wir haben zwei. Ich habe aber keinen weggenommen. Ich weiß es nicht.« Er hielt sich beide Hände vors Gesicht.

»Ihr Leugnen bringt uns nicht weiter.«

Ipsens Stimme hatte einen weinerlichen Ton angenommen. »Haben Sie eine Vorstellung, wie die Leute über mich spotten? Der lässt sich die Leichen klauen.« Dabei bewegte er heftig seinen Kopf. »Bis gestern hat bei uns auf der Insel kein Misstrauen geherrscht. Man schloss noch nicht einmal die Haustüren ab. Und nun? Ich jedenfalls werde künftig alle Türen verriegeln.« Ipsen hob die Hand und wies auf Hundt. »Eins sage ich Ihnen. Ich habe die Schnauze voll. Gestrichen.«

Dabei zeigte er durch das Entlangfahren der Handfläche unterhalb der Nase, wie hoch der Pegel der Enttäuschung bei ihm stand. »So etwas hat es noch nie gegeben. Du, Thönnissen, kennst das große Aquarium, das wir in der Diele haben. Das soll die Leute von ihrem Kummer ablenken, sie beruhigen, wenn sie zu uns kommen, weil einer der ihren gestorben ist. Aus dem Aquarium, unter unseren Augen, ist die Pumpe gestohlen worden. Das bei uns, auf unserer Insel. Das mag vielleicht harmlos klingen, die ist auch nicht wertvoll, die Pumpe, aber der Schock darüber sitzt tief. Für die Neubeschaffung muss ich aufs Festland. So etwas gibt es bei uns nicht. Und wenn ich Pech habe, müssen die es bestellen, weil sie es nicht vorrätig haben. Was sagst du dazu?«

Thönnissen war sprachlos. »Sag das noch einmal«, forderte er Ipsen auf.

Der sah ihn irritiert an. »Hä, was denn?«

Die beiden Beamten wechselten einen raschen Blick.

»Hatte deine Pumpe am Aquarium eine Zeitschaltuhr?«, fragte Thönnissen.

»Klar. Meinst du, da steht jeden Abend einer von uns am Becken und überwacht die Pumpe?«

Hundt war aufgesprungen. »Ipsen, warum kommen Sie mit dieser Sache nicht zu uns. Da zermartern wir uns die Köpfe, und Sie …« Er ließ seinen Satz unvollendet.

»Bin ich denn bescheuert?« Ipsen schien ein wenig Selbstvertrauen zurückgewonnen zu haben. Er breitete die Arme aus. »Ihr findet eine ganze Leiche nicht. Und dann soll ich euch zutrauen, eine so kleine Pumpe wiederzubeschaffen?«

Der Hauptkommissar ging im Zimmer auf und ab. Er hatte den rechten Arm angewinkelt und stützte damit sein Kinn ab. Er murmelte unverständliches Zeugs vor sich hin, bis er schließlich vor Ipsen stehen blieb. »Sie können gehen.«

Dem Bestatter stand die Irritation ins Gesicht geschrieben. »Bitte?«, fragte er ungläubig.

Hundt wiederholte sich.

»Na, das ist ja mal eine gute Neuigkeit. Und? Wie komme ich zur Baustelle zurück?«

Thönnissen reichte ihm das Handy. »Ruf einen deiner Leute an. Der soll dich abholen.«

Es sah aus, als wollte Ipsen protestieren, dann überlegte er es sich und wies seinen Mitarbeiter an, dass er sich beeilen solle. Wenige Minuten später war er verschwunden.

Hundt schüttelte immer wieder fassungslos den Kopf. »Eine Pumpe mit Zeitschaltuhr aus einem Aquarium. Darauf muss man kommen. Für mich nehmen die Ipsen-Brüder jetzt einen Spitzenplatz auf unserer Liste der Verdächtigen ein.«

»Vielleicht hat Tore Ipsen, der Spediteur, den Benzinkanister genommen? Ich könnte mir vorstellen, dass der nicht nachfragt.«

»Das ist ein einziges Irrenhaus«, fluchte Hundt. »Fahren wir zu Ipsen.«

Auf dem Grundstück der Inselspedition trafen sie niemanden an. »Der wird Ware ausliefern«, mutmaßte Thönnissen. »Wollen wir warten?«

»Warten! Warten!« Der Hauptkommissar war ungehalten. »Wir haben schon viel zu viel Zeit verloren. Wir fahren los und suchen ihn.«

Sie hatten Glück. Ipsens Lkw stand, die hintere Ladeklappe offen, beim Kaufmann vor der Tür. Nach einer Weile kam Ipsen mit einem Gitterwagen aus dem Lager, setzte ihn auf die Laderampe und fuhr diese in die Höhe. Er zog geräuschvoll die Nase hoch, als die beiden Beamten an den Lkw herantraten.

»Ich bin beschäftigt.«

»Wir auch«, entgegnete Thönnissen.

»Soll ein Zettel an die Ladentür geheftet werden: ›Heute keine neue Ware, da die Polizei gestört hat‹?«

»Hast du einen Benzinkanister aus dem Schuppen deines Bruders geholt?«

Ipsen zog noch einmal die Nase hoch. »Hat er mich wegen Diebstahl angezeigt?«

»Quatsch keine Opern.«

»Ja und?«

»Was hast du damit gemacht?«

»Mein Rasenmäher schluckt Benzin. Er ist ganz wild danach. Heute Abend werden wir beide uns zusammensetzen und eine Runde Benzin saufen. Sagt man nicht von manchen Leuten, sie hätten Benzin im Blut? Jetzt weißt du, woher das kommt.« Ipsen lachte meckernd. Dann stieß er einen Fluch aus, weil er beim Rangieren der Gitterboxen auf der Ladefläche seine Finger geklemmt hatte. »Das kommt davon, wenn man abgelenkt wird.«

»Hast du die Pumpe des Aquariums mitgenommen?«

»Welches Aquarium?«

»Jespers.«

»Was sollte ich damit anfangen?«

»Eine Brandfalle bauen, um Wessels' Haus abzufackeln.«

»Gute Idee«, schnaufte Ipsen. »Aber nicht von mir.«

»Damit wolltest du die Spuren des Goldraubs verwischen.«

Ipsen konzentrierte sich auf das Umorganisieren seiner Ladung. Dann fuhr er mit einem Hubwagen unter eine Palette mit Getränkekisten, pumpte den Wagen hoch, zog ihn auf die Laderampe und senkte diese ab.

»Ah ja, Goldraub, was? Der große Goldraub. Hat nicht Derrick wegen eines Goldraubs im Knast gesessen?«

»Du meinst Horst Tappert«, korrigierte ihn Thönnissen.

»Wer ist das?«

»Der Schauspieler, der Derrick gespielt hat. Der hat eine Titelrolle bei der Verfilmung des englischen Eisenbahnraubs gespielt.«

Hundt räusperte sich. »Das ist nicht der richtige Zeitpunkt, um über Filmhistorie zu palavern«, mahnte er. »Für mich sind Sie immer noch ein heißer Anwärter auf den Raubmord.«

Die Laderampe hatte den Erdboden erreicht. Ipsen stemmte sich gegen die Deichsel des Hubwagens und zog mit Schwung das schwere Gefährt Richtung Lager. Dabei ließ er ein Stöhnen hören. »Würde ich diesen Scheiß machen, wenn ich zu Geld gekommen wäre?«

»Haben Sie Schulden?«, fragte Hundt unvermittelt.

»Nee. Ich trage nur zur Arbeit diese Klamotten. Sonst habe ich einen Badeanzug an, weil ich im Geld schwimme.« Er nickte in Richtung des Lkws. »Das Fahrzeug hat mir mein Erbonkel spendiert. Scherzkeks.« Dann verschwand er durch das Rolltor in das kleine Lager des Supermarktes.

»Sicher ist Ipsens Schuppen genauso offen wie der seines Bruders«, mutmaßte Hundt.

Thönnissen bestätigte das.

»Dann sehen wir uns dort um. Vielleicht entdecken wir den Benzinkanister.«

»Wir können doch nicht dort eindringen«, protestierte der Inselpolizist.

Der Hauptkommissar winkte ab. »Ihre Mitbewohner nehmen sich unendlich viele Freiheiten und Frechheiten heraus. Da fällt es nicht ins Gewicht, wenn wir dort nachsehen.«

Sie wollten zum Streifenwagen zurückkehren, als Thönnissen Dr. Johannsen gewahrte, der mit zwei vollbepackten Taschen aus dem Supermarkt kam und ihm zunickte. Er ging dem Arzt entgegen.

Dr. Johannsen hob die Stoffbeutel leicht an. »Kannst du mir verraten, Frerk, was so spannend daran ist zu erfahren, was der Doktor einkauft? Jedes Mal, wenn ich im Laden bin, glotzen mir die Leute in den Wagen, um zu kontrollieren, was in unserem Haushalt konsumiert wird.«

»Du bist eine öffentliche Person«, sagte Thönnissen. »Aber keine Sorge. Mich interessiert dein Einkauf nicht. Wir haben inzwischen auch erfahren, dass Wessels an einer Leberzirrhose litt und nicht mehr lange zu leben hatte.« Dabei sah er über die Schulter und vergewisserte sich, dass Hundt ihm gefolgt war.

Dr. Johannsen starrte ihn ungläubig an. »Wer erzählt solchen Blödsinn?«

»Wir haben mit mehreren Zeugen gesprochen, die das übereinstimmend bestätigt haben.«

Der Arzt stellte die beiden Einkaufstaschen zwischen seine Beine und stützte sie mit den Knien ab. »Mich wundert nichts mehr.« Er sah Hundt an. »Kennen Sie die Lithografie ›Das Gerücht‹ von A. Paul Weber?«

»Ja – hängt in Ratzeburg.« Thönnissen war bass erstaunt, dass Hundt so etwas wusste und gleichzeitig eingeschnappt, weil der Arzt Hundt gefragt hatte und er ihm ein solches Wissen wohl nicht zutraute.

»So funktioniert es mit solchen Informationen. Wessels hatte keine Leberzirrhose. Ich erzähle das nur, weil dem Toten damit Schlechtes nachgesagt wird.«

»Aber …« Hundt klang enttäuscht. »Damit stoßen Sie unsere Ermittlungen um.«

Dr. Johannsen sah den Hauptkommissar fragend an.

»Wir sind davon ausgegangen, dass Wessels unheilbar krank war und deshalb Selbstmord begangen hat.«

»Und?«, fragte der Arzt lauernd.

»Wenn Sie jetzt behaupten, er wäre nicht krank gewesen, liegt kein Grund für eine Selbsttötung vor. Dann müssen wir unsere Untersuchung wieder auf den Verdacht des Fremdverschuldens ausrichten.«

»Sie haben eine merkwürdige Fantasie«, stellte Johannsen fest. »Haben Sie mir überhaupt zugehört? Ich habe lediglich gesagt, dass Wessels keine Säuferleber hatte. Ich erlaube mir diese drastisch klingende Formulierung, weil ich anders nicht verstanden werde.«

Hundt wollte zu einer Erwiderung ansetzen, aber Thönnissen kam ihm zuvor. »Wessels litt demnach an einer lebensbedrohenden Erkrankung, aber nicht an einer Leberzirrhose.«

»So ist es.« Dr. Johannsen senkte die Stimme. »Es kostet mich Kopf und Kragen, aber der alte Wessels hätte sicher seine Zustimmung erteilt, um nicht mit einer Verleumdung leben zu müssen.«

»Nun – leben tut er nicht mehr«, warf Thönnissen ein.

»Quatschkopf. Wessels war unheilbar an einem Pankreaskarzinom erkrankt. Bauchspeicheldrüsenkrebs. Das ist eine Diagnose, die nahezu unweigerlich mit dem Tod endet.«

»Deshalb wollte Wessels auf das Festland übersiedeln«, sagte Thönnissen. »Geld hatte er ja.«

»Bei einem Pankreaskarzinom hilft weder Geld noch Prominenz. Steve Jobs von Apple litt darunter und Patrick Swayze, der Star von *Dirty Dancing*.«

»Die Diagnose ist sicher?«, fragte Hundt mit deutlicher Skepsis.

»Haben Sie Zweifel daran? Dann warten Sie auf das Ergebnis der Autopsie.«

Hundt sagte nichts. Was hätte er auch sagen sollen, dachte Thönnissen. Ob das möglich war, war fraglich und hing vom Zustand des verbannten Leichnams ab.

Der Arzt bückte sich und nahm die beiden Einkaufstaschen in die Hand. »Annemieke wartet auf mich«, sagte er und verabschiedete sich mit einem Nicken.

»Was soll man noch glauben?«, stöhnte der Hauptkommissar. »Was ist, wenn der Doktor beteiligt ist? Er könnte den Krebs zu spät erkannt haben. Nachdem Wessels sich in Panik erschossen hatte, inszenierte der Doktor den Leichenraub und die Brandstiftung.«

Thönnissen lächelte. »Sehen Sie mittlerweile nicht zu viel Böses auf der Insel? Wenn man Ihnen zuhört, laufen hier nur Schwerverbrecher herum.«

»Das habe ich nicht gesagt«, verteidigte sich Hundt. »Aber irgendwer muss doch hinter den Ereignissen stecken. Los jetzt. Haken wir unsere Liste ab.«

Thönnissen nickte ergeben und schlug den Weg zu Ipsens Lagerhaus ein. Die Tür stand, wie erwartet, offen. Niemand war zu sehen. Der Hauptkommissar wollte in die Halle stürmen, doch Thönnissen bremste ihn und zeigte auf eine windschiefe Tür, von der die grüne Farbe abblätterte. »Das wird der Schuppen sein. Ich glaube nicht, dass Ipsen Benzin in seiner Lagerhalle aufbewahrt. Dazu ist er zu sorgfältig.«

»Wenn Sie meinen.« Im Gänsemarsch stapften sie über den Hofplatz. Die Tür war unverschlossen und quietschte vernehmlich in den Angeln, als der Inselpolizist sie öffnete. Es dauerte einen Moment, bis sich seine Augen an das Dämmerlicht gewöhnt hatten. Der Raum glich einer Rumpelkammer. Auf einer Werkbank lagen ohne erkennbare Ordnung Werkzeuge, in einem Wandregal stapelten sich Blechbüchsen, ausgespülte Joghurtbecher und andere Behältnisse. Thönnissen sah in eines davon hinein. Schrauben, Nägel, Muttern, Beschläge … Alles war wahllos hineingeworfen.

»In diesem Chaos findet man nichts wieder«, folgerte Thönnissen, dem die Unordnung jedoch im Widerspruch zu Ipsens sonstiger Sorgfalt zu stehen schien.

»Sie sollen keine Schrauben suchen«, tadelte Hundt. Er tastete die Wand ab, fand einen Schalter, und kurz darauf erglomm eine nackte Glühbirne, die mit zwei Drähten am Deckenaustritt befestigt war.

Gartengeräte waren gegen die Wand gelehnt, daneben ein Rasenmäher, der nach dem letzten Gebrauch nicht gereinigt worden war. »Da!« Thönnissen zeigte auf einen Benzinkanister, der dem aus dem Haus des Bestatters glich. Er hob den Behälter an und hielt ihn gegen das Licht. »Voll«, konstatierte er.

»Mist«, fluchte Hundt und wollte sich abwenden, als sein Blick auf einen achtlos in der Ecke aufgetürmten Stapel von Papier und Kartonagen fiel. Er stocherte mit dem Fuß darin herum und hielt plötzlich in der Bewegung inne. »Das ist doch der Karton, den wir in Wessels' Schrank gefunden haben.«

Thönnissen stellte sich neben ihn. »Der hat eine gewisse Ähnlichkeit.«

»Das ist der Karton«, beharrte Hundt.

»Ich bin mir nicht sicher.«

Er erntete nur einen abfälligen Blick. Hundt begann mit Hilfe eines Kugelschreibers den Papierstapel auseinanderzuziehen. Dabei fluchte er unablässig. Zwischendurch stöhnte er, weil ihm durch die gebückte Haltung das Kreuz schmerzte.

»Wir hätten …«, begann Thönnissen.

»Schweigen Sie!«, bremste Hundt ihn ruppig.

Jetzt machten sich die Nachlässigkeiten bei der Spurensicherung bemerkbar, dachte Thönnissen. Der Kollege hatte gemeint, den Fall aus dem Handgelenk heraus aufklären zu können. Der Umgang mit der seiner Auffassung nach tumben Inselbevölkerung sollte kein Problem darstellen. Dabei hatte er die elementarsten Grundsätze kriminalistischer Arbeit leichtfertig außen vor gelassen. Was mochte den Hauptkommissar getrieben haben? Gut, dachte Thönnissen bei sich, dass ihn keine Verantwortung traf. Die ganzen Ermittlungspannen hatte Hundt selbst zu rechtfertigen.

Dessen Laune wurde mit jedem Papierstück, das er bewegte, schlechter. Er arbeitete sich fluchend drei Mal durch den Berg, fand aber nur den Deckel, von dem er annahm, dass es der aus Wessels' Haus sei. »Den stellen wir sicher«, beschied Hundt schließlich. »Damit soll sich die Kriminaltechnik auseinandersetzen.«

Er stieß auf wenig Begeisterung, als er im Anschluss von allen Mitgliedern der Familie Ipsen die Fingerabdrücke nahm. Diese Aktion dauerte einen gewissen Augenblick, auch deswegen, weil sie Tore Ipsen und seinen Lkw auf der Insel suchen mussten, Jesper Ipsen sich erneut lautstark über die weitere Unterbrechung beschwerte und die beiden Ehefrauen, die sie im Café trafen, es belustigt über sich ergehen ließen, was auch seine Zeit in Anspruch nahm. Tore Ipsens Frau bestritt nicht, den Karton zu kennen.

»Das olle Ding … Ich weiß nicht, wie lange das bei uns im Schrank eingestaubt ist. Als Liesschen neulich bei mir war und beim Aufräumen geholfen hat, ist er mit beim Altpapier gelandet.«

»Da lag nur der Deckel. Wo ist der Karton?«, hakte Hundt nach.

»Weiß ich doch nicht. Auf so was achte ich nicht«, sagte Tore Ipsens Frau und sah ihre Schwägerin an. »Hast du eine Ahnung?«

Die lachte vergnügt. »Als wenn wir nichts anderes zu tun hätten, als uns zu merken, wo wir das Altpapier lassen.«

Frustriert fuhren die beiden Beamten zum Hotel und bestellten Kaffee. Während eines der Mädchen in der Küche deutlich vernehmbar am Kaffeeautomaten hantierte, versuchte Hundt, noch jemanden bei der Kriminaltechnischen Untersuchungsstelle zu erreichen. Er hatte Glück.

Nach dem Telefonat informierte er Thönnissen über die Sachlage: »Man hat das Geschoss in Wessels' Kopf gefunden und untersucht.« Er nannte das Kaliber.

»Das ist eindeutig eine Jagdflinte«, sagte Thönnissen nachdenklich. »Es entspricht dem Kaliber des Gewehrs, das wir sichergestellt haben.«

»Wo ist die Waffe jetzt?« Es klang misstrauisch.

»Bei mir auf der Polizeistation im Stahlschrank eingeschlossen.«

»Sie muss umgehend zur KTU. Dort muss abgeglichen werden, ob Wessels mit diesem Gewehr erschossen wurde.«

»Daran habe ich keinen Zweifel«, erklärte Thönnissen. Im Stillen fuhr er fort: Pannenkommissar. Die Waffe hätten wir Ahlbeck und seinen Leuten mitgeben sollen. Dann hätten wir keine Zeit verloren.

»Warum hat dieser komische Arzt so lange gezögert, uns von Wessels' Krankheit zu erzählen? Wenn wir das früher gewusst hätten, wären uns viele Umwege erspart geblieben.«

»Ärztliche Schweigepflicht. Und zudem mag Dr. Johannsen auf den ersten Blick seltsam erscheinen, aber er hat sich immer seine Menschlichkeit bewahrt. Dazu gehört auch die Achtung vor den Patienten über den Tod hinaus. Wenn Wessels gewollt hätte, dass seine Krankheit publik wird, hätte er es selbst erzählt.«

»Nein.« Hundt schüttelte energisch den Kopf. »Die Auskunft des Arztes klingt glaubwürdig. Sie wird später durch den Facharzt vom Festland untermauert werden. Ich habe jetzt eine Vorstellung davon, wie sich Wessels vor dem Endstadium gefürchtet haben muss. Jetzt glaube ich an Ihre These, dass es Selbstmord war. Unter diesen Umständen ergibt der Suizid einen Sinn.«

»Das hätten wir ganz einfach anhand der Schmauchspuren beim toten Wessels nachweisen können«, sagte Thönnissen.

Der Hauptkommissar sah ihn zornig an. Er hatte den Vorwurf verstanden, der in Thönnissens Worten mitschwang.

»Warum wurde die Leiche entführt? Wer hat die Goldmünzen geraubt? Und das Haus angesteckt?«

»Das frage ich mich auch.« Hundt nippte an seinem Kaffee, der inzwischen serviert worden war. »Die Brandstiftung könnte ich noch verstehen. Da sollten Spuren verwischt werden, obwohl es widersinnig ist, für einen simplen Diebstahl ein ganzes Gebäude abzubrennen. Aber warum wurde die Leiche entführt?«

»Wenn wir davon ausgehen, dass die Täter in Panik geraten waren? Dass das Ganze eine Kurzschlussreaktion war?«, gab Thönnissen zu bedenken.

»Jetzt müsste man in die Köpfe der Leute hineinsehen können«, sinnierte Hundt laut und sah den Inselpolizisten an, als wollte er bei ihm anfangen.

Sie wurden durch Feddersen unterbrochen, der sich zu ihnen gesellte.

»Gibt es etwas Neues?«

»Ist dein Gast wieder aufgetaucht?«, antwortete Thönnissen mit einer Gegenfrage.

»Ich mache mir ernsthaft Sorgen. Da kann etwas nicht stimmen. Wäre es nicht langsam an der Zeit, dass ihr etwas unternehmt?«

»Erstattest du eine Vermisstenanzeige?«

»Wieso ich? Ihr sucht ihn doch.«

»Dann überlass es auch uns, wie wir vorgehen.« Er sah Hundt an. »Gib uns mal deine Karte«, forderte er Feddersen auf, als der Hauptkommissar schwach genickt hatte. »Wir haben Hunger.«

Als Feddersen die Speisekarte gebracht hatte und wieder in der Küche verschwunden war, überlegte Thönnissen laut: »Niehl ist kein unbeschriebenes Blatt. Wenn er nun die Leiche entführt hat, weil er sich davon Hinweise auf das Versteck des Goldes versprochen hat?«

Hundt sah ihn verständnislos, ja geradezu verzweifelt an. »Das ist ein völlig absurder Gedanke. So kommen wir nicht weiter. Richtig ist, dass Niehl möglicherweise auf der Suche nach Antiquitäten auch bei Wessels vorstellig geworden ist.«

»Dabei fällt mir ein«, unterbrach ihn Thönnissen, »Tore Ipsen, der Spediteur, hat behauptet, Wessels wusste nicht, was ein Krügerrand wert ist. Ipsen natürlich auch nicht. Deshalb ist der zu Petersen von der Sparkasse gegangen. Wenn Niehl bei Wessels war und nach altem Krempel gefragt hat, sind die beiden vielleicht ins Gespräch gekommen. Niehl war ein Fremder und nicht eingebunden in den Inselklatsch. Wenn er sich mit Antiquitäten auskannte, so eventuell Wessels' Gedanke, müsste er auch um den Wert von altem Silber und Schmuck wissen. Von da aus ist der Weg nicht weit zu Goldmünzen. Wessels hat in seiner Einfältigkeit nicht zwischen alten Münzen und aktuellen Krügerrand unterschieden. Ich könnte mir vorstellen, dass er Niehl nach dem Wert gefragt haben könnte.«

»Eine solche Frage kann man so gestalten, dass sie rein hypothetisch klingt.«

»Ja«, bestätigte Thönnissen. »Darf ich Sie zitieren? Sie sind nicht allzu sehr von den Insulanern überzeugt. Bei Wessels mögen Sie recht haben. Er hatte das, was man Bauernschläue nennt. Einem gewieften Taktiker wie Niehl war er aber mit Sicherheit unterlegen.« Thönnissen legte den Kopf ein wenig schief. »Niehl könnte Wessels vorgelogen haben, dass er zur Beurteilung schon ein Stück sehen müsste. Wessels war ein Kind der Insel und sicher nicht so argwöhnisch wie die Leute auf dem Festland. Nehmen wir an, er hat eine Münze hervorgeholt und Niehl gezeigt. Damit hätte er auch unbewusst das Versteck verraten.«

»Hm.« Der Hauptkommissar nagte an seiner Unterlippe. »Mir gefällt nicht, dass wir immer wieder neue Theorien aufstellen, ohne die vorhergehende zu Ende gedacht zu haben oder einer Spur ein Stück gefolgt zu sein.«

Feddersen brachte jetzt zwei Bier, stellte sie stumm vor den Polizisten ab und verschwand wieder, nachdem die beiden ihre Bestellung aufgegeben hatten.

»Nach unserem Gespräch mit Dr. Johannsen haben wir die Idee gefestigt, dass Wessels Suizid begangen hat, weil er unheilbar erkrankt ist. Wir müssen keine medizinischen Experten sein, um sagen zu können, dass Bauchspeicheldrüsenkrebs eine furchtbare Diagnose ist. Der Rechtsmediziner hat zudem die Vermutung geäußert, dass das Geschoss von unten eingedrungen ist. Wessels hat das Gewehr also unter den Hals gehalten und abgedrückt.«

Ich würde bei Selbstmord den Lauf in den Mund nehmen, überlegte Thönnissen, vermied es aber, diesen Gedanken auszusprechen. Er hätte erneute Zweifel an der mühsam zurechtgebastelten Theorie genährt.

»Wenn wir unterstellen, dass Wessels Selbstmord begangen hat, bleibt die Frage nach dem Sinn des Leichenraubs, dem Diebstahl und der Brandstiftung.«

Thönnissen nahm einen großen Schluck Bier und wischte

sich mit den Fingerspitzen den Schaum von den Lippen. »Nehmen wir an, Niehl hat durch Wessels' unbedachtes Verhalten das Versteck des Alten entdeckt. Wer sagt uns, dass der Goldraub erst nach Wessels' Tod erfolgte? Haben wir einen Denkfehler begangen? Niehl könnte das Gold schon vorher gestohlen haben. Wessels entdeckt das. Er ist ohnehin am Boden zerstört. Kein Wunder bei der Erkrankung. Nun ist sein Gold verschwunden, mit dem er sich seine letzten Tage auf dem Festland verschönern wollte.« Thönnissen sah Hundt an. »Können Menschen so hinterhältig sein?«

Der Hauptkommissar trank ebenfalls von seinem Bier. Dann nickte er versonnen. »Doch, mein lieber Thönnissen. Man mag es nicht glauben, aber der Mensch kann so sein. Alles schon dagewesen.«

Der Inselpolizist ließ es sich nicht anmerken. »Mein lieber Thönnissen« hatte Hundt ihn genannt. Es war das erste Mal, dass der Kriminalist vom Festland nicht geringschätzig auf ihn herabgeblickt hatte.

»Dann verstehe ich auch, warum Wessels seine Jagdflinte nimmt und sich erschießt, als er den Diebstahl entdeckt. Das war eine Kurzschlusshandlung. Er hätte doch auch zur Polizei gehen können?«

»Zur Polizei?«, wiederholte Hundt. »Zu Ihnen?« Mit dieser einen Bemerkung hatte der Hauptkommissar den Sympathiesockel, den er zuvor errichtet hatte, wieder umgestoßen. »Was hätten Sie ausrichten können?«

Das fragte sich Thönnissen auch.

»Bleiben noch die anderen offenen Fragen«, konstatierte Thönnissen.

»Zum Beispiel, welcher Ihrer Freunde die Aquariumpumpe entwendet hat. Wir wissen noch nicht, woher das Benzin, das für die Brandstiftung genutzt wurde, stammt. Woher hat

Petersen das Geld, mit dem er seinen finanziellen Engpass beseitigte. Und er da«, schloss der Hauptkommissar, als Hermann-Josef Marienburg die Gaststube betrat, die beiden Beamten mit Missachtung strafte und sich in die entlegenste Ecke setzte, »ist auch noch nicht frei von jedem Verdacht.«

Sechs

Thönnissen hatte eine weitere unruhige Nacht verbracht. Auch die weiteren Biere, die er am Vorabend noch getrunken hatte, halfen ihm nicht über die Gedanken zu den mysteriösen Geschehnissen auf der Insel hinweg. Es war ein schwacher Trost, dass es Hundt nicht besser erging. Der Hauptkommissar hatte schneller und mehr als er getrunken und nicht mehr daran gedacht, dass Thönnissen mit dem Streifenwagen unterwegs war. Der Alkoholgehalt im Blut hätte ausgereicht, die Fahrerlaubnis zu entziehen. Doch wer hält schon einen Streifenwagen an und fragt: »Haben Sie getrunken?« Wer hätte ihn kontrollieren sollen? *Er* war die Polizei, und noch nie hatte es eine Verkehrskontrolle gegeben, die vom Festland herübergekommen war. Insofern war die Insel sein Reich, auch wenn Hundt derzeit für Unruhe sorgte.

Thönnissen hob vorsichtig den Kopf, spürte den Schmerz, und ließ ihn wieder zurücksinken. Er beschloss, noch einmal kurz die Augen zu schließen.

Als er sie das nächste Mal öffnete, war es kurz nach halb zehn. Mühsam schleppte er sich unter die Dusche und ließ abwechselnd heißes und kaltes Wasser über seinen Körper laufen. Der Behauptung, dass ein starker Kaffee half, schenkte er schon lange keinen Glauben mehr. Er beschloss, in den Ort zu fahren und dort zu frühstücken. Ein Blick auf die Anrufliste seines Handys zeigte ihm, dass sich Hundt noch nicht gemeldet hatte.

Thönnissen erschrak, als sein Mobiltelefon in dem Moment zu vibrieren begann, als er es in die Tasche zurückstecken wollte. Auf dem Display entdeckte er die Rufnummer der Leitstelle. Nachdem er sich gemeldet hatte, vergewisserte sich der Beamte aus der Zentrale, ob er wirklich mit der Polizeistation auf der Insel verbunden sei.

»Sie haben mich doch angewählt. Was meinen Sie, wer sich da meldet?«

Der Beamte in der Leitstelle ließ sich nicht aus der Ruhe bringen. »Wir haben einen Anruf erhalten. Ein Spaziergänger behauptet, eine Leiche gefunden zu haben.«

»Wo?«

Der Mitarbeiter aus der Leitstelle beschrieb den angeblichen Fundort. »Kennen Sie den?«, fragte er.

»Nee«, erwiderte Thönnissen. »Sind Sie sicher, dass es in dieser Galaxie ist?«

»Ich bitte um ein wenig mehr Funkdisziplin«, mahnte der Kollege.

»Verstanden«, erklärte Thönnissen und ließ offen, ob es auf die Meldung oder die Mahnung bezogen war.

Fluchend machte er sich auf den Weg, hielt am Tor zum Deichübergang, öffnete es und überquerte den Deich zur Seeseite hin. Am Deichfuß führt ein gepflasterter Weg entlang, den die Touristen gern für einen Spaziergang nutzten. Von weitem sah er zwei Personen am Ufer stehen. Nach etwa einem Kilometer erreichte er ein älteres Ehepaar, das ihm mit bleichem Gesichtsausdruck entgegensah.

»Sind Sie von der Polizei?«

Er wollte erst antworten, er wäre der Briefträger, als ihm bewusst wurde, dass er keine Uniform trug. So zeigte er auf den Streifenwagen und fragte: »Haben Sie uns alarmiert?«

»Wir sind hier spazieren gegangen, meine Frau und ich«, sagte der Mann und zeigte auf seine Begleitung. »Da ist uns das Bündel aufgefallen. Dort.« Er zeigte zur Wattseite. Auf einer der steinernen Buhnen war etwas angeschwemmt worden. Vom Deich aus war es nur undeutlich erkennbar. Doch. Es war ein Mensch.

»Bleiben Sie hier«, sagte Thönnissen und sah, wie der Mann seine zitternde Frau in den Arm nahm. Gebannt starrten beide in Richtung Buhne.

Thönnissen tastete sich die Böschung aus groben Granitsteinen hinab und erklomm die Buhne. Es war schwierig, auf den spitzen und rutschigen Steinen das Gleichgewicht zu halten. Er versuchte, mit ausgestreckten Armen die Balance zu wahren, und setzte bedächtig einen Fuß vor den anderen. Die Steine waren nass und zum Teil mit Algen überzogen. Das wirkte wie Schmierseife. Er wusste, wenn man hier aus dem Tritt kam und stürzte, würde man sich arge Verletzungen zufügen. Es schien ihm eine Ewigkeit zu dauern, bis er den Körper erreicht hatte, der etwa sechzig Meter weiter draußen lag. Er musste bei Flut angeschwemmt und auf die Buhne gespült worden sein. Das ablaufende Wasser hatte ihn freigegeben. Ohne den Leichnam zu berühren, hatte er den Toten erkannt. Er hatte Horst Niehl gefunden.

Vorsichtig hangelte er sich zurück und war froh, als er unbeschadet den Weg vor dem Deich erreicht hatte.

»Sie hatten recht«, sagte er zu dem Ehepaar. »Das war aufmerksam.«

»Wir haben nur unsere Pflicht getan«, sagte der Mann bescheiden und wollte wissen, was denn losgewesen sei.

»Das kann ich Ihnen nicht sagen. Vielleicht ein Unfall«, wich Thönnissen aus. Er trat ein paar Schritte zur Seite und versuchte, Hundt telefonisch zu erreichen. Gleich beim ersten

Ruf ertönte die Mailbox. Thönnissen rief im Hotel an und ließ sich mit Feddersen verbinden.

»Ist der Kommissar noch im Haus?«

»Moment«, antwortete der Hotelier, um ein paar Sekunden später leiser fortzufahren: »Der ist vor wenigen Minuten aufgetaucht. Ziemlich verkatert. Das lag vermutlich an der Flasche Schnaps, die er noch mit aufs Zimmer genommen hat, nachdem ihr auseinandergegangen seid. Und da hattet ihr ja schon reichlich was weggeschüttet.«

»Eine Flasche Schnaps aufs Zimmer?«

»Ja.« Feddersens Lachen drang blechern aus dem Hörer. »Du glaubst es nicht. Ich habe ihm eine von Wessels' Schwarzgebrannten in die Hand gedrückt. Damit ist er selig abgezogen.«

»Bist du verrückt?«

Erneut lachte Feddersen. »Ja, bin ich.« Er klang dabei wie ein Schuljunge, dem ein besonderer Streich gelungen war.

»Ich muss ihn sprechen.«

»Viel Spaß.« Feddersen musste sich nach Thönnissens Anruf mit dem Telefon zurückgezogen haben. Es dauerte einen Augenblick, dann hörte ihn Thönnissen sprechen. »Für Sie. Ihr Kollege.«

»Hundt.« Es klang wie ein Rauschen und Röcheln. Der Hauptkommissar räusperte sich und wiederholte seinen Namen. Die vom Gelage des Vortags ramponierte Stimme war unverkennbar.

»Spaziergänger haben Niehl gefunden«, erklärte Thönnissen ohne Umschweife.

Erneut räusperte sich Hundt. »Ist er …?«

»Ja. Vermutlich ertrunken.«

»Sie sollten keine voreiligen Schlüsse ziehen.«

Thönnissen sagte nichts.

»Holen Sie mich ab«, wies Hundt an.

»Das geht nicht. Ich kann den Tatort nicht verlassen.«

Der Hauptkommissar fluchte etwas, dann hatte er aufgelegt.

Thönnissen nahm die Personalien des Ehepaares auf. Dann setzte er sich in den Streifenwagen und wartete. Er fror. Es war nicht umweltfreundlich, dass er den Motor anließ und die Heizung auf die höchste Stufe schaltete. Egal. Nach fast einer halben Stunde sah er endlich im Rückspiegel Feddersens Geländewagen näher kommen.

»Ich bin kein Hilfspolizist«, sagte der Hotelier anstelle einer Begrüßung, als er ausstieg. Er sah sich um und entdeckte die Leiche in der Ferne. »Niehl?«

Thönnissen nickte.

»Scheiße. Wer bezahlt jetzt seine offene Rechnung?«

»Greif ihm doch in die Tasche. Vielleicht hat er ein Bündel mit Geldscheinen darin.«

Feddersen musste sich das bildlich vorgestellt haben. Ein Schauer lief ihm über den Rücken. »Glaube nicht, dass ich bei der Bergung des Toten mit anfasse«, sagte er bestimmt.

»Das Kommando hat der Hauptkommissar«, erklärte Thönnissen und ergänzte in dessen Richtung: »Moin.«

Hundt würdigte ihn keines Blickes. Er sah starr ins Watt hinaus. Mit Genugtuung stellte Thönnissen fest, dass der Hauptkommissar Halbschuhe trug. Städtische Halbschuhe. Die waren für das Promenieren auf dem Pflaster gepflegter Innenstädte geeignet, aber nicht für hier draußen.

»Wie kommt man dahin?«, erkundigte sich der Beamte.

Thönnissen streckte den Arm aus. »Da entlang.« Er ging voraus, tapste vorsichtig die Böschung hinab und erklomm die Buhne. Hundt folgte ihm, geriet aber schon auf dem Hang ins Rutschen. Dann versuchte der Hauptkommissar, Thönnissen zu folgen. Nach dem dritten Stein knickte er um.

»So primitiv ist es in keinem Entwicklungsland«, schimpfte er und tastete sich in Richtung des Meeresbodens, der neben der Buhne lag.

Thönnissen schwieg.

Hundt setzte den linken Fuß in den Schlick und sackte bis über die Sohle ein. »Schweinkram.« Dann zog er den rechten Fuß nach. Er blieb stehen, besah sich seine Füße und setzte den linken Fuß vor. Im selben Moment rutschte er aus. Er ruderte mit den Armen wild in der Luft herum, hob das linke Bein in die Höhe, als würde er zu einer Pirouette ansetzen, als es ihm auch das rechte Standbein wegriss. Mit einem Schrei landete er bäuchlings im Schlick und blieb benommen liegen.

Thönnissen hätte ihm sagen können, dass der Schlick rutschiger als Schmierseife ist. Wenn man ihn gefragt hätte. Er grinste schadenfroh.

Hundt war von Kopf bis Fuß eingesaut. Der schmutzige Schlick saß überall. Mühsam versuchte er, sich aufzurappeln, rutschte aber sofort wieder aus.

Thönnissen sah ihm teilnahmslos zu. Er wusste, dass der Hauptkommissar ihn nicht um Hilfe bitten konnte.

Hundt kapitulierte. Auf allen vieren kroch er zur Buhne zurück, zog sich auf die spitzen Steine und kam mühsam in die Höhe. Er bestand nur noch aus Schmutz.

»Wollen Sie ins Hotel zurück?«, fragte Thönnissen und schob mit lauerndem Unterton hinterher: »Und was ist in der Zwischenzeit mit dem Toten?«

Er wusste, Hundt hatte keine Alternative. Der Hauptkommissar musste, so dreckig er war, zur Leiche hinausbalancieren.

Es dauerte ewig, bis die beiden den Toten erreicht hatten. Immer wieder kam Hundt ins Straucheln. Zweifellos wirkten sich auch die Folgen des vergangenen Abends auf seinen Gleichgewichtssinn negativ aus.

Endlich hatten sie das angeschwemmte Bündel erreicht.

»Niehl«, knurrte Hundt, »zweifelsfrei.« Er beugte sich nieder, suchte einen sicheren Halt und sah sich, als er schließlich das Gleichgewicht gefunden hatte, aufmerksam das Gesicht des Toten an.

»Der ist ertrunken«, stellte er fest.

»In diesem Punkt verfügen Sie über eine große Erfahrung«, lobte ihn Thönnissen. »Im Unterschied zu mir. Woran erkennt man das?«

Der Hauptkommissar antwortete nicht. Du verstehst etwas von Todesursachen, dachte Thönnissen, und ich vom Schlick auf dem Meeresboden. Jeder hat so sein Wissen.

»Greifen Sie mir mal in meine Tasche«, forderte Hundt ihn auf. »Da sind Einmalhandschuhe drin. Stülpen Sie die über. Dann untersuchen Sie den Mann.« Mit dem Ellenbogen wies Hundt auf seine Brusttasche. »Da finden Sie einen Aufbewahrungsbeutel für die Gegenstände.« Mit spitzen Fingern angelte Thönnissen die Gegenstände heraus. Es war ihm unangenehm, seine Finger in Hundts enganliegende Hosentaschen zu stecken.

»Passen Sie doch auf!«, schnauzte ihn der Hauptkommissar an, als beide ins Wanken gerieten.

Dann beugte sich Thönnissen ebenfalls nieder und machte sich an die Arbeit. Durch die dünnen Handschuhe spürte er den feuchten Stoff der Kleidung, die kalte Haut der Leiche. Er sah auf.

»Wenn ich etwas an der Lage verändere?«

»Blöde Frage. Niehl wird kaum hier ertränkt worden sein.« Hundt sah über das Watt. »Der ist da draußen irgendwo ertrunken.«

Niehl trug einen wasserdichten gefütterten Anorak. In den äußeren Taschen fand der Inselpolizist den Hotelschlüssel, ein durchweichtes Päckchen Papiertaschentücher und ein Handy, aus dem das Wasser herauslief.

»Nicht viel«, stellte Thönnissen fest und sah zum Kriminalisten auf.

»Nun machen Sie schon«, forderte der ihn auf. Inzwischen waren die Lippen des Hauptkommissars blau angelaufen, und er bibberte vor Kälte. Die Feuchtigkeit und der hier unablässig wehende Wind taten ein Übriges.

Thönnissen zog nun den Reißverschluss des Anoraks auf und tastete die Brusttaschen ab. »Da ist etwas«, sagte er und fingerte drei kleine durchsichtige Plastikhüllen hervor. Sie waren leer.

»Was ist das?« Er hielt sie hoch, damit Hundt einen Blick darauf werfen konnte.

»Das sind Hüllen, in denen Goldmünzen aufbewahrt werden.« Trotz der Kälte und widrigen Umstände klang der Hauptkommissar plötzlich zufrieden.

»Soll ich ihn umdrehen?«, fragte Thönnissen. »So komme ich nicht an die Gesäßtasche.«

»Lassen Sie das«, fauchte ihn Hundt an. »Sie sind offenbar nicht in der Lage, Dingen Prioritäten zuzuordnen. Das ist jetzt alles nebensächlich. Wir haben gefunden, wonach wir suchten.«

»Na wenn Sie meinen.«

Mühsam machten sie sich auf den Rückweg zum Deich. Thönnissen hatte ein Einsehen und reichte dem Hauptkommissar die Hand, damit der sich abstützen konnte.

Feddersen weigerte sich zunächst, Hundt in sein Auto zu lassen. »Den Dreck bekomme ich nie wieder raus.«

»Der Obermeister muss hierbleiben«, entschied Hundt. »Wir können die Fundstelle nicht unbewacht lassen.«

»Na toll. Und wie lange?«, fragte Thönnissen besorgt.

»Bis die Spurensicherung eingetroffen ist.«

»Das kann ewig dauern«, maulte er.

»Das ist Ihre Aufgabe. Los.« Hundt stieg kurz entschlossen in den Geländewagen, bevor Feddersen es verhindern konnte. Vorher rief er Thönnissen noch zu, dass er sich um die Benachrichtigung der Spurensicherung und der Rechtsmedizin kümmern sollte. Dann entfernte sich das Fahrzeug des Hoteliers.

Thönnissen forderte die Unterstützung vom Festland an, zog sich in den Streifenwagen zurück und wartete. Der Leichenfund schien sich herumgesprochen zu haben. Der Schauplatz geriet zum Wallfahrtsort der Neugierigen. Immer wieder fielen dem müden Beamten die Augen zu, und nur mit Mühe konnte er sich wachhalten. Aber es hätte ein schlechtes Licht auf ihn geworfen, wenn die Leute neben der Buhne mit dem ungewöhnlichen Strandgut einen schlafenden Polizisten entdeckt hätten.

Mit Sorge beobachtete Thönnissen, wie die Flut aufzulaufen begann, das Wasser zunächst die Spitze der Buhne umspielte, dann langsam näher kroch und sich Zentimeter für Zentimeter des trockengefallenen Meeresbodens zurückeroberte. Er sah auf die Uhr. Es würde noch über zwei Stunden dauern, bis die nächste Fähre eintraf. Mit etwas Glück würde die Spurensicherung an Bord sein. Bis dahin war das Wasser aber so weit gestiegen, dass es die Buhne überflutete. Es wehte nur ein mäßiger Wind, und die Wellen klatschten relativ sacht auf die Steine. Dennoch bestand die Gefahr, dass eine von ihnen Niehl anheben und beim Zurücklaufen wieder mit ins Meer nehmen könnte. Thönnissen malte sich aus, wie die Leute reagieren würden: Polizei lässt sich erneut Leiche wegnehmen. Toter verschwindet unter Aufsicht der Ordnungshüter.

Sein Versuch, Hundt zu erreichen, war ohne Erfolg. Er rief im Hotel an, aber Feddersen war nicht anwesend. Dessen Frau weigerte sich, den Hauptkommissar in dessen Zimmer aufzusuchen. Auch Thönnissens dringender Verweis auf den sich abzeichnenden Notstand konnte sie nicht umstimmen.

»Nein«, sagte sie entschieden. »Die nächtliche Aktion hat mir gereicht. Einmal und nicht wieder.«

So beschloss er, die Feuerwehr zu alarmieren. Als Claas und seine Männer nach fünf Minuten eintrafen, zeigten sie sich wenig begeistert von dem Auftrag, den Toten zu bergen. Immerhin stellten sie sich nicht so an wie Hundt, als sie trotz des mittlerweile aufgelaufenen Wassers hinauswateten und den Auftrag erfüllten.

»Wohin damit?«, fragte Claas, als sie den toten Niehl auf einer Plane auf dem Weg vor dem Deich abgelegt hatten.

»Lasst ihn da liegen«, entschied Thönnissen, nachdem er auf die Uhr gesehen und festgestellt hatte, dass es noch weit über eine Stunde dauern würde, bis die Experten einträfen. Während er damit beschäftigt war, die Schaulustigen zu vertreiben, installierten die Feuerwehrleute einen provisorischen Sichtschutz.

Nach einer ihm unendlich lang vorkommenden Wartezeit näherten sich die Fahrzeuge der Spurensicherung und das des Rechtsmediziners. Der Hauptkommissar begleitete sie.

Hundt stieg aus, sah den abgedeckten Niehl auf der Plane auf dem Weg liegen und begann zu brüllen: »Was soll das bedeuten? Wer hat das veranlasst?«

Thönnissen zeigte auf das Wasser. Inzwischen war von der Buhne fast nichts mehr zu sehen. »Ich habe alles in meiner Macht Stehende versucht, die Flut zurückzuhalten. Aber auf einen Beamten des mittleren Dienstes wollte sie nicht hören.«

»Wollen Sie mich verarschen?«

Thönnissen war kurz davor, diese Frage zu bejahen, sagte schließlich aber: »Sonst wäre die zweite Leiche verschwunden. Wollen wir das? Die Insel der abgetauchten Leichen. In diesem Fall wäre das sogar wörtlich zu nehmen.« Er fügte an, indem er lauter wurde, damit der Leiter der Spurensicherung es auf jeden Fall mitbekam: »Sie waren nicht erreichbar, um eine Entscheidung zu treffen. Da musste ich selbst handeln. Die Situation machte es erforderlich.«

Ahlbeck baute sich vor den beiden auf. »Das ist nicht ihr Ernst?«, fluchte er. »Da liegt ein Toter vorm Deich. Sie behaupten, ihn dort draußen«, dabei zeigte er aufs Wasser, »gefunden zu haben.«

Thönnissen versuchte noch einmal, die Gesetzmäßigkeiten von Ebbe und Flut zu erklären.

»Und?« Ahlbeck verschränkte die Arme vor der Brust. Er wirkte angriffslustig. »Ich bin kein Meereskundler. Aber die Tide unterliegt Gesetzmäßigkeiten. Es gibt sogar einen Kalender, in denen die Gezeiten exakt aufgeführt sind. Und den Fahrplan der Fähre kennen Sie auch. Also wussten Sie doch, dass wir den Fundort gar nicht mehr würden untersuchen können. Was soll der Quatsch, uns hierher zu bestellen?«

Thönnissen zuckte die Schultern und zeigte wortlos auf Hundt.

Ahlbeck öffnete den Mund, hielt mitten in der Bewegung inne, winkte ab und sagte: »Den Strauß sollen unsere Vorgesetzten ausfechten. Ich werde jedenfalls einen geharnischten Bericht schreiben. Das sage ich Ihnen.« Dann wandte er sich ab.

Währenddessen hatte sich der Rechtsmediziner kurz über die Leiche gebeugt und sofort wieder aufgerichtet.

»Tot«, sagte er.

»Das sehe ich auch«, regte sich Hundt auf. »Schließlich bin

ich lange genug mit der Ermittlung in ungeklärten Todesfallsachen betraut.«

»Und? Woran ist er gestorben?«

»Ertrunken. Darauf deuten alle äußerlich erkennbaren Symptome hin.«

Der Rechtsmediziner lächelte. »Haben Sie schon in die Lungen gesehen?«

Hundt sah ihn verständnislos an.

»Dann wüssten Sie, ob er im Salzwasser ertrunken ist.« Er beugte sich noch einmal hinab und untersuchte Niehl flüchtig. »Auf den ersten Blick kann ich keine äußeren Gewaltanwendungen erkennen.« Er hob die Hände des Toten an und warf einen Blick auf die Fingernägel. »Keine Abwehrverletzungen.«

Der Rest war Routine. Auch die Spurensicherung sah in Niehls Taschen. Der Beamte, der diese durchsuchte, blickte aus der gebückten Haltung zu seinem Chef hoch. »Merkwürdig«, stellte er fest, »die Taschen sind leer.«

Thönnissen räusperte sich. Als ihn alle ansahen und Hundt eisern schwieg, bekannte er zögerlich: »Die Taschen haben wir schon leergeräumt.«

Ahlbeck schlug sich mit den Händen auf die Schenkel. »Was haben Sie?« Er war schier außer sich.

»Ich habe nur …«, begann Thönnissen und hielt inne, weil Hundt sich abgesetzt und ein paar Schritte entfernt hatte. Er war es endgültig leid, als niedrigster Dienstgrad stets für die Versäumnisse und Fehler anderer verantwortlich gemacht zu werden. Was hatte ihm der Hauptkommissar stets klargemacht? Thönnissen war nur ein einfacher und nicht sonderlich intelligenter Polizist auf einer Insel am Rande der Welt. Nicht so abseits wie die andere Insel, nach der er sich sehnte. Tuvalu. Jetzt dauerte es nicht mehr lange, bis er seinen Urlaub antreten konnte.

Die Spezialisten verrichteten die wenigen noch möglichen Handgriffe. Dann zogen sie ab und nahmen den toten Niehl mit.

Hundt setzte sich wie selbstverständlich in den Streifenwagen. »Zum Hotel«, befahl er. Dort verschwand er auf seinem Zimmer, während sich Thönnissen zu Feddersen in die Gaststube begab. Der Hotelier rückte dicht an ihn heran: »Sag mal, was geht da eigentlich ab?«, fragte er in vertraulichem Ton. »Zu verstehen ist das schon lange nicht mehr.«

»Du hast es selbst mitbekommen. Niehl ist tot. Nun fang nicht an, über deinen Verdienstausfall zu jammern.«

»Du hast gut lachen. Bei dir fließt jeden Monat dein reichhaltiger Sold …«

»Bezüge heißt das«, belehrte ihn Thönnissen.

»Mir egal. Du denkst nicht darüber nach, dass ich für deine Bezüge aufkommen muss. Monat für Monat. Mich fragt keiner, woher ich das Geld bekomme, dass ich ans Finanzamt überweise.«

»Wenn's knapp wird, nimm doch einfach etwas aus der schwarzen Kasse«, riet Thönnissen.

»Bist du verrückt? So etwas habe ich nicht.«

Der Inselpolizist lachte. »Das ist nicht mein Aufgabenbereich.«

Feddersen wedelte mit der Hand. »Wann seid ihr endlich fertig? Der Marienburg reist ab.«

»Na und? Dann ziehen andere Gäste dort ein.«

»Welche? Hier wimmelt es von Leichen. Da kommt doch keiner mehr.«

»Erstens verschwinden die Leichen auch von allein. Zweitens musst du dein Marketingkonzept überdenken. Wie wäre es mit ›Feuer und Wasser‹?«

»Was heißt das?« Feddersen war neugierig geworden.

»Die beiden Toten«, erklärte Thönnissen. »Der eine ist verbrannt. Also ›Feuer‹. Der andere ist ertrunken. Das ist …«

»Wasser«, ergänzte Feddersen.

In diesem Moment tauchte Hundt auf, setzte sich zu Thönnissen und fuhr den Wirt an: »Haben Sie nichts zu tun? Ein Bier.«

»Für mich auch«, rief Thönnissen hinterher.

»Nein. Der Obermeister ist noch im Dienst«, beschied Hundt. Beide sahen zu Hermann-Josef Marienburg hinüber, der in den Raum getreten war und – wie gewohnt – einen Platz suchte, der weit entfernt vom Tisch der Polizisten war.

»Ist der nun unschuldig?«, wisperte Thönnissen.

»Sieht so aus. Für mich ist der Sachverhalt jetzt klar.«

»Können Sie mir das erklären?«, bat Thönnissen.

Der Hauptkommissar schenkte ihm einen mitleidigen Blick.

»Wessels war todkrank. Das haben uns mehrere bestätigt. Hätte Ihr merkwürdiger Inseldoktor sich nicht so geziert, wären wir viel früher darauf gekommen. Wir wissen, dass Niehl ihn besucht hat. Dabei hat Wessels unfreiwillig sein Goldversteck verraten. Niehl hat sich später in Wessels Haus geschlichen und die Münzen gestohlen.«

Thönnissen trank einen Schluck vom Mineralwasser, das Feddersen inzwischen gebracht hatte.

»Und weiter?« Er legte seine Unterarme auf den Tisch und beugte sich in Richtung des Hauptkommissars vor.

»Wir wissen von Nissen und Barkendieck, dass Wessels seine letzten Tage auf dem Festland verbringen wollte. Dazu benötigte er sein Gold. Als er feststellte, dass es verschwunden war, sah er keinen Ausweg mehr und hat sich erschossen.«

»Ich finde Ihre Kombinationsgabe interessant«, sagte Thönnissen bewundernd. Er war froh, dass jetzt alles vorbei war. »Damit wäre der Todesfall und der Golddiebstahl geklärt. Die

Hüllen der Goldmünzen, die wir in Niehls Taschen gefunden haben, sind eindeutige Beweise. Aber wo ist das Gold selbst geblieben?«

Hundts Blick schweifte in die Ferne. »Das weiß ich auch nicht. Irgendwo muss Niehl es versteckt haben.«

»Nur die Münzen? Warum hat er sie nicht in den Hüllen gelassen?«

»Manche Fragen kann man nicht mehr klären. Wie gut, dass Straftäter nicht immer rational handeln. So hätten wir es ungleich schwerer, ihnen auf die Schliche zu kommen.«

Thönnissen nagte an seiner Unterlippe. »Und der Leichenraub? Die Brandstiftung?«

»Das kann nur Niehl gewesen sein«, überlegte Hundt laut. »Gegen ihn ist in Köln wegen Hehlerei ermittelt worden. Bisher konnte ihm nie etwas nachgewiesen werden. Wenn man ihn hier wegen eines dummen Fehlers erwischt hätte, wäre auch das Kölner Kartenhaus zusammengebrochen. Wer macht mit einem Antiquitätenhändler Geschäfte, der gestohlen hat? Gerade in der Branche müssen Sie als Händler das Vertrauen der Kunden gewinnen. Die sind unsicher, weil sie oft den Wert der Gegenstände nicht einschätzen können. Der Mann war nicht dumm. Er hat gespürt, dass er zum Kreis der Verdächtigen gehört. Vielleich war es eine Panikreaktion, dass er die Leiche entführt hat. Eventuell war es ein kluger Schachzug, um unsere Aufmerksamkeit darauf zu lenken. Welche unterbesetzte Polizeidienststelle verfolgt primär einen Diebstahl, wenn eine Leiche verschwunden ist?«

»Aha«, strahlte Thönnissen. »Und dadurch, dass er die Leiche in Wessels' Haus brachte und es anzündete, wurden alle Spuren verwischt, die wir sonst dort möglicherweise gefunden hätten.«

Hundt lehnte sich zurück. Ein überhebliches Lächeln umspielte seine Lippen.

»Der erste richtige Gedanke, den ich von Ihnen höre.«

»Die Aquariumpumpe … die hat Niehl möglicherweise entdeckt, als er bei Jesper Ipsen im Haus nach Antiquitäten gesucht hat. Offenbar hat der Mann alle Häuser auf der Insel abgeklappert.«

Der Hauptkommissar nickte.

»Aber wo hatte Niehl das Benzin her? An der Tankstelle war er nicht. Und wie hat er Wessels transportiert? Er hatte kein Auto.«

»Das sind Restaktivitäten, die Sie noch klären müssen. Dazu ist meine Anwesenheit nicht mehr erforderlich. Ich erwarte Ihren Bericht.«

»Sie wollen die Insel verlassen?«

Hundt nickte. »Morgen. Allerdings auf andere Weise als Niehl.«

»Das fällt nur Binnenländern ein«, sagte Thönnissen versonnen. »Niehl wusste, dass wir ihn beobachtet haben. Wir haben ihn damit konfrontiert, dass er zwischendurch einen Abstecher aufs Festland unternommen hat. Er konnte sich ausrechnen, dass wir informiert würden, wenn er die Fähre betreten hätte. So blieb ihm nur die eine Möglichkeit, von der Insel runterzukommen.«

»Und die war trügerisch. Wenn sich bei Ebbe das Meer zurückzieht …«

»Das Wasser«, korrigierte ihn Thönnissen. »Wir sagen hier: das *Wasser.*«

»Wenn bei Ebbe der Meeresboden zu sehen ist, so weit das Auge reicht, heißt es nicht, dass man trockenen Fußes ans Festland kommt.«

»Gott bewahre«, pflichtete Thönnissen dem Hauptkommissar bei. »Zwischen uns und dem Festland gibt es Priele, die Sie auch bei Ebbe nicht durchwaten können. Abgesehen davon ist die Entfernung viel zu groß, um sie während einer Tide zurücklegen zu können. Da man weit sehen kann und dem Auge Orientierungspunkte fehlen, täuscht es. Unwissende begehen auch den Fehler, im Watt immer die scheinbar kürzeste Entfernung zu wählen. Man muss ein erfahrener Wattführer sein, um sich dort draußen zurechtzufinden. Die Flut hat schon manches Opfer gefordert und mancher wurde einfach fortgespült.«

Hundt nahm einen großen Schluck Bier. »Wenn Sie in gewissen Dingen nicht so einfältig gewesen wären, hätten wir den Fall früher gelöst.«

Thönnissen machte einen betroffenen Eindruck. Das hätte nicht sein müssen.

Sie nahmen fast schweigend das Abendessen ein. Später am Abend verschwand der Hauptkommissar auf die Toilette. Diese Gelegenheit nutzte Feddersen, um an den Tisch zu eilen.

»Und?«, fragte er neugierig. »Ist alles geklärt? Mir hat er gesagt, dass er morgen abreist.«

So deutlich hatte sich Hundt Thönnissen gegenüber nicht ausgelassen. Doch das wollte der Inselpolizist dem Hotelier nicht auf die Nase binden.

»Erzähl mal. Was ist das Ergebnis?«

»Amtsgeheimnis«, erwiderte Thönnissen vieldeutig. Er hatte keine Lust, Feddersen zu berichten, zumal noch ein paar Nebensächlichkeiten offen waren.

Feddersen sah über die Schulter und vergewisserte sich, dass Hundt noch nicht zurückkehrte.

»Ich habe mich drüben beschwert«, sagte er leise. »Beim Landrat. Du weißt, ein Parteifreund … So wäre es nicht weitergegangen. Der hat unsere ganze Insel durcheinandergewirbelt. Ich mag gar nicht an die Berichterstattung in der Presse denken. Und wenn erst das Fernsehen kommt.«

»Freu dich doch. Stell dir vor, man interviewt dich, als Bürgermeister und Augenzeuge. Du warst die ganze Zeit mitten im Geschehen. An deiner Stelle würde ich mich vor das Hotel stellen, so, dass der Name gut zu sehen ist. Dann kannst du deine Geschichte zum Besten geben. Hast du eine Vorstellung, wie teuer eine Werbeminute im Fernsehen ist? Und du zahlst keinen Pfennig dafür?«

»Cent«, korrigierte ihn Feddersen. »Meinst du, das klappt?«

»Sicher.«

Strahlend zog sich Feddersen wieder hinter den Tresen zurück, als Hundt auftauchte.

Thönnissen verabschiedete sich bald vom Hauptkommissar und zog sich in sein Haus zurück. Er hatte genug Mineralwasser getrunken. Jetzt brauchte er ein kühles Bier, zumal er ab übermorgen für eine Weile darauf verzichten musste. Dann würde der beleibte Willem Hagedorn seine Urlaubsvertretung auf der Insel übernehmen. Willem tat es gern. Während der Zeit, so hatten seine Insulaner Thönnissen versichert, wäre auf der ganzen Insel kein Uniformierter zu sehen. Hagedorn schien die Gelegenheit zu nutzen, um Tag und Nacht zu schlafen.

Thönnissen interessierte das nicht. Morgen würde er endlich seine Koffer packen. Und am folgenden Tag seine große Reise beginnen. Auf die Insel. Nach Tuvalu. Eine Insel, am Ende der Welt. Wie *seine* Insel. Nur anders.

Epilog

Tja – Hundt ist weg. Wieder drüben, auf dem Festland. Der hat Unruhe bei uns geschaffen. Jeden – aber auch wirklich jeden – hat er verdächtigt. Ich bin mir sicher, dass die ganze Aufregung nicht entstanden wäre, hätte der Wichtigtuer gleich erkannt, dass Wessels sich selbst erschossen hatte. Das wäre für den Frieden auf unserer schönen Insel besser gewesen. Und Wessels hätte eine würdige Beerdigung gehabt und wäre nicht von Rechtsmedizinern zerfleddert worden.

So ist es, wenn Leute hierherkommen, die nichts von unserem Leben verstehen, von der Andersartigkeit eines Insellebens. Es gibt keine Nachbardörfer, in die man abends fahren kann. Ebenso wenig kann man so mal eben in die Stadt fahren. Jede Reise will wohl überlegt sein. So kommt es, dass man aufeinander angewiesen ist, sich kennt. Das ist kein Wunder. Schließlich begegnet man sich immer wieder. Jeden Tag. Bei jeder Gelegenheit. Und selbst die sogenannten Einsiedler können nicht untertauchen. Man ist aufeinander angewiesen. Das war schon immer so. Einer allein hätte den Naturgewalten, Sturm und Sturmflut, nie trotzen können. So haben wir Insulaner uns stets gegenseitig geholfen. Auf Fremde mag das eigentümlich wirken. Wer aber unsere Insel, unsere großartige Natur, kennen- und schätzen gelernt hat, versteht auch die Menschen, die hinterm Deich leben.

Und wir verstehen uns untereinander.

Hinrich Wessels wirkte wie ein Sonderling. Er war knorrig, der Alte. Und seine Schwarzbrennerei … Viele haben davon gewusst, fast alle etwas vermutet. Gerüchte haben schnelle Beine. Besonders bei uns.

Ich kann nicht behaupten, dass wir enge Freunde gewesen waren, Wessels und ich. Schon als kleiner Junge bin ich ihm begegnet. Und wenn einen fast eine ganze Generation trennt, so wird man manchmal nicht für voll genommen. Mit diesem scheinbaren Makel muss man leben. Immer. Das bedeutet aber nicht, dass auch der Jüngere sich nicht Respekt und Anerkennung erwerben kann. Dünkelhaftigkeit ist den Menschen bei uns fremd. Na ja. Den meisten. So hat sich Hinrich Wessels mir irgendwann anvertraut, zunächst zögerlich, dann offen. Er hat von seiner Krankheit und der Hoffnungslosigkeit erzählt, von seinem Wunsch, in Frieden und behütet zu sterben. Andererseits konnte er, der sein ganzes Leben auf diesem wunderbaren Fleckchen Erde zugebracht hat, sich nicht vorstellen, seine letzten Tage woanders zubringen zu müssen, eventuell sogar fern der Insel begraben zu werden.

Davor hatte er genauso viel Angst wie vor dem Endstadium seiner Erkrankung. Und da ich eine sogenannte öffentliche Person auf der Insel war, blieb es nicht aus, dass ich Wessels öfter in seinem bescheidenen Haus besucht habe, um ihm zur Hand zu gehen, ihm zuzuhören, ihn zu trösten. Ich werde nie vergessen, wie wir an einem wunderschönen Herbstabend auf der alten Bank vor seinem Fenster saßen. Die Sonne sandte ihre letzten wärmenden Strahlen, bevor sie langsam als glutroter Feuerball hinterm Deich abtauchen würde. Man hätte ihn erklimmen können, um noch einmal die Sonne zu sehen, wie sie am Horizont ins Meer versank. Wessels war gerührt von diesem Anblick. Er griff meine Hand und hielt sie fest. »Junge«, sagte er. Nie zuvor hatte er mich so genannt. »Du hast keine Vorstellung davon, was es in der Seele eines Menschen bedeutet, so etwas zu sehen, wenn du weißt, es ist das letzte Mal. Die nächsten Jahreszeiten werde ich nicht mehr erleben.«

Wir saßen schweigend da. Ich hatte schlucken müssen und wandte mein Gesicht ab, damit Wessels meine Betroffenheit nicht sah. Ich hätte ihm Stütze sein, ihn ermuntern sollen. Ich konnte es nicht.

Er war schon ziemlich kraftlos in diesen Tagen. »Ist das nicht schön, dieser Sonnenuntergang? Genauso möchte ich von dieser Welt gehen, mit ein wenig Glanz, wie die Sonne dort. Ich möchte nicht, dass mein Lebenslicht verglüht wie eine heruntergebrannte Kerze.« Er drückte meine Hand abermals. »Allein schaffe ich es nicht. Du musst mir helfen, würdevoll den Weg dorthin zu gehen.« Dabei streckte er seine Hand aus und zeigte in Richtung des roten Scheins, der über der Deichkrone leuchtete. »Dorthin möchte ich. Zum Licht. Ich will wissen, was hinter dem Horizont ist.« Wir schwiegen eine Weile. Schließlich sagte Wessels trotz seiner brüchigen Stimme mit Entschiedenheit: »Du musst mir helfen, diesen Weg zu beschreiten.«

Ich war erschüttert. Das konnte er nicht von mir verlangen. Meine Aufgabe war es, Menschen zu helfen, sie vor Unheil zu bewahren, aber nicht zu töten, selbst wenn es auf Verlangen war. Doch Wessels, der zusehends verfiel, drängte mich und ließ mir keine andere Wahl.

Es waren die schlimmsten zwei Tage meines Lebens, die ich um Bedenkzeit bat. Ich hatte mich entschlossen abzulehnen. Als ich zu Wessels ging, um ihm meinen Entschluss zu unterbreiten, fand ich den alten Mann hilflos in seiner Küche liegen. Ein schmaler Streifen Blut floss aus seinem Mundwinkel. Er litt fürchterlich. Ich warf alle Skrupel über Bord, half ihm beim Ankleiden und ging mit ihm zum Deich. Obwohl es regnete und alles aufgeweicht und matschig war, genoss er die würzige Seeluft, sog sie mit jedem Atemzug in sich hinein. Ich war voller Hoffnung, dass ihm dieses Erlebnis neue Kraft und neuen Lebensmut schenken würde. Aber es war nur ein letztes Aufflackern der Lebensgeister. Er wollte zu seiner Wiese geführt werden. Dort nahm ich ihn in den Arm. Wir sprachen zusammen ein Gebet, ich hielt mit der Linken seine Hand und mit der Rechten das Gewehr. Ich konnte ihm im entscheidenden Moment nicht in die Augen sehen und ließ meinen Blick in die Ferne schweifen. Dann krümmte sich mein Zeigefinger am Abzug.

Es war grauenvoll. Ich möchte nicht über meine Gefühle sprechen, darüber, wie es in meinem Inneren aussah. Ich hatte einen Menschen getötet, auch wenn es auf Verlangen gewesen war, wenn ich dem alten Wessels damit einen letzten Dienst erwiesen hatte. Das Gewehr warf ich achtlos ins Gras. Es sollte so aussehen, als hätte Wessels sich selbst erschossen. Ich hoffte darauf, dass die Polizei bei ihren Ermittlungen auf Wessels' unheilbare Krankheit stoßen würde. Dann eilte ich zurück in sein Haus und nahm die Goldstücke an mich, nachdem er mir zuvor das Versteck verraten hatte. Davon sollte er eine würdige Beerdigung erhalten. Dies zu organisieren, ohne dass es auffiel, würde mir nicht schwerfallen.

Hier machte ich meinen ersten Fehler. Ich hätte den Karton beseitigen oder zumindest mit etwas anderem befüllen sollen. Niemand hätte je von den Goldmünzen erfahren. Ich war aber zu nervös nach der Aktion mit dem Alten hinterm Deich.

Das war nicht der einzige Fehler, der mir unterlief. Natürlich waren meine Fingerabdrücke auf dem Gewehr. So war es ein glücklicher Umstand, dass die halbe Insel in der Polizeistation auftauchte und die Waffe in Händen gehalten hatte. So gab es zahlreiche Verdächtige. Und wie war das mit den

Schmauchspuren? Zum Glück war alles so undurchsichtig, dass die Polizei nicht danach suchen konnte. Aber halt. Wenn Wessels selbst abgedrückt hätte, müsste man bei ihm Schmauchspuren finden – dachte ich mir, obwohl ich wahrlich kein Experte bin.

Also war ich gezwungen, Wessels' Leiche aus dem Kühlraum zu entführen und so lange zu verstecken, bis ich sie an einem geeigneten Ort beiseiteschaffen konnte. Dazu bot sich Wessels' Haus an. Mit dem Niederbrennen könnte ich auch mögliche Spuren verwischen, die ich eventuell hinterlassen hatte. Mir tat es um den Alten leid. Mein Versprechen sollte anders aussehen, aber jetzt galt es, mich zu retten. Ich brachte Wessels in sein Haus, baute das Konstrukt mit dem Benzinkanister und der zeitgesteuerten Pumpe aus dem Aquarium und hatte damit alle Spuren verwischt, die mich verraten hätten.

Horst Niehl aus Köln. Der Mann war skrupellos. Er betrog die Leute, übervorteilte sie beim Ankauf wertvoller Erbstücke, deren Wert viele vorwiegend ältere Menschen nicht einschätzen konnten. Ich verabredete mich mit dem Mann und ging mit ihm spazieren, scheinbar in ein Fachgespräch vertieft, in dem ich mir von ihm von den Kostbarkeiten erzählen ließ, mit denen er handelte. Er geriet so ins Schwärmen, dass er nicht merkte, wie wir von der alten Mühle aus immer weiter ins Watt hinausliefen. Am Horizont war schon Hallig Hooge zu sehen gewesen. Plötzlich hatten wir auflaufendes Wasser. Die Flut kam. Er fiel wie viele unwissende Urlaubsgäste darauf herein, dass man nicht den scheinbar kürzesten Weg Richtung Strand nehmen darf. Man muss wissen, wie der Verlauf der Priele ist. Natürlich kenne ich mich als Insulaner damit aus. Ich führte ihn zu einem Priel, der schon mit Wasser vollgelaufen war, und tat, als würde ich eine Stelle suchen, an der man durchwaten kann. *Ich* kannte die flache Furt und kam hinüber, er suchte vergeblich danach und blieb auf der Sandbank zurück. Von der anderen Seite rief ich ihm, ich würde Hilfe holen, da man im Watt keinen Handyempfang hat. Natürlich tat ich dies nicht.

Hätte ich ein Selbstgespräch führen sollen? Ich, Polizeiobermeister Frerk Thönnissen.

Jupp Braunsfeld hatte mich angerufen. Ich hatte den fülligen Kollegen von der Kölner Polizei kennengelernt, als er mit seiner Frau Urlaub auf unserer Insel machte. Jupp kam jedes Jahr. Er hatte mich gewarnt, dass ein gewiefter Halunke aus seiner Heimatstadt auf unsere Insel kommen würde. Niehl war polizeibekannt. Diebstahl, Betrug, Hehlerei … Doch nie war ihm etwas nachzuweisen gewesen. Stets hatte er seinen Kopf aus der Schlinge gezogen und andere dafür büßen lassen. Braunsfeld erzählte, dass in einer Klinik für Forensik ein junger Junkie darbte, der vermutlich von Niehl auf Beutezug geschickt worden war, um an Geld für seine Sucht zu kommen. Als ein Hausbesitzer auf die Idee kam, dass Niehl als Tippgeber dahintersteckte und ihn zur Rede stellte, hatte ihn der Antiquitätenhändler kaltblütig ermordet und die Tat dem Junkie in die Schuhe geschoben.

Nein, um Niehl war es nicht schade. Ich wusste, dass er keine Chance hatte, um diese Jahreszeit zu überleben, von der Sandbank herunterzukommen. Die Querströmung würde auch einen geübten Schwimmer nicht an Land kommen lassen. Irgendwann würde er wieder auftauchen. Im wahrsten Sinne des Wortes. Dass das so schnell geschah, war ein glücklicher Umstand. Natürlich war es nicht schwierig, bei der Durchsuchung der Taschen an der Buhne die Leerhüllen der Goldmünzen so zu platzieren, dass es aussah, als hätte ich sie aus Niehls Tasche gezaubert. Der zuvor in den Dreck gefallene Hundt hatte zu diesem Zeitpunkt ganz andere Probleme, als mich zu beobachten. Zugegeben – das war ein weiterer glücklicher Umstand.

Und die anderen Details, auf die wir gestoßen waren? Der Karton, den wir im Altpapierstapel in Ipsens Schuppen fanden, war wirklich nur ähnlich. Hier wäre mir Hundts schwaches Erinnerungsvermögen fast zum Verhängnis geworden. Tore Ipsen und die Goldmünze, mit der er bei der Sparkasse vorstellig geworden war? Ebenfalls Zufall.

Natürlich habe ich auch gewusst, warum Ove Petersen von der Sparkasse sich beharrlich geweigert hat, zu verraten, woher das Geld für die Bareinzahlung stammte, mit der er seine finanzielle Notlage überbrückt hat. Sein Schwiegervater hatte es ihm gegeben. Der war Gastronom auf dem Festland, betrieb einen gutgehenden Dorfkrug und richtete im Sommer viele Feste auf den Dörfern aus. Da bleibt es nicht aus, dass mancher Euro an der Steuer vorbei in eine schwarze Kasse wandert. Das wusste Petersen. Natürlich hat er seinen Schwiegervater, der ihm aus der Klemme geholfen hatte, nicht in die Pfanne hauen können. Auch wenn er sich selbst verdächtig gemacht hat, musste der Zweigstellenleiter eisern schweigen.

Dafür war Hundt mir manchmal sehr nahe gekommen. Er hat sich gewundert, dass ich müde war. Erstaunlich ist das nicht. Während er schlief, musste ich die Leiche entführen und verbergen, Wessels ins Haus bringen, den Zeitzünder basteln und in Gang setzen, Niehl ins Watt führen … Ich hatte alle Hände voll zu tun. Da ist es nicht erstaunlich, dass man tagsüber müde ist. Genauso verhielt es sich mit meinem ständig knurrenden Magen. Wann hätte ich essen können?

Ich habe mich unbehaglich gefühlt, als wir nach Wessels'

Leiche gesucht haben. Natürlich hätten wir die Feuerwehr einschalten können. Die hätten genauso wenig gefunden wie Hundt und ich. Nur ein Hund wäre gefährlich geworden und hätte am Kofferraum des Streifenwagens geschnuppert, in dem ich die sterblichen Überreste des Alten verstaut hatte. Kritisch war es, als wir nach dem Besuch bei Ipsen im Streifenwagen saßen und der Hauptkommissar meinte, es würde muffig riechen. Natürlich war Wessels nie besonders sauber gewesen. Doch in jener Situation war es nicht nur seine mangelnde Körperpflege gewesen. Die nasse Kleidung, mit der er in den Sielzug gestürzt war, verströmte einen unangenehmen Geruch. Und schließlich sondern auch die sterblichen Überreste eines gepflegten Menschen irgendwann unangenehme Gerüche ab.

Ich mochte nicht daran denken, wie nah der Hauptkommissar der Lösung war.

Die Sache mit dem Gewehr … Ach ja. Das habe ich schon erklärt. Natürlich habe ich nicht verhindert, dass viele zu mir ins Haus gekommen waren und die Flinte angefasst haben. Je mehr, desto besser. Ebenso habe ich mich bei der Durchsuchung von Wessels' Haus – sagen wir mal ungeschickt – angestellt und überall meine Fingerabdrücke hinterlassen.

Und der Benzinkanister? Den habe ich an der Tankstelle besorgt. Lutz, der Mechaniker, wäre nie auf die Idee gekommen, mich mit zu erwähnen bei der Aufzählung der Leute, die Benzin in einem Kanister gezapft hatten. Warum sollte er die Polizei erwähnen? Aus seiner Sicht war das überflüssig. Die wüssten schließlich selbst, dass sie Benzin abgeholt hatten.

Auf meine Konstruktion mit dem zeitverzögerten Brandsatz war ich ein wenig stolz. Ich habe nie etwas dagegen unternommen, dass Hundt mich für einen Trottel hielt. So habe ich mich bei der Erklärung der Vorgehensweise des Brandstifters bewusst naiv gehalten. Den beiden Hauptkommissaren

Hundt und Ahlbeck war klar, dass der Täter besonders intelligent vorgegangen war. Diese Eigenschaft sprach Hundt mir ab.

Hundt war im Übereifer davon ausgegangen, dass wir wussten, dass Niehl bei Wessels gewesen war und der Alte unfreiwillig sein Versteck verraten hatte. Tatsächlich wussten wir es aber nicht. Wir hatten nie Anhaltspunkte dafür gefunden. Es war eine meiner guten Ideen gewesen, Hundt diese Theorie vorzutragen und ihn so zu beeinflussen, dass er es als seine Idee aufgegriffen und aus der Hypothese unbewusst eine scheinbare Tatsache gemacht hatte.

Insgesamt war mir das Glück hold gewesen, als man den unbedarften Hauptkommissar Hundt geschickt hatte. Vielleicht hätte ein anderer Ermittler nicht so viele Fehler gemacht und wäre mir auf die Schliche gekommen. Hundt zu manipulieren war nicht zu mühsam gewesen. Selbst wenn er mit der Gewissheit aufs Festland zurückgekehrt war, dass ich ein schlechter Polizist mit nur mäßig ausgebildeter Intelligenz sei. Ich fahre lieber als dummer Beamter in den Urlaub, statt als raffinierter Mörder in einem Gefängnis zu enden.

Mord? So habe ich beide Taten nicht empfunden. Wessels ist davor bewahrt worden, lange zu leiden. Er hatte von den selbsternannten Experten gehört, wie grausam die letzte Zeit mit dieser Krankheit sein würde.

Jetzt stehe ich am Bug der Fähre, als wir den scharfen Knick vor Strucklahnungshörn machen und von der schmalen Fahrrinne in den Hafen von Nordstrand abbiegen. Fast parallel zur Fahrrinne verläuft der Weg durchs Watt zur Hallig Südfall. Einen Fußweg zwischen Pellworm und Nordstrand gibt es allerdings nicht. Ich nicke noch einmal Peter-Jakob zu und warte darauf, dass sich die Klappe öffnet, die Brücke herabsinkt und mit ihrer Kralle die Fähre mit dem Anleger verbindet. Dann werde ich mit meinem Gepäck auf das Festland schreiten, den Bus besteigen und die lange Reise antreten.

Tuvalu – ich komme.